U0528029

国家社科基金重大项目
"中国当代文学海外传播文献整理与研究(1949—2019)"
(20&ZD287)阶段性成果

风与势

麦家研究论集

余夏云 季进 编

浙江大学出版社
·杭州·

图书在版编目（CIP）数据

风与势：麦家研究论集 / 余夏云，季进编. — 杭州：浙江大学出版社，2024.12. -- ISBN 978-7-308-25759-6

Ⅰ.I206.7-53

中国国家版本馆CIP数据核字第2024F6Z596号

风与势：麦家研究论集
余夏云　季进　编

责任编辑	牟琳琳
责任校对	吕倩岚
封面设计	项梦怡
出版发行	浙江大学出版社
	（杭州市天目山路148号　邮政编码310007）
	（网址：http://www.zjupress.com）
排　　版	杭州林智广告有限公司
印　　刷	杭州高腾印务有限公司
开　　本	880mm×1230mm　1/32
印　　张	10.625
字　　数	241千
版 印 次	2024年12月第1版　2024年12月第1次印刷
书　　号	ISBN 978-7-308-25759-6
定　　价	78.00元

版权所有　侵权必究　印装差错　负责调换
浙江大学出版社市场运营中心联系方式：0571-88925591；http://zjdxcbs.tmall.com

代　序

麦　家

这本书是研究我的，评家们在找寻我写作的来路，还有归途。我也在寻找。

如实说，我写作时心底是没评家的，也无读者；我只有自己，一个十足的独行侠。我在生活中也是独孤的，缺友朋：断无高朋满座、群贤毕至的闹热节气。我不善交际，只有把自己交付自己（免得讨人嫌）。写作上也如此，总是不合群，搭错车。《解密》1991年开笔并完稿（首度），最为生不逢时。那年头盛行私人化写作（甚至身体写作），反英雄，反宏大叙事，我却反其道，探走隐秘战线，写一群无名英雄：落得十七次退稿、十年出版不了的下场。山不转水转，风水终于转向（读者厌烦了"轻骨头"写作），转到我这边，《解密》《暗算》《风声》（所谓"谍战"三部曲）落地生根，风生水起，让我一领风骚，却叫我厌烦了。我几乎在坐定"谍战之父"宝座时，傻拉吧唧地调转身，去写乡村、童年、故乡：一个被加速城市化推到边缘的文学荒村。

我就是这样执拗。

但又是这样幸运：开辟了一个谍战世界，又写出一本大畅销书（《人生海海》出版五年销400万册）。

幸运的背后是太多不幸：生而不幸（父亲是"反革命"加暴躁易怒，外公是地主，爷爷是基督徒），不健康（内心），不快乐（至今）。我写作是一种生理需要，无关名和利，无关评家和读者之喜恶。十二岁那年，我偶然从一位远亲手头获得一本笔记本，然后就开始写日记，日夜写，一直写，至今也没有完全停止。我跟人交流的能力打小被各种俗恶势力限制、封堵，日记本对我网开一面，疏淤通堵，顺带给我培育了一种独特的生理需求：写日记。

足可说，我写作是写日记的变相升级版。

所以我是如此执拗：十七次退稿也搞不垮我——诚如敬泽兄言：其间（十一年），祖国各项事业也都在飞速发展，从没有酒吧到酒吧遍地，从没有小资到小资成堆，总之无数事物都从无到有，麦家也从没有太太到有了太太，从没有儿子到有了儿子，人事变迁，尘俗扰攘，但那个故事（《解密》）一直在，麦家让它年复一年地成长，成为短篇，成为中篇，再成为长篇。

我如此执着，并非意志坚强，而是生理需要。我像写日记一样在写作，像生存（吃喝拉撒）一样写作，是本能使然，非毅力超拔。所以我的写作也是如此自私自我：不随波逐流，不人云亦云，不理智。我像只企图逃命的困兽一样，嚎叫着左冲右突，上蹿下跳，不可自控，不可预期。

说到底，我无法穿透（也是参透）自己。因之，评家们对我的品咂显得尤其紧要。我需要参透自己。我要走得更远，必须这样：驯服自己，不要逃命，不要嚎叫，要浅唱低吟，要心平气和地接近目标，像流水使石头变得光滑坚硬一样。

2024 年 12 月 22 日

目 录

上编：整体研究篇

读麦家新作《人生海海》有感	莫　言 /	3
偏执、正果、写作——关于麦家	李敬泽 /	6
人生海海，传奇不奇	王德威 /	10
中国现代文学的传统和创新		
——以麦家的间谍小说为例	李欧梵 /	15
麦家的意义与相关问题	雷　达 /	23
麦家的密码意象和密码思维	贺绍俊 /	26
为麦家解密，或关于麦家的误读	王　尧 /	33
麦家小说的游戏精神与抽象冲动	张光芒 /	42
麦家论	张学昕 /	54
智性与人性的双重解密——麦家小说论	梁　海 /	65
麦家小说叙事的先锋性	王　迅 /	77
偷袭者蒙着面——麦家阅读札记	方　岩 /	90
"解密"作为方法：麦家的小说策略	徐　刚 /	104
小说的历险——麦家的《人生海海》及其他	曾　攀 /	119

1

中编：文本细读篇

作为反文典叙事的《解密》
　　——在"生成"中理解麦家的经典性　　　　　　余夏云 / 131
个人话语与国家话语的镶合
　　——兼论《暗算》作为中国当代文学的增量意义　陈培浩 / 148
麦家小说的"奇"与"正"——以《暗算》为例　　　韩松刚 / 161
《风声》与中国当代小说的可能性　　　　　　　　谢有顺 / 174
麦家的"越界"写作：《风声》与侦探小说　　　　王　敏 / 184
耻之重与归家的解脱　　　　　　　　　　　　　　陈晓明 / 199
丰盈的人生与极致的叙事——论《人生海海》　　　季　进 / 207
回去，寻找属于你的"亲人"
　　——评麦家长篇新作《人生海海》　　　　　　何　平 / 219
"解密"的另一种途径
　　——读麦家长篇《人生海海》　　　　　　　　程德培 / 234

下编：文化传播篇

麦家"走出去"解密　　　　　　　　　　　　　　白　烨 / 247
从"走出去"到"走进去"：麦家小说的海外影响力　姜智芹 / 251
译出之路与文本魅力
　　——解读《解密》在英语世界的成功　　　　　吴　赟 / 263
《解密》的"解密"之旅
　　——麦家作品在西语世界的传播和接受　　　　张伟劼 / 272

版权代理人与"中国文学走出去"
　　——以《解密》英译本版权输出为例　　刘　丹 / 288
市场化语境中的茅盾文学奖多元评审趣味
　　——以《暗算》获奖为中心　　马　炜 / 296
跨语言及跨文化视角下的《风声》英译本研究　　郭恋东 / 308
麦家小说《风声》在英语世界的评价与接受
　　——基于英文书评的考察　　缪　佳 / 319

编后记　　/ 332

上编

整体研究篇

读麦家新作《人生海海》有感

莫　言　北京师范大学

麦家出新书，书名《人生海海》。这书名有点怪，但很别致，猜可能是某地方言——实为闽南话。连读两遍，掩卷沉思，心绪纷纭，整理如下：

一，这本书，麦家写得很用心，花力气，十八般武艺都施展出来，看得我兴奋，既热闹好看，眼花缭乱的，也暗藏机关门道。就是说，这本书保留着他小说一贯的奇崛冷峻的风格。阅读过程如登险峰，看似无路处，总会有曲径通幽，萦绕盘旋至最高处，然后放眼回看，所有奇境，尽收眼底。险处求胜是要功夫的，功夫不到家，一脚踩空，一个跟头飞将出去，涉险成寻死。麦家一路试险，一再身临绝境，叫人替他惊险，终是有惊无险，叫人佩服他的武艺。

二，这本书，麦家把家底子都抖擞出来了。我读过他的那几部名扬四海的小说（《解密》《暗算》《风声》），熟知他的路数，因为同在一个系统工作过，也熟知他讲述的故事的素材和原型。他的风格不是写实的，而是传奇的。他故事中的人物生活在他营造的"江湖"环境里。他的"江湖"与金庸武侠小说的"江湖"是同质的，但更加神秘莫测，更加具有奇幻之美。人们总是对天才人物充满敬畏，总是更愿意了解天才们的悲剧和喜剧，这也是麦家的小说能吸引大量读者的重要原因。但这本书，麦家和过去作别，回到童年，去了故乡，那个生他养他的村庄。小说一开篇，不厌其烦地对村子地形地貌的描写，仿佛拉开了一部长篇戏剧的序幕：这是古典主义作家们的看家本领，麦家也会。或许正因此，麦家想挑战一下自己，走出所谓的舒适区，尝试一种新题材、新写法。这是一个作家的美德，不要老待在安乐窝里，吃老本，要敢跟自己较劲，去闯闯新天地，争取多扎几个码头。

三，这本书，充分展示了麦家的语言能力和野心，他惯常使用的那种优雅的叙事语言在小说的第三部里依然展显出来，但在大部分的篇幅里，第一部和第二部里，他使用了一种具有浓郁乡土色彩的、但业经驯化的陌生化语言。这一点让我欣喜，让我对他刮目相看。因为我一直认为一个作家必须能创造一种带有他的鲜明风格的语言，才有资格被称为文学家，否则就是一个小说匠人。文学的艺术性虽不止于语言，但必始于语言。语言是照亮小说的第一束光，如摄影离不开光，大白话如大白天，是拍不出艺术照的。

四，这本书，当然也显示了麦家塑造人物的功力。小说中的几个主要人物，如上校、爷爷、父亲、老保长、小瞎子等，各有自己的声口，各有自己的秉性，什么人说什么话，什么情做什么事，性格鲜明，情理自洽。他们都在做着一些似乎匪夷所思的事，但剥尽故事的层层笋皮后，又感到他们的看似怪异的行为合乎性格，也合乎情节，是经得起推敲的。小说有虚构的特权，可以打胡乱说，但必须自圆其说，你设计的人物要有血肉，有来回，通情理，你拉开的链子自己拉得拢不算，必须要让人家拉得拢。

五，这本书，充分展示了麦家讲故事的技巧，或者是结构小说的能力。它使用的是最受局限的第一人称视角，一切都须亲见、亲闻、亲历，对于这样一个诡谲的故事，涉及一个神秘传奇人物数十年天南海北、云龙雾虎般的经历与传说，这种视角有许多几乎无法解决的死角，但这些死角都一一被强光照亮，细微毕现。尤其是第三部，叙事主人公一下子跳出了故事发生地，从万里之外归来，许多看似成了死谜的情节、故事，犹如密码被破译，竟轻松地、令人信服地展开了。这有点像苏东坡的诗句："不识庐山真面目，只缘身在此山中。"这就是长篇小说结构的魅力，好的结构一根梁可以一当十，一个暗窗可以别开生面，别有洞天。

六，这本书，其实讲的是一个人的故事。这个人既被人尊称为"上校"，又被人贬损为"太监"；他当过白军，当过红军，当过木匠，当过军医，当过军统特务；经历过新中国成立前的所有战争，又参加过抗美援朝。他是个弹无虚发的神枪手，又是个妙手回春救人无数的神医。他不仅各方面技艺超群，还有超出常人的性能力，而这伟大的性能力，酿就了他的喜剧也铸就了他的悲剧。这部小说的密码，就藏在这位神奇人物的身上：在一个最不可描述的地方，却暗藏着极荒唐极屈辱的内核和刻骨铭心的沉痛，以及对国对人的忠诚。这样的人物，在现实生活中存在过吗？但这样的追究没有意义，因为小说的迷人之处就在于它能把不存在的人物写得仿佛是我们的朋友。在茫茫人海中，也许永远找不到上校这样的人，但我们总是希望遇到这样的人，这也是小说存在的理由。杰出的人物，如鹤立鸡群，在人海中遇不到，在小说中遇到，是我们的幸运，也是一个小说家应有的责任。

以上六点感想，供麦家和读者参考。

偏执、正果、写作

——关于麦家

李敬泽　中国作家协会

麦家显然是个偏执狂。这方面最有力的证据是,关于一个神秘的天才数学家的故事,他慢慢写了十几年。其间,祖国各项事业也都在飞速发展,从没有酒吧到酒吧遍地,从没有小资到小资成堆,总之无数事物都从无到有,麦家也从没有太太到有了太太,从没有儿子到有了儿子,人事变迁,尘俗扰攘,但那个故事一直在,麦家让它年复一年地成长,成为短篇,成为中篇,再成为长篇,后来还成了电视剧。

英特尔的前老板格罗夫有名言:只有偏执狂才能生存。我认为此话不对,事实是,只有变色龙才能生存。我们都是唐·璜,我们有机动灵活的战略战术,我们要以最小的代价博取最大的胜利,我们丢弃、遗忘,我们是如此"年轻"以至没有什么能把我们留在一个地方。

因此,麦家才显得偏执,这不仅指他把一个故事讲了十几年,更重要的是,他有一种坚定的世界观,他的目光贯注于一个角度上,从不游移。

麦家曾经生活在成都,在那里他写出了《解密》《暗算》。我已经二十二年没去成都了,在我的想象中,那座城市散发着梦幻的气息，那是凡俗与超凡脱俗，红尘滚滚又遍地月光。

在这俗世的欢愉和虚妄中，麦家出没于成都街头，他深入地想象另一个城市，想象热情而颓废的布宜诺斯艾利斯——

于是，我们就看见了博尔赫斯，这盲瞽病弱的老人，他梦想着刀子、血、华丽的暴力，也梦想着清晰、繁复、玻璃和理性般坚脆硬朗的混乱和疯狂。

博尔赫斯在遥远的中国有大批追随者，他们曾经构成近似于"乌克巴尔"的神秘群体，从20世纪80年代后期到90年代中期，他们把诡诈的叙述、对形而上学的爱好以及语言的厌食症等种种奇异风俗带进了中国文学。麦家无疑是"乌克巴尔"的成员，而且是其中最坚定、最耐心、最能把普遍真理与具体实践相结合的成员，他通过《解密》和《暗算》修成正果。

"正果"的意思有三：

其一是，在《解密》和《暗算》中，博尔赫斯式的世界观充分地转化为中国经验，它不再是外来的偏僻异教，而是对本土历史和生活的一种独特想象。

于是，有了其二，这种想象对应着中国现代思想中那个缺失的或者晦暗不明的区域——科学的边界在哪里？知识的边界在哪里？理性的边界在哪里？如果说，此前的博尔赫斯式的玄想不过是无根之谈，那么《解密》和《暗算》却是有"根"的，它的根深深地扎在我们现代思想的简陋和天真之中，它从中汲取了充分的养料：混合着浮士德式的疯狂和英雄气概的汁液，邪恶而绚烂。

那么其三，麦家所长期坚持的角度，是出于天性，出于一种智力和趣味上的偏嗜，但同时，在这条逼仄的路上走下去，麦家终于从意想不到的角度，像一个偷袭者，出现在他所处的时代。

我记不清和麦家第一次见面是在什么时间，2002年？应该是的。但是由于此前我们已经有了很长的交往，初次见面倒像是无关紧要的仪式，而且那天好像有很多人，闹闹哄哄，正忙着打躬作揖。

　　直到现在，我对写作之外的麦家了解非常有限。写《麦家其人其文》这样的文章，最恰当的人选应该是何大草，他们同在成都，交往密切，在那个盛产诗人和美女的城市，该二人自成一类。但是，话又说回来，一个作家在他的写作之外是什么样子其实无关紧要。这不是在谈论一个批评理论问题：是不是应该从其人认识其文；我所想的是，在中国习惯中，人与文的问题常常被摆成掎角之势，深通此道的作者和论者热衷于让这两者相互支援，互张声势。这是一种谬误，而且是更为普遍的谬误的一部分：我们不能理解人类生活中的诸种价值各有其方向和边界，不能理解在诸种价值之间存在逻辑上和经验上的冲突和分歧，比如美和善不是一回事，自由和平等不是一回事，同样，谈论一个人和谈论一个作家也必须施用不同的价值尺度。我们喜欢把不是一回事的搞成一回事，结果呢？我们不能把任何一件事真正看清、真正做好。

　　这是题外话，现在还是谈麦家。我所了解的仅仅是写作中的麦家，有时我们会在电话里谈很长时间，这种关于写作的交谈使我意识到，偏执狂是软弱的，很少有人像麦家那样敏感地经受着自我怀疑的磨砺，他在这方面非常接近于《解密》中的容金珍：求解一个答案的过程证明着人的强大和人的渺小。

　　当然，也许写作过程大致都是如此，每个真正的作家在不同程度上都是容金珍，有所不同的只是，麦家和他的导师博尔赫斯一样，把写作行为本身当成了世界本质的某种演练，或者某种暗示……

得知麦家获得茅盾文学奖时，他和我正在贵州的大山里，从那时起，他就不得不做一件他本不擅长的事：在大庭广众之下说话。这对麦家来说基本上是活受罪，但对此我毫不同情，这是"成功人士"活该付出的代价。

我认为，麦家迄今最好的小说仍是《解密》。但《暗算》获了奖，那当然也只好拿着。我所关心的是，麦家今后会写什么、怎么写。

在通行的文学神话里，写作基本上被想象成神奇的奥林匹克运动：和赛跑、掷铁饼一样，要不断"超越自己"，而且所谓的"超越"，还得是今年赛跑，明年掷铁饼，后年高台跳水，这才算好本事，才能成为伟大作家。

我认为很多作家都被这套神话给坑了，越是成功的作家越容易上这个当，他们会以为自己应该无所不能。

麦家从来都知道自己有所不能，但愿今后他仍然知道，"重复"，这是他的力量所在。但愿博尔赫斯的在天之灵保佑他，给他足够的勇气，让他敢于重复。

人生海海，传奇不奇

王德威　哈佛大学

麦家在中国享有"谍战小说之父"之名，在华语世界广受欢迎。他的作品如《解密》《风声》《暗算》等描写抗战、国共斗争时期的谍报工作，波谲云诡，极尽曲折复杂之能事，在当代文学里独树一帜。也因此，麦家小说不仅被大量改编为影视作品，也早有多种翻译版本问世。

以麦家受欢迎的程度，很可以如法炮制，以擅长的风格题材延续市场效应。但在顶峰之际，他却突然收手，蛰伏八年之后方才推出《人生海海》。这是策划的"故乡三部曲"的首部。从书名看来，新作已然透露不同方向。麦家以往作品着眼一项机密讯息的传递破译，一桩间谍游戏的此消彼长，新作则放大视野，观照更广阔其实也更复杂的生命百态。麦家拒绝在舒适圈内重复自己，勇于寻求创新可能，当然有其风险，未来的动向如何，值得注意。

《人生海海》的书名对台湾、闽南地区的读者而言应该觉得亲切。这句俗语泛指生命颠簸起伏，一切好了的感触；有种世事不过如斯的沧桑，也有种千帆过尽的释然。麦家沿用这一词语，显然心有戚戚焉。他的小说从民国延伸到新世纪，道尽大历史的风云变化，也融入了他个人的生命经验。故事发生在浙东富阳山区，正是他的所来之处。

小说围绕一个绰号为"上校"的人物展开。如叙述者强调，上校出身浙东山村，因缘际会，从木匠自学成为军医。他历经抗日战争、国共内战、抗美援朝，来到"文革"。出入这些历史场景，上校有了匪夷所思的冒险。他是出生入死的军中大夫，也是风流无度的好色之徒；他曾当过和尚，更曾卷入谍报工作，周旋于国共、日寇、汉奸集团之间。上校孑然一身，却身份多变——他另一个外号竟然是"太监"。而一切风风雨雨指向上校下腹的刺字。那刺字写些什么？如何发生？何以成为人人希望一窥究竟的谜团？谜样的上校终于在"文革"期间遭遇巨大冲击。

熟悉麦家的读者，可以看出《人生海海》与此前作品的关联。他写战时情报人员诡秘的行径、惊悚的冒险，可谓得心应手。但在新作中，麦家的野心不仅止于叙述一个传奇人物而已。他同时着眼于发掘这一人物的前世与今生。于是上校的出身与之后回归农村来到眼前。村中的四时变化、人事遭遇烘托出一段又一段的时代即景。这些描写时以抒情韵味投射麦家的个人乡愁，但却更常凸显一个南方乡村的种种阴暗与闭塞。外面世界的天翻地覆与其说带来村中的改变，不如说反照了改变的艰难。所有的矛盾与挫折在"文革"时爆发，首当其冲的正是像上校这样历经大风大浪、出走而又回返的人物。

这使全书的视景陡然放宽。麦家所关心的不仅是上校个人的遭遇，更是他与老少村民在阅历和价值观上的巨大差距。而双方所付出的代价是惨烈的。麦家善于讲故事，以往谍报小说里的布置——有如《风声》的飞短流长、《暗算》的背叛与被背叛、《解密》的悬而不解——仍然不缺，但尔虞我诈的战场则融入日常生活中。当大是大非的教条转化为琐碎的家常伦理，当堂而皇之的革命遭遇卑劣的人性时，一切变得如此黏滞暧昧，犹如鲁迅所谓的"无物之阵"。

小说安排的叙事者是个少年，他的天真与苦闷恰恰与上校的神秘与世故形成对比。事实上，这位少年的成长和回顾才是小说的真正主轴。透过少年好奇的眼光，上校的一生逐渐浮出地表。就此，小说分为三部。第一部交代上校在"文革"前后的背景和遭遇；第二部借不同角色之口，倒叙上校早年传奇；第三部则跳接到当代，昔日的少年漂泊到西班牙，如今步入老境，回返故乡，因为寻访上校而发现更惊人的秘密。

细心读者不难理解麦家如何利用叙事方法，由故事引发故事，形成众声喧哗的结构。居于故事中心的上校始终没有太多自我交代——他在"文革"中受尽迫害，其实疯了。反而是周遭人物的臆测、捏造、回忆、控诉或忏悔层层叠叠，提醒我们真相的虚实难分。然而《人生海海》不是虚应故事的后设小说。麦家显然想指出，写了这么多年的谍战小说，他终于理解最难破译的密码不是别的，就是生活本身。

上校与少年来自同一山村，分属两代，命运极其不同，却有出人意表的纠缠。麦家写作一向精准细密，对这两个人物的关系处理可见一斑。他们都是孤独者，各自被"抛掷"到世界里甚至世界外，由此展开生命之旅：上校投入战争与革命，历经冒险与沉沦；少年偷渡前往马德里，遭受无限的异国艰辛。比起来，上校的故事有谍报、有女色，还有纵欲、杀伐、情爱和背叛，而少年的故事则是一个海外游子从无到有、资本主义式的创业寓言。但少年离乡背井的原因又和他的家族与上校的恩怨息息相关。上校神秘的英雄气质让少年着迷不已，相形之下，少年在海外那些涕泪飘零的经验反而是小巫见大巫了。多少年后，老"少年"还乡，还是不忘故人；他必须挖掘上校最不可告人的秘密，以此完成上校的故事，以及自己迟来的成长仪式。在最奇特的意义上，他们成为不自觉的师徒。

《人生海海》前两部固然可观，但真正让读者眼睛一亮的是第三部。这一部里，麦家的叙事速度突然加快，将少年与上校双线情节合而为一，同时与上校背景一样神秘的妻子林阿姨登场。这位女性是全书的关键人物，麦家笔下的她极其动人。经由她娓娓道来，上校的过去——他的风流往事、政治立场、婚姻关系，还有下腹的刺青等——一一厘清，至此真相似乎大白。但上校本人早已智力退化如儿童，无从闻问了。故事急转直下，听完上校一生之谜最后的"解密"，老去的少年（还有麦家自己，以及理想的读者）不得不喟然而退。

《人生海海》处理许多深沉的话题，善与恶、诱惑与背叛、屈辱与报复、罪与罚，此消彼长，载沉载浮。都说爱和时间能够带来宽宥和解，麦家也的确以此为小说添加正面色彩。但俱分进化，无有始终。爱或时间果然能证明或抹消生命的纠结吗？小说的叙述者何其有缘，认识了一位传奇人物，但在讲完／听完上校的故事后，就像英国诗人柯勒律治《古舟子咏》里的那个年轻人一样，变得成熟了，却再也走不出忧郁。我们想到沈从文的一段话：

我老不安定，因为我常常要记起那些过去事情。一个人有一个人命运，我知道。有些过去的事情永远咬着我的心，我说出来时，你们却以为是个故事。没有人能够了解一个人生活里被这种上百个故事压住时，他用的是一种如何心情过日子。(《三个男人和一个女人》)

麦家作品一向以传奇取胜,《人生海海》高潮迭起,依然能满足读者期望。但我认为这部小说的真正意图是以传奇始,以"不奇"终。"传奇不奇"语出沈从文另一名篇标题。所谓"不奇",不在于故事吸引力的有无,而在于作家或叙事者从可惊可叹的情节人物里,体悟出生命不得不如此的必然及惘然。这是人生的奥秘,还是常识?

《人生海海》的基调是阴暗的,小说的终局甚至鬼气弥漫。而我以为这才是麦家作品从过去到现在的底色。他的谍报小说之所以如此动人心魄,因为写出常人常情常理所不能、也不敢碰触的秘密——绝对威胁也是绝对诱惑。他的人物在爱国或叛国的表面下,都散发一种颓废耽溺的气质,甚至忘我。上校的故事何尝不也如此?《人生海海》企图将这样的感受扩大,作为回看故乡甚至历史的方法。危机是真实的,冒险是奇异的,真相是虚无的。如何将传奇写成不奇,这是很大的挑战。麦家如何讲述未来的故事,令我们无限好奇。

中国现代文学的传统和创新
——以麦家的间谍小说为例

李欧梵　香港中文大学

中国现代文学的传统和创新，这个题目，我本来是为学术演讲定的，指的是中国现代小说，也就是中国五四后的小说，特别是鲁迅。在我心目中，整个20世纪到现在，都是现代文学史的范围，当然也包括当代文学。因为文学史上的变迁需要很长的一段时间，所以我反对把这个时间幅度缩得太短，也反对研究得太过专业化。我讲完了大家或许会了解。

我要谈的第一个问题是：什么是小说的传统？中国小说有传统，西洋的小说也有传统。中国的小说，在中国传统文化里，是道听途说的"小道"，不是知识分子所谓所崇的"大道"——大道是文章和诗词。小说的文类也很杂，从六朝的志怪，唐朝的传奇，一路发展，到明代的"三言二拍"，最后到晚清的小说。时间跨度长，小说的"品种"也多，但有一个很重要的共同点就是：小说是通俗的，它面向的是大众，听故事的大众。可是写小说的人往往是文人，也就是文化精英分子。正因此，这个小说的地位，慢慢地，变得越来越高，到20世纪，变成了担负社会重任的主流文学体样。然而，从文学史的立场看，往往一个"主流"的精英文体，当它继续发展到一定程度和高度的时候，会呈现一种停滞现象，反而妨碍了创新。比如诗到唐朝是一个高峰，到明、清几乎没有好诗歌了，被视为"次文类"的小说和戏曲，反而发达起来，比诗词更可观、壮观起来。

一个文学形式——如小说——本身也会演变，其演变的过程有时也会发生一种奇怪的现象：其形式上的创新，往往是发生在意想不到的技术角落。譬如小说的"叙事者"这个角色，传统小说中一向装扮成"说书人"，然而到了晚清的通俗小说，却产生了一个变化：说书人不见了，代之而起的是一个很复杂的双重叙事法。例如吴趼人的小说，一开始往往是"作者"或编者本人先碰到一个陌生人，他手上有一篇稿子——譬如是一个鸦片鬼的自白——要"作者"或编者刊登，后者同意了。于是，刊登出来的故事变成一种很主观的叙述。这一个主观叙事法，就是一种形式上的创新。

我近年来做过少许研究，发现原来晚清的大量翻译小说中就有这种叙事法，被吴趼人和其他小说家移花接木搬到中国的通俗小说中。这个变化当时没人注意，更无人研究。到了五四时期，鲁迅的《狂人日记》也用这种叙事法，而且前面的序言用的是文言，后面的日记用的是白话，连语言也创新了。这个叙事者的角色，在鲁迅一系列短篇小说中变得越来越复杂，有的几乎喧宾夺主。西方学者早已指出，比如《孔乙己》中的店小二和《祝福》中的"我"，都不是鲁迅本人，但和小说的主角产生一种"对话"关系，既客观又主观。然而，谁会说这个技术上的一大创新，是来自晚清通俗小说？连吴趼人自己也没有自觉。

因此我说：创新往往发生在与传统的吊诡之中。有时候作家越受传统的影响和束缚，越想创新，鲁迅就是这样。创新不是完全取代传统，而是将传统作一种创造性的转化，而演变过程的开端往往是不自觉的。我这个说法并非独创，而是源自俄国形式主义的理论家，他们用了一个很妙的比喻：文学上的演变不是父亲传给儿子，而是叔叔传给侄子。

今天早上，我偶尔看到麦家的一篇演讲词，收在他一本名为《非虚构的我》的集子里，演讲词的题目就叫《文学的创新》。他说，20世纪80年代后，中国的作家一窝蜂、一波一波地拼命要创新，要跟随新的潮流，可最后发现还是要回归到真正的、有深度的、感动人的、有灵性的传统小说的模式里。所以，麦家的结论是：真正的创新其实是"创旧"，在传统中转化、开拓。这里面隐含了跟我前面所说类似的"吊诡"。

在此，我要补充一点：现在中国作家每个人都有不同的表现方式，例如余华早期写了不少实验性的中短篇后，回头写了《活着》这样的写实小说，表面上拥抱西方的潮流，但骨子里传统的影子并没有消除。中国当代作家竞相效仿的那些西方小说的新潮流，如意识流、魔幻写实主义、实验小说等等，往往是不太注重情节和人物塑造的，而特别注重语言的试验。麦家在演讲中说要回归到传统，就是要回归到小说技巧中最基本的元素：情节和人物，在这个基础上进行再创新。而中国传统小说中一个最基本的模式是"布局"，古人论小说时常说"伏线"或"起伏转折"，西方小说论者所谓的"plot"和"emplotment"，指的都是这个。柯南·道尔的福尔摩斯探案系列小说，历久不衰，现在世界各地还拥有大量的粉丝读者，为什么？就是因为情节出奇制胜。这令我不禁想到麦家的间谍小说。

所以，我要谈的第二个问题是：麦家的间谍小说，它是一种类似西方侦探小说的文类，并不属于五四以降的写实小说的主流。听说，麦家的第一本间谍小说《解密》曾被退稿17次。他说给北方杂志投稿，编辑说不合现实；给南方杂志投稿，编辑说题材太敏感，也可以说太接近现实。一南一北，南辕北辙，原因何在？现在回想，我猜是编辑的选稿尺度是传统的写实主义，是接近现实生活的作品，而不是间谍斗智。要不，编辑也许把麦家小说归类在"通俗小说"之中，认为不够严肃。而西方的评论家，却从来不分雅俗。当然也有像利维斯之类的英国评论家，认为伟大的作品必须是有道德意义的巨著。但总体讲，西方后现代的小说创作和理论是不论雅俗的，他们甚至特别注重间谍小说。如麦家很崇拜的作家博尔赫斯，他写过一篇极为著名的短篇小说，叫《交叉小径的花园》，内中的主人公和叙事者就是一个间谍，而且还是一个中国人，故事情节出人意料，最后"密码"竟然藏在一位英国汉学家的姓名之中！其实这故事是一个真正的间谍小说。在博尔赫斯的文学世界中，虚构和现实本来就不分，他的生活就是读书，他最喜欢的东西就是书，各色各样的书，包括中国传统的《四库全书》。大家或许不知道，博尔赫斯晚年是一个瞎子，他一辈子都生活在图书馆里。

据闻麦家的《解密》已经被翻译成30多种语言，我乐观其成，也不会因此影响我分析这本小说的方式。我的解读方式永远是从小说的形式出发，认为形式就是内容，而不是主题先行，或内容主导形式。间谍小说不可能写实，因为间谍和解码在各国都是高度机密，外人根本无由得知。这种小说必定是虚构的，然而也必须以假乱真，让读者得到一种虚实难分的"假现实"。中国现代小说中，这类题材的小说绝无仅有，到目前为止只此麦家一家,别无分号。我就是受这个好奇心驱使开始看他的小说,最近一口气看完了他三本间谍小说——《解密》《暗算》《风声》。我的结论是:麦家的作品在形式和技巧上都和别人不一样,他走的是另一条路。但这条路不好走。你说"解码"是不是一种生活的现实?绝对不是,因为这个世界是完全闭塞的,超现实的,在现实世界之外,在黑暗中,它把人的灵魂逼到死角,逼到一种心理变形。这容易写吗?我可以承认,自己以前也曾写过一本游戏之作的间谍小说,叫作《东方猎手》,故事的主角做的也是"解码"工作,解他父亲藏在旧体诗中的密码。最后他也是走火入魔,进入一个超现实的世界。我的小说没有花多少工夫,写着玩的,但这次经验令我深深感到:这类小说是不容易写得好的。

　　我的经验,写这类小说第一个要求是:它的世界虽然很神秘,但必须可信,怎么把人物、场景和故事写得可信,让读者觉得可信。其次,还有一个难度或者要求就是,作者必须懂得一点基本的数学知识,否则免谈密码。我发现麦家小说中有关西方科学家的资料,基本上是符合真实的,他没有故意乱造假。这里又牵涉一个非常有意思的问题,可能有西方读者会说,为什么一个中国作家对西方这么熟悉?我猜这些知识他都是从书本上得来的。我读的时候突然想到英国的解密大师阿兰·图灵,于是特地去买了《阿兰·图灵传》,根据此书改编的电影《模仿游戏》当时也正好突然红起来。为什么这个怪才,经过多年埋没之后又突然红了起来?因为大家公认他是发明电脑的先驱者,他刚好印证了我们这个电脑和手机的时代——我们这个时代就是不停地设置密码和解码的时代。

　　我买的那本书是一本人物传记,可是如何写一本完全虚构的"图灵"人物小说呢？麦家写的就是这种人物的小说。当然以中国为主，但里面也有不少外国人，难怪外国读者也对它好奇了。

最后，我要谈的第三个问题是：写间谍小说有什么特别的要求？要写好这种小说，必须要有叙事技术，要我们回归到传统写小说的最基本的方法和要求，就是要把故事写得非常精确完整，不能有破绽——万一有，必须要马上加上补叙或者后叙。为了让读者信服，作者必须要交代这种超机密的素材资料出自何处。所以，在麦家的小说中，叙事者总是不厌其烦地交代资料出处，有时是补充。这个手法，我认为是传统叙事手法的复杂变形，也是一种略带后现代意味的"后设"手法：把文本中的故事情节放在一层层叙事的框架里，让读者看来神秘兮兮，其实是故弄玄虚，吊人胃口。这就是叙事技术。

我看的麦家的三部小说，《解密》是一个完整的长篇小说故事，《暗算》里有四个不同的故事，一个接一个，有些故事是补前面的故事。《风声》写的是另一个时代和背景，全书由三个部分组成，分别是：上部《东风》，十章；下部《西风》，六章；外部《静风》，三章。后一部似乎总是在补前面的故事，似乎一个文本不够，还要加上另外一个"后设"的文本——加码，加码，再加码。而我们阅读的时候，不知不觉地在减码，减码，再减码。于是，加加减减，我们就被吸引到小说的迷宫里面去了。

对我来讲，小说最吸引人的就是迷宫效果，这也是博尔赫斯小说的迷人之处。可是我们看完了，再回头来思考，我们会发现，麦家这些小说里面的英雄人物或科学家，一个个都是现实时代的牺牲品，心理有极大的扭曲，都变成很不正常的人物，完全封闭的人物。这些人物在中国现代文学史上写得很少，因为他们过的不是常人生活，心理也是非常态，所以特别难写。总而言之，这两道难关——布局和人物——非一般传统的写实技巧足以驾驭。读者无心，作者却必须煞费苦心。麦家的小说，不论成就如何，是对中国现代文学的一种突破。他成功了，但成功带给他的是更难的挑战：以后怎么写？

我认为，对中国传统小说的另外一个突破是科幻小说，目前似乎也被当作一种通俗的文类，并没有完全受到批评家的重视，可能又是写实主义的传统在作祟。我曾经批评过五四文学的传统，没有一部真正的科幻小说，虽然老舍的《猫城记》勉强算一部，但借古讽今的意味太浓。而晚清的科幻小说虽说不少，却没有一部值得看的。现在中国的科幻小说也火爆起来，这值得我们关注，不要刻意地用"雅俗"去区别对待。我个人是完全不分雅和俗的，引用钱锺书先生所欣赏的梅圣俞的话说："以故为新，以俗为雅。"我相信好的小说，不论是雅是俗，只要是值得读的小说，引人入迷的小说，都会存留下去，变成这个时代文化的一部分。

现在，海外对麦家的小说很喜欢。我在想，为什么外国读者那么喜欢看？我猜至少有一个外在——而非政治——的原因：中国本身的封闭性和神秘性，它很容易导致冷战式的解读。我认为这也是一种误读。我以为，麦家的小说写法上是很现代的，符合外国读者的阅读。我猜麦家是读了不少外国小说的，然而目前我还没有遇到一位中国评论家说：麦家的小说是读了大量西方文学作品后领悟出来的。西方的评论家倒是不乏此类说法，例如《纽约客》的评论说："麦家很熟练地玩弄一个文类，写出

21

一个博尔赫斯式的微妙而复杂的故事。"这是一个小说行家说的评语。

我不愿在此为麦家的小说作过多"解码"了，只想指出一点：一度有过一种时髦的理论，就是把解读小说视为"解码"的艺术，情节中含有不少"符码"，读者的阅读就是把这"密码"一个个解出来。罗兰·巴特所举的例子是巴尔扎克的小说，而不是间谍小说。妙的是，间谍的解码何尝不也是一种文学批评？或者可以说：文学批评家如果要写小说的话，说不定会不自觉地在情节中藏下大量"密码"（文学典故），至少我曾经尝试过，但是失败了。好在我不靠写作糊口，否则一定喝西北风。

正如刚才季进说的，当代中国文学已经走向世界，"走出去"的各个作家，写作风格和内容都不一样，可以说是各显神通。这是好事。但我认为也不必勉强地一定要走向世界，更不必时时处处以诺贝尔文学奖为最终目标。何必呢？让文学自然发展，让翻译家发现中国文坛的多样性，让更多的外国学者和学生发现他们自己喜欢的中国作品，首先是要我们的作家写作出更多元化、更顺文学自然的作品。

麦家的意义与相关问题

雷 达 中国作家协会

我曾经自问：为什么中国文学里没有丹·布朗，没有柯南·道尔，没有阿加莎·克里斯蒂？为什么中国作家缺乏高超的想象能力、幻想能力、推理能力、抽象能力、破解能力？是中国作家脑子太笨，还是中国文学传统里缺少某种东西？我也曾自答：其一，中国文学历史上有深厚的载道传统，近现代以来，启蒙主义占压倒位置，为政治、为人生、为工农兵、为最广大的人民等等作为明确目的，使宏大叙事和社会历史视角始终占压倒优势。弦绷得比较紧，艺术作为一种自由的、愉悦的、不带功利目的的活动的一面常被淡忘，于是科学理性、游戏精神、为艺术而艺术、自娱及娱人等方面，表现得就很不够，处于萎缩状，因而含有智能性和游戏性的创作十分鲜见。其二，中国文学非常重视"深入生活"，而这里的"生活"往往特指表现意识形态和流行主题所需要的那一部分"生活"，另外的许多"生活"被关在门外。其三，只重直接经验，不重间接经验，于是作家的学养问题仍然突出。不知我的这几点看法是不是原因所在。

正是在此背景下，麦家的《解密》里一个数学天才出现了，一个解密天才出现了，数学与命运结合，数学与政治结合，数学与人生结合，给我以震惊。《暗算》里，几代特工天才相继出现于701，那个听觉灵敏的瞎子让人难忘，风流女间谍的命运让人叹惋，作者在人性开掘上更见深度，技术上更为圆熟，改编的电视剧风靡一时。我看其价值不在《亮剑》之下。最近的《风声》似乎不如前两部，但同样不胫而走。所以，总体看来，麦家是独树一帜的，他已经形成了独有的切入历史和把握世界的方法，他用破密的眼光，打开一个个实际存在却久被遗忘的绝密而悲壮的人生空间，他把超强的意志力、惊人的智商、宗教般的忠诚赋予他的谍报英雄或解密英雄，而这样的英雄在中国革命史上是实际存在的。当然，这无疑经过了麦家的加工、提升、渲染、夸张和神秘化。因此，我认为，麦家的创作给当下的文学格局增添了新的元素，提升了当下文学的想象力、重构力和创新力水准，丰富了当今文学认识世界、认识历史乃至认识人的手段。

人们喜欢把麦家这几部小说称为新智力小说、密室小说、特情小说、谍战小说、解密小说，名目不一而足。我看叫什么并不重要。重要的是麦家所显示的才能的性质和特征。麦家的成功，首先有赖于他的超强的叙事能力和推理能力，经营致密结构的能力，他可以在一个极狭窄的空间，展开无尽的可能，翻出无尽的波澜，制造无尽的悬念，拽着你一口气跑到头，必须看个究竟。他的写作恰如独自凿通一条隧道那样艰难而幽深。就《风声》来看，一个小小裘庄，四个嫌疑人，谁是老鬼的悬念，压迫着所有的人，谁都可能，谁都不可能，真是山重水复，柳暗花明，千钧一发，命如悬丝，螺蛳壳里做道场。麦家的文字风格也是成全他的重要原因，不华丽，少藻饰，却干净利落，丝丝入扣，富张力、弹性，有魅惑力、吸附力，恰好适合他的题材。麦家大多写的是看不见的战线上的无名英雄的悲剧，为这些渐被遗忘的天才重新树碑，还原他们的丰采，发掘他们的精神，而且是以这样诡异的、奇幻的、有声有色的方式，真是难得。也可以说含有浪漫主义的成分。

然而，麦家究竟把自己塑造成一个什么样的作家，他的类型化写作最终走向哪里，也是一个值得探讨的问题。路有两条：一条是继续《暗算》《风声》的路子，不断循环，时有翻新，基本是类型化的路子，成为影视编剧高手和畅销书作家，可以向柯南·道尔、希区柯克、丹·布朗看齐。另一条是纯文学的大家之路，我从《两个富阳姑娘》等作品中看到了麦家这一方面尚未大面积开发的才能和积累。两条路子无分高下，应该说，能彻底打通哪一条都是巨大的成功。

但是，麦家的三部长篇，构思和推理方式接近，有渐成模式之虞。《风声》比之前两部震撼力似乎趋弱，某些手段有些雷同，熟悉他作品的有的读者表示已有审美疲劳。我认为，在处理冷面与热魂、动作与心理深度、悬疑与灵魂冲突上，存在着一些问题。比如谁是"老鬼"？四人皆有可能，迷雾重重，足够紧张；但李宁玉之为"老鬼"，而且只能是她"这一个"，对其隐秘动机的揭示，就缺乏充分的说服力和感染力。我觉得，在作者主观控制和人物客观自在的关系上，如何多一些"人间气"和"血肉感"，对麦家也许是重要的。一般来说，这类小说，作者的操控和设计非常重要，没有操控，就不可能扣人心弦；但操控过了头，就会变成皮影戏中的操线者。

麦家的密码意象和密码思维

贺绍俊　沈阳师范大学

我猜想，麦家有一段时间肯定是对密码到了走火入魔的程度，这才会有了《解密》《暗算》等诡奇玄妙的小说。不管麦家以后是不是还会写有关密码的小说，这几本小说已经构成了麦家写作生涯中的一个独具意义的阶段。这个阶段无疑与密码有关。这似乎是在说题材取胜，是在以题材决定论来评价作品。非也。因为即使我们把密码看成是一个题材领域，也不是谁进入这个领域都会有所收获的，在这里，题材丝毫起不到决定的作用。这就像我们在麦家小说中所读到的情景一样。701聚集了众多的能人专家，但面对在渺渺寰宇飘荡的超高级密码"紫密""黑密"，他们却像是面对天书一般，一个个束手无策。只有像容金珍这样的旷世天才，才能破解密码中藏匿的信息。因此麦家进入密码领域，不是这个题材带给他写作的成就，而是他给这个题材带来了显赫的声誉。他解开了密码所携带的有关文学的秘密信息。当我反复阅读《解密》《暗算》时，慢慢地才发现小说中暗藏着玄机。

我想说的是，我们不要仅仅把麦家的关于密码的小说当成小说来读。当然，这是地道的小说，而且是很好看的小说，充满了曲折生动的故事性，也不缺少富有个性的人物形象。但这些并不构成麦家的独特性，因为有很多故事性很强的小说以及小说中栩栩如生的人物形象，并不比麦家的这几部小说逊色。当然，我们也可以说，是麦家给我们打开了一扇神秘的大门，这就是小说中的701，一个专门破译密码的机构。麦家并不是第一个写到破译密码的作家，所不同的是，虽然有些作家也写到了密码，但那顶多是引我们站在门外，透过门缝窥视了两眼而已。我记得小时候读柯南·道尔的《跳舞的人》时，曾对福尔摩斯破解跳舞人形密码的智慧赞叹不已。现在就知道，书中所描写的密码只能算非常低级的水平，福尔摩斯用的是频率分析法，在密码破译上大概是最不伤神的方法吧。因此密码在这里顶多是为柯南·道尔写侦探小说增加了一些神秘性，还谈不上进入密码本身。吴宇森导演的《风语者》也涉及密码，它大概算得上是给我们打开了一条比较大的门缝。电影反映的是第二次世界大战期间，美国利用印第安纳瓦霍土著语言作密码的故事，纳瓦霍语言在二战期间为美国立下奇功，以该语言编制的密码是唯一没有被日军破译的密码。这段尘封的辉煌历史在半个多世纪后因为《风语者》这部电影才为世人所知晓。尽管如此，密码在吴宇森的眼中只是一个故事元素，只有麦家才真正为我们推开了密码这扇大门，从而让我们走进去上上下下地查看个遍。更准确地说，我们对此一无所知，完全是由麦家引领着，那么，麦家对于密码的个性化的解读就是最值得我们关注的问题。

对于密码，麦家的解释是"由几个简单的阿拉伯数字演绎的秘密"，正是这种秘密造就了"男子汉的最最高级的厮杀和搏斗"，正是这该死的密码，把一个个甚至一代代天才埋葬掉，因此麦家说破译密码的事业是"人类最残酷的事业"。这种人类最残酷的事业却有着非常悠久的历史，也许是伴随着人类文明的诞生就开始了。我从史书上读到，早在公元前5世纪，古希腊人用一条带子缠绕在一根木棍上,沿木棍纵轴方向写好文字,解下来的带子上就只有杂乱无章的字符。这大概是最早的密码之一了。解密者需要找到相同直径的木棍,再把带子缠上去,沿木棍纵轴方向才可读出有意义的明文。为什么最早的密码会选择木棍作为工具?是不是用木棍猛击人的头部,可以让人闷闷地倒下去?麦家在小说中写到一种叫"紫密"的密码,我知道历史上是真有"紫密"的,历史上的"紫密"的确是要人命的。二战期间,日本的"九七式"密码就叫作"紫密",美国人将这个紫密破解后,准确无误地炸死了日本舰队总司令山本五十六,总算报了日本偷袭珍珠港的仇。因此也可以说,山本五十六是死于"紫密"的。麦家用"残酷"二字来形容密码是再贴切不过的了。密码是用于交流信息的,可是交流信息却偏偏要放弃最常用的交流语言,这就说明在交流中有些信息是不能让所有的人知道的。信息的保密需求源于人类社会的争斗,人类社会的争斗又无不是由利益和欲望引起的。因此我以为密码的根源还在于人性之恶。密码随着人类文明的发展不断地升级,它集聚了人类文明的智慧,然而这智慧之果却在为人性之恶服务。这就是残酷的根本所在。麦家发现了这个根本。他要做的是来颠覆这个根本。他要在残酷的地方找到美好的东西。所以他又给密码下了另一个结论:密码是反科学的科学。其实,沿着麦家的这一思路,我以为对密码可以有多种破译:密码是反智力的智力,是反人性的人性,是反世俗的世俗,也是反常识的常识。在这些结论里包含着一个常数,就是在对立的境遇里反求自身。麦家在《暗算》中借陈二湖的课堂对此作了更形象的解说:"在密码世界里,没有肉眼看得到的东西,眼睛看到是什么,结果往往肯定不是什么,你肯定不是你,我肯定不是我,桌子肯定不是桌子，黑板肯定不是黑板，今天肯定不是今天，阳光肯定不是阳光。世上的东西就是这样，最复杂的往往就是最简单的。"我将这看作是麦家通过小说为我们揭示出的一种"密码思维"，这种密码思维让我们对世界和人生有了别一番体认。

"密码思维"带有极大的神秘性，这使我想起了博尔赫斯的"迷宫思维"。迷宫是博尔赫斯最钟爱的意象，迷宫也是博尔赫斯认知世界的表征，所以他说："写小说和造迷宫是一回事。"我不知道博尔赫斯的迷宫是否引起过麦家的兴趣，但在某一点上麦家是与博尔赫斯相似的，麦家的内心在说："写小说和制造密码、破译密码是一回事。"他写的《解密》《暗算》或许是他制造的"紫密"和"黑密"，他写完后或许觉得自己就是那位制造密码的高手希伊斯，或许他在等着看有没有一个容金珍似的天才破译了他的密码。而迷宫与密码都具有反常性和神秘性，麦家应该明白这二者的内在一致性。他在小说里曾提到过迷宫，他把下棋比作"走迷宫"。会破译密码的容金珍也会"走迷宫"，他特别善于出其不意地在棋盘上走出一条新路，抵达"迷宫"的深幽之处。希伊斯特别愿意与容金珍一起下棋，与其说他是要同容金珍比棋艺，不如说他是要在棋盘上窥探容金珍破译密码的思路。在这里，麦家将密码思维与迷宫思维对接起来了。当我们读到下棋的这段故事时，自然而然地会将下棋与密码联系起来。下棋实际上就是双方在制造密码以及破译对方的密码："出招拆招，拆招应招，明的暗的，近的远的，云里雾里的。"麦家这一段对下棋所发的议论，我看更像是议论制造密码和破译密码。麦家在《解密》中不断地暗示我们，现实世界里充斥着各种密码。下棋是其中的一种。小说的开头看上去是要给我们讲一个家族的故事，但回过头一想，那位被噩梦折磨的老奶奶不就是被密码所折磨吗？梦其实就是上天发送给我们人类的密码，所以老奶奶必须把自己最喜欢的小孙子容自来送到海外去学习释梦之术。释梦之术就是对梦的"解密"。容目来没有去学释梦之术，却学了另一套破译密码的方法——数学。数字，多么简单的符号。但麦家在叙述中分明暗示我们：正是一连串简单的数字，组成了玄而又玄的密码。那个遭人歧视的大头虫正是凭着对数字的痴迷，后来成为破译密码的高手。他对数字的痴迷在于他对数字传递的密码信息有一种天生的领悟。比如，他在学校接受正规的数学训练之前，就能以一套自己的办法计算出他的老爹爹的寿命。我以为，麦家在书中这一段对于数字的饶有兴趣的叙述，是在为我们演示解密的神秘过程。

最困扰我们人类的密码还是人自身。这大概是麦家最终要完成的一个主题。人性的善恶，人的情感，人的命运，它们的真实信息多半都以密码的形式在我们耳边回响。如果我们也能像瞎子阿炳捕捉到声音的点滴差异，也许人与人之间就不会有那么多的猜疑、误解、怨恨和暗算了。人与人之间的交往，其实就是在相互破解密码。破译人的密码，也就是揭开一个人的真相，有时候真相一旦揭开，也许我们反而失去了生存的勇气。那位瞎子阿炳，天生一对顺风耳，虽然眼睛瞎了，却比那些明眼人对身边的事物更能明察秋毫，因为明眼人看到的只是事物的表象，真相往往隐藏在"密码"里面，而阿炳尽管看不到事物的表象，却能从对声音的分辨中找到解开"密码"的钥匙，因此他成了701的大功臣。但他却不能破译身边的密码，他不谙人情、不识人心，一旦获得了生活的真相，就只好自杀了。在《陈二湖的影子》里，我们看到了真相的另一种状态。魔鬼密码的诡秘性让陈二湖只能在梦呓中寻觅到破解的路径,也许正因为这一原因,他对完全不存在诡秘性的"那件事"的真相始终也不敢相信,他只能以诡秘性的思路去处理一切,他也只能生活在诡秘性的情境之中,一旦离开了诡秘性情境的"红墙"内,他的记忆就发生故障,他就无法正常生活。

　　破解人的密码,耗费了我们毕生的智力。因此,麦家也是在暗示我们:作家要做的事其实就是不断地破译人这个最玄幻的密码。而人的密码玄机全部藏在人的大脑里,是由人的智力所控制的。我们不妨将《解密》看成是麦家对容金珍这个密码的破译过程。容金珍把《世界密码史》神奇地搬进了自己的房间,他对历史了如指掌,什么复杂诡异的密码都难不倒他,然而他终于在黑密面前倒下了,不是因为黑密多复杂,恰恰是因为黑密根本没有上锁。复杂和简单就这样在性质上发生了颠倒,在颠倒中麦家也完成了对容金珍的破译。这样一个智力非凡的天才,面对最棘手的难题有着坚韧的意志,但他无法解决生活中最简单的事情。一个普通小偷一次最拙劣的偷窃行为,就导致了容金珍的精神彻底崩溃。在麦家的眼里,容金珍也许就是没有上锁的黑密,他虽然智力非凡,意志坚定,目标明确,但他的精神并没有"上锁",他从本质上说是脆弱的。精神没有"上锁",可以从多方面去理解,而在小说中所表现出来的最重要的一点就是容金珍对于世俗社会丝毫没有设防。容金珍的悲剧在于,他把全部智力投入抽象的数字世界,却对具象的现实世界懵懂无知。

　　最后,我还想回到麦家的密码思维和博尔赫斯的迷宫思维的比较。迷宫思维构建起博尔赫斯的世界观,从而将文学意象升格为哲学意象。他将写小说当成造迷宫,他的想象力被迷宫激活,他的思想则在迷宫的行走中不断遭遇"交叉小径"的选择，所以他对任何哲学问题都没有得出结论，甚至觉得在迷宫中已走失，怀疑正在写作中的博尔赫斯是另一个博尔赫斯，"我不知道在我俩之中是谁写下了这一页"。这一切就使得博尔赫斯迷宫一般的小说有了更大的诱惑力，它让我们在其中可以不断地走下去。麦家的密码思维也有这样的特点，但他似乎没有紧紧抓住，传奇性、故事性分散了他的精力。还有最重要的一点，麦家完全有可能将密码的意象拓展开去，而不是仅仅在破译密码的具体情境中使用密码思维。也就是说，走出701这个具体的场景，麦家还可以把写小说当成制造密码和破译密码的事情来做，用他自己的密码思维来破解世界的神秘性。

为麦家解密，或关于麦家的误读

王 尧　苏州大学

一

我第一次见到麦家，感觉他的眼神忧郁和散漫。

那应该是 2004 年北京秋日下午的一个什么场合，阎连科和麦家一起过来了。连科说，这是麦家。然后，我们从寒暄进入交流的状态。

在这之前，我读过他的《解密》和《暗算》，也见到过他的照片。照片中的麦家总是沉思、专注，眼镜四周还弥散着冷峻。确实是麦家，应当是进入了写作状态的麦家。日常生活中的麦家，似乎只有和少数朋友一起闲聊时，他才会放松，才会笑着，这时你会觉得他是个憨厚的人。人多的时候他很少说话，需要他说话的时候，也是简单明了。麦家在日常生活中的表达，远远没有他在写作时流畅。我一直想拍一张"麦家式"的照片，但都失败了。拍出了麦家眼神中的散漫，但没有拍出他的忧郁。我一直寻思，他忧郁的来源。

天才总是有忧郁的眼神，忧郁的不一定是天才。写作《解密》《暗算》《风声》的麦家应该是个天才式的家伙。散漫并不是不专注，是专注时的走神，写作的人在不写作时总是会走神的，身体在文本之外，脑子还在写作的文本之中。所以，我觉得麦家即使在公众场合，仍然处于写作的状态。有时候在一起聊天，麦家谈到什么作品，总是直言不讳，但没有写作之外的话题。谈论别人，他也是在写作之中完成的。其实麦家是个热情的朋友，他以冷静、细心、周到和润物细无声的方式表达他对朋友的热情和诚恳。他在这个过程中，删除了多余的细节和客套。

麦家的热情更多弥漫在他的写作中。

二

2008年3月19日，麦家应邀到我和建法兄主持的"小说家讲坛"演讲。这个从2001年秋季开始的讲坛，此时已接近尾声。麦家应该是"小说家讲坛"的最后一位演讲者。他开场时说："我已经二十年没有来苏州了，二十年前，我曾经两次到过苏州，两次都跟女人有关。说真的，我差一点成为苏州女婿。但是命中注定我成不了苏州女婿，虽然给了我两次机会，都失之交臂。这就是命，数量篡改不了命运，正如海水不能解渴一样。"可见苏州是给了他"创伤记忆"的。一个人通常只有在非常幸福的时候，才会平静地忆苦思甜。

三

麦家在青年时期好像有过一次出走，我已经记不清他曾经说过的那个故事。那可能是他人生中的一次迷失，或者是一次凤凰涅槃。当一个人脱序时，他实际上是把自己置于绝境。麦家坐上了火车，漫无目的，不知要去哪。我想象得出麦家的样子，他沮丧了，他沉默了，他心里的曲折一定会比铁轨还要长。他坐在车上，一位长者主动跟他说话了，长者容易观察到年轻人的心思。

长者教育了他，然后他在最近的一个车站下了车。可能在那个时候，麦家开始走出他内心的铁屋。他把自己封闭了，然后在封闭的时空中呼吸，然后是呐喊。这呐喊就是文字搭建的小说。他的小说空间几乎都是铁屋，但那里不是昏睡的人物，而是向死而生的人物。读麦家的小说，我会想到他在军旅的特殊经历，也会想到他出走的那个故事。麦家走出来了，他小说中的人物有的走出来了，有的没有走出来，有的不知所终。

四

麦家是一个被误解的小说家。

在许多批评家那里，麦家的小说经常会跟"谍战""类型"联系在一起。但是，如果仅仅将麦家的小说用这样的词语描述，甚至以这些词为出发点论述麦家的小说，就会大大削弱麦家的意义。可以这样说，麦家的小说大都是谍战小说，但是又远大于类型小说。传统意义上的类型小说的题中之义是"好看"，也就是一定要有足够的故事性，同时要降低阅读的门槛。麦家的长篇小说就故事性而言，确实属于类型小说。但这并不意味着它就一定是"通俗"的。很长一段时间以来，故事性是作为文学层级里面的底层元素被我们理所当然地置于纯文学的考量之外的。甚至在有些极端的批评那里，"故事性"径直等同于"通俗"。这其实是纯文学意识形态制约了我们对于好的文学的想象力。从这一点来看，麦家的意义在于质疑了这种"正典"的"理所应当"。

五

"人性""英雄性"也是麦家小说心心念念的主题。"人性"这一主题在中国当代文学中从来不是一潭死水。在文学发展的不同阶段，对于"人性"都有着不同的解读策略。同时，当代文学始终有一对隐含的矛盾，即"人性"和"英雄性"之间的矛盾。怎样处理好"人性"和"英雄性"之间的关系，是当代文学传统下成长起来的作家所必须直面的问题。在"十七年文学"和"文革文学"之中，人性往往被阶级性取代。因为被划入腐朽的资本主义文化范畴，"人性"在英雄身上是隐形的。将"人性"这一概念黑暗化的同时，人的丰富性也沦为了格式化的苍白图形——留下的只有"金光"，"金光"背后的暗影是注定无法存在的。先锋文学为了解构这种曾经光芒万丈的英雄性，极力去书写人性中不堪直面的晦暗角落。好像矫枉必须过正，先锋文学时期我们对于文学中人性的想象从一个极端直接滑向另一个极端。市场经济的发展启动了我们对于"人性"和"英雄性"的最新想象。市场经济的全面展开将"日常性"的诉求带回了我们想象的视野。于是，"英雄"已经不是昔日的"阶级英雄"而降落人间成为"市民英雄"。

在这样的背景之下重读麦家，就会发现他赋予了"人性"和"英雄性"一种新的关系。麦家笔下的阿炳、黄依依等人是从寻常人间走出来的，他们浸透了日常性的精神，但是他们又不是那种能够散落人群中成为背景的人——他们身上的异禀让他们无法平凡。因此在麦家的小说中，"英雄"存在于人间，然而日常性又丝毫没有磨损英雄身上负载的传奇性光环。麦家的英雄既没有成为黑暗性的囚徒，同时又没有被日光灼烧。

通常来说，小说对人物的刻画，或挖掘普通人、小人物身上的闪光点和"超人性"，或聚焦天才、英雄的平凡处和"肉身性"。麦家的小说显然属于后者。比如在旁人眼中"国家至上"的李宁玉，作者却借顾小梦的眼光塑造出了一个充满人情味的女性；又比如被推上神坛的容金珍，小说用大量笔墨描绘他在日常生活中的低能与无助、纠结与困惑。麦家执着于一遍遍地书写那些旷世奇才、国家英雄，但并不描述他们的丰功伟业，而是写与其形成强烈对比的肉身性，他们的缺陷与脆弱、困惑与失控，以及在其中的挣扎与陨落。麦家小说的主人公总是怀有一身奇才或绝技，少年得志却为才华所负累，鲜花着锦之时便成疯成魔、匆匆折毁。通过这一类人物，写作聚焦于人类寻求自我超越与注定无法超越的人性难题，以及个体在这个难题面前对于自我的认知与突破。

六

从麦家的写作习惯来看，他应当是一个苦吟派。翻开他的小说，扑面而来的是他绵密缓慢的语调和精致微妙的想象，字里行间似乎都可以看到那个字字斟酌、反复推敲、改了又改的麦家。然而，无论他如何苦心孤诣、兜兜转转，其写作始终不脱人性这个原点，其所有的写作技巧和故事构造都服务于个体本身的生命逻辑。他的一个个故事总是藏在精巧的外壳里，需要通过繁复的程序层层剥开，才能最终看到其不变的内核——人。《解密》中的人物，不论是天才少年容金珍，还是配角希伊斯、小黎黎，都是令人捉摸不透的形象，似乎每个人的背后都有着一股神秘的力量，而对神秘力量的顺应或挑战推动着他们卷入命运的漩涡。在对这些人性矛盾的探索中，小说触碰到了孤独与意义、勇气与恐惧、欲望与家国这些主题，而读者对这些人性问题的共鸣恰恰是不分国界、无关东西的，由此，小说才能够超越不同种族和文化，从而直抵人心。

七

麦家小说一方面从烟火人间汲取材料，另一方面又在人间的上空低飞。在一次访谈中，麦家说，哪怕是天才也难逃出琐碎的日常。他笔下的那些天才、英雄最终都毁灭于"日常"。日常就像时间一样遮天蔽日，无坚不摧，正如水滴石穿，其实是一种残忍。

这样一种写作构成了麦家小说的异质性。常常有人将麦家与博尔赫斯进行对比。从一定意义上来讲，这种对比是有效的。麦家像博尔赫斯一样，能听到像密码那样飘散如幽灵的低语。在我看来，《暗算》的"听风者""看风者""捕风者"三个部分最为鲜明不过地体现了麦家小说的这一特点。"风"这样一种最无形的存在就是麦家笔下的神秘性，麦家用文字和叙事为这种"神秘性"赋形。正是因为站在两重世界"之间"，麦家认出了"神秘性"。密码、迷宫，存在于符号意义上的"真实"找到了它们的肉身宿主，它们不断诱使主人公从现实世界走向"原型"世界。从一种"真实"走出，抵达另一种"真实"。小说家在"解密"，他笔下的人物也在"解密"。双重的解密过程打捞着"现实"背后那团神秘的庞然大物。麦家小说的叙事动力正在于对于凡俗现实背后的神秘性的索解，这种神秘性很少被中国作家以如此大的叙事规模展现出来。

八

麦家有着特殊的位置，不仅因为他在"雅"和"俗"的边缘来回游走或者说突破了雅俗的藩篱，而且因为他在世界范围内受到读者的眷顾。在国内，以《暗算》《解密》《风声》为代表的多种作品达到了惊人的销量，尤其是随着电视剧《暗算》与电影《风声》的大火，麦家在大众读者中掀起了一股浪潮。在海外，2014年《解密》的英文版由英国企鹅出版公司和美国 FSG 出版公司联合出版，甫一问世就刷新了中国文学作品在海外销售的纪录，随后，西班牙语、俄语、意大利语等多种译本也陆续推出，一跃成为国际性的畅销小说，引发了《纽约时报》《泰晤士报》《独立报》等西方主流媒体的关注，并入选 2014 年英国《经济学人》"年度全球十佳小说"和 2017 年英国《每日电讯报》"史上最杰出的 20 部间谍小说"。

《解密》在海外获得了主流媒体及书评人的极高评价，他们的视角大多集中在故事本身的可读性及其背后的叙述视角、情节构造等层面。值得注意的是，虽然《纽约时报》以"A Chinese Spy Novelist"来介绍麦家，但谍战似乎并不是其被广泛接受的关键因素。已有研究者从美国亚马逊网站上《解密》英译本的"读者书评"入手，提出了诸如"历史小说与心理惊悚小说的结合""既是间谍小说，也是心理小说""传统间谍故事与中国民间故事的结合"等说法，但归根结底，他们都认同该小说传达出对世界、人性的深刻认识。

麦家小说的传播，显示了海外对中国文学的接受不再是冷战思维的政治读解，取而代之的是就"文学内部结构"而言的某种审美读解。尽管麦家小说的故事构架基于世界的"两极格局"（两极格局正是谍战小说生长的现实土壤），但是他用凡人—英雄这样的叙事构架瓦解了政治读解的先验预设，传奇性与人性之间的广大地带成为麦家超越两极格局读解的文学"空间"。

九

我一直不相信，麦家在语言的世界里就这么了断他的故乡，了断他和蒋家村的关系。青少年时期的麦家在蒋家村也是一个"受害者"，那种因为出身问题而受到的歧视和压迫，对一个青少年而言之所以刻骨铭心，是因为所有的一切都发生在他身体和精神发育时期。我自己至今还记得我的外公——一位地下党员被红卫兵拖走批斗时我的恐惧。记忆还在那里，生活就在那里，精神的本源就在那里。不妨说麦家后来的英雄情结在很大程度上是被压抑后的释放。

终于有了《人生海海》这样一部小说。麦家还是一如既往的麦家，成熟的叙事技巧和精心构造的故事一如既往；但麦家不再是我们之前熟悉的那个麦家，麦家直面历史重大事件，对"故乡"的"暗算"进行了"解密"。有朋友说麦家转型了，我说麦家把他的另一种可能性完美地释放出来了。

麦家在《人生海海》中有意增加了叙事难度，达到了似乎是为难自己或是炫技的地步。一方面，小说在漫长的历史跨度里使用了多个声部，第一部分是"爷爷讲"，第二部分是"老保长讲"，第三部分是"林阿姨讲"，其中还穿插了其他临时性的叙述者。每一个叙述者都是上校人生的见证人，用自己的生活逻辑与生存哲学来理解上校，并用自己的叙述语言讲述部分的"真实"。个体的人生何其曲折，人类的命运又何其海海，多个声部的讲述者向我们展现出个体人生的渺小，以及这渺小人生所蕴藏的巨大潜能。

另一方面，麦家采用了更具有挑战性的第一人称叙事，通过封锁视角来增加叙述难度。正如他坦言，他完全可以采取线性叙事的方法，但"我有意绑住了手，或者弄瞎了一只眼睛，但我又要看到全局、掌控全局，这就给自己增加了难度"。这种叙事视角拉近了读者与故事之间的距离，使读者一下子成了"爷爷讲""老保长讲""林阿姨讲"等多个频道的直接接收者，更容易产生"听书人"的现场感，并随着坎坷离奇的情节产生情感代入。

是的，麦家挑战了自己。

+

我收到《人生海海》时已经是初夏。又过了些日子，我带着《人生海海》到了富阳。我在富春江畔，听麦家说他的那个村庄和我们的距离。

麦家小说的游戏精神与抽象冲动

张光芒　南京大学

阅读麦家需要有一种游戏精神，而理解麦家也许还需要有一种抽象的冲动。游戏精神是说麦家小说的叙事总是善于营造难度系数极高的技术动作，在智性领域、特情场景、神秘地界煞有介事地给你讲着奇妙的故事，这些故事虽然不乏扣人心弦的紧张和刺激，但它既非以感性叙事或欲望叙事来进入，又不能单凭理性的心智就可以解释，非常接近席勒意义上的游戏精神。在这种游戏中，天才的荣光与盲点，命运的离奇和荒诞，心智的强大与脆弱，人性的自由和枷锁，总是如影随形地纠缠在一起，冥冥之中有一种神秘的法则在支配着一切。因此，我们还需要有一种以抽象冲动为经纬的阅读准备，需要有一种形式感。席勒曾经提出通过高度的抽象可以在人身上辨别出两个对立的因素，其一是持久不变的"人身"，即"人格"，其二是经常改变的"情景"或者叫"状态"。如果说前者是人的绝对的理性主体，那么后者就是感性的物质存在，二者之间存在着天然的对立和分离，麦家小说的特色不在于表现了这样的两个方面，而在于通过将二者分别推向各自的极端，充分展示出二者之间割裂的真相，以此推动人们对于理性密码—命运密码—人性密码的连环探险。在越来越多的文学编辑感慨"要想发现几篇新颖之作几乎成为难事"之际，麦家以其《暗算》《解密》《紫密黑密》《地下的天空》《让蒙面人说话》

等作品刮起了一股非同寻常的"新智力小说"或曰"特情小说"的旋风，在消费时代波澜不惊的大众化叙事镜面上激荡起一阵阵骚动的涟漪。这一股势头强劲的"麦家冲击波"到底有何新异之处？从表层的解读到抽象的审美游戏无疑是必经之途。

一、解读情节密码：离奇的逻辑与善恶的错乱

我们不妨从解读麦家小说表层的情节密码入手。

麦家小说的新异无疑表现于小说审美要素的各个方面。侦听、编码、破译、解密……这样一个围绕密码建构的神秘独特的叙事王国，显然迥异于当下流行的充斥着酒吧、宾馆、饭店、咖啡馆、夜总会等娱乐景观以及性、物、权等欲望因子的消费主义叙事，也不同于以敌我双方实战为冲突焦点的"红色经典"。在麦家所经意营造的701上空叫嚣呼号的，不是真刀真枪的敌人，而是凶残猖狂又神秘莫测、能把人活活憋疯的恶魔：乌密、紫密、黑密。除了题材选择上的独具匠心，小说的人物设置也偏离常规。傻子、瞎子、大头鬼、侏儒、"有问题的天使"……麦家笔下这些形形色色的天才人物显得颇为与众不同。他们的外表与心智的强烈对照无疑是鲜明的；更引人深思的是，这些锐不可当、才华超群的解密英雄往往在其最辉煌灿烂的人生巅峰猝然离世，而其原因又往往出人意料，令人扼腕：有着惊人听力与记忆力的瞎子阿炳被人从偏僻的小山村发掘出来，到701从事侦听工作，他不费吹灰之力解了国家的燃眉之急，成为显赫一时的英雄人物，不久却因妻子与人私通生子而触电身亡；自幼聪慧过人，"鼻头上都长着脑筋"，"九九八十一年才能出一个的奇人"容幼英威名远播，令人尊崇，最终却难产而死；陈华南天生异禀，出类

拔萃，可就在离成功一步之遥的地方因丢失笔记本而精神错乱；令人意想不到的还有黄依依的死，这个打着一手好算盘、容颜美丽、性情风流的女破译专家处处留情，终于招来杀身之祸，被一扇厕所里的弹性门送上了归程；化名林英的女共产党员则是因为生产过程中无意呼唤爱人的名字而被敌人识破身份遭到杀害。诡异的想象，严密的推理，莫测的命运，荒诞的现实，也许还有一种久违的悲剧意识，不断撞击着读者的阅读经验与灵魂。

近年的小说创作中，随着欲望话语合法性的确立，"恶"作为人性最基本的形态被赋予了自足性。作家们纷纷致力于探索人性黑暗隐秘的褶皱，乱伦、通奸、买官卖官、争权夺利等等故事屡见不鲜，多少难堪隐秘都呈现出来，对人性解剖的细腻深切也已经成为文学评论必不可少的尺度。不过也不能否认，当本能的欲望、人性的不堪日益成为作品解剖的重点，深度与意义的消解被看作是对叙事本真的还原的时候，读者已经越来越难以从文学作品中得到精神的慰藉或悲剧的共鸣。麦家则独辟蹊径，将重点探求的领域从当前炙手可热的生活层面转移到了智性层面。这不仅仅表现在作品的选材及其所充盈的难得一见的推理豪情与对智性描摹的偏爱，更指其对社会、本能双重属性上的人性之"恶"采用了一种减法式的描写。换言之，除了特定的生存环境对人物的制约与影响外，这里少见个人内心深处的阴暗，以及人与人之间的钩心斗角、尔虞我诈，多的是对事业、国家甘于献身的执着、忠诚、挚爱，对英雄人物的崇拜，对人为因素背后的神秘力量的突显。如《农村兵马三》中的处长同情马三的处境，批准他在转志愿兵前回家探亲。谁也想不到这一去竟然完全改变他的命运，马三回来后变成了盲人。又如阿炳知道妻子林小芳与人通奸生子后羞愤自杀,可是结果却是那样出人意料,林小芳是出于对革命事业与英雄人物的绝对崇拜才做出傻事,试图为无生育能力的阿炳留下根脉,而绝非红杏出墙的荡妇;更有甚者,无意中一个小小玩笑竟然能够轻而易举地摧毁相互之间的信任和美好的爱情而最终置人于死地(《充满爱情和凄楚的故事》)。在一种离奇的逻辑推动之下,善与恶因果不再,乃至颠倒错乱。唯其如此,人物的毁灭才显得那样突兀,那样不可预料,才令人痛心疾首后更觉无奈。

二、解读命运密码:天才的荣光与命运的荒诞

麦家小说津津于描写英雄人物破译敌国的密码,这只是一个表层,在本质上却是为解读命运的密码作准备。

在麦家笔下,天才般的英雄人物莫不具有超常的天赋或者超人的智慧或者难得的幸运,然而又莫不表现出自身的缺陷甚至低于常人的盲点,而且其天才与缺陷又往往是连在一起的,所谓天才与疯子只有一步之遥。瞎子阿炳是个天才,然而他能一下子听出那个孩子不是自己的儿子,却听不出自己是没有生育能力的人,更听不到妻子为其生儿所采取的善意的欺骗、美丽的谎言。

天才的超级荣光总是伴随着低级的盲点,这一形式上的对称正是审美上的抽象法则使然。而由此也造成了命运的一对孪生姊妹:离奇和荒诞。英雄人物容金珍曾为701的事业做出了惊人的贡献,然而仅仅因为偶然被小偷偷走了装有工作笔记本的皮夹,便从此失常,成为精神残障者,此后几十年不断地重复着寻找笔记本的动作。而事实上那个笔记本不但早已找到,而且启发另外一位相对平庸的人物立了大功。一个如此强大而可怕的天才

人物，一个人类的精英，破译界的英雄，最后竟然被一个小偷无意间的轻轻一击，就击得粉碎。"这使我感到神秘的荒唐，而且这种荒唐非常震惊我。"对此震惊，小说将两个形象加以抽象化，进行精神或质量上的比照，那是优与劣、轻与重的悬殊，为什么他会变得如此不堪一击？难道是小偷强大吗？当然不。答案是由于容金珍脆弱。因为小偷偷走的是容金珍最神圣而隐秘的东西——笔记本！这东西就"好像一个人的心脏，是碰不得的，只要轻轻一击中就会叫你死掉"。这就如同小说里的黑密根本没有上锁一样，有时候越简单的东西越能致复杂于死地，越平庸的东西越能战胜神圣。英雄可以战胜整个世界，但却不能战胜一只小偷之手。这里的脆弱与天才的盲点不同，后者源于性格上的缺陷，而前者却源于一种客观，一种荒诞的现实，正是它不仅造成了英雄的悲剧，而且导致了命运的荒诞。

于是又涉及偶然与命运的命题。正如一个天才的密码破译家不仅需要天赋，也需要运气一样，人的命运充满着巨大的偶然性。"这种偶然性危险得足以毁灭一切！这种偶然性神奇得足以创造一切！"而"所谓偶然，只不过是我们对复杂的命运机器的无知罢了"。因此，要读懂命运，要破译命运的密码，还必须从倾听偶然和荒诞本身入手。

《暗算》便处处充满了偶然与无奈。"我"为了阿炳的幸福，决定由组织出面为他张罗一桩完美的婚姻。事情意想不到地顺利，护士林小芳毫不犹豫地就答应了，嫁给一位为国家做出重大贡献的大英雄，多少荣光，至于阿炳的缺陷，"她认为这正是她要嫁他的理由：英雄需要她去关爱"。当"我"告诉阿炳时，阿炳几乎不相信这从天而降的幸福。的确，"在当时，在701，我们把婚姻更多看作是革命和事业的一部分，而且正是这种信念让我们拥有了无比真切的爱情和生活的甜蜜"。然而，这么一场自然、善良、正义和顺理成章的安排，却造成了英雄阿炳之死。天才可以破译无论多么复杂的人造的密码，却不能破译自己的命运。阿炳通过录放机告诉"我"：老婆生了百爹种，男人只有死！其实，问题出在这位英雄自己身上，他根本没有生育能力，甚至以为只要睡在一张床上，抱抱亲亲，就能有孩子，自己就能做父亲，妈妈就能做奶奶。问题更出在林小芳的善良和对英雄的崇拜，完全是为了实现英雄的愿望，林小芳才铤而走险，借种于人，"从她知道自己怀孕后，就再也没有让那个山东人碰过一下"。

英雄之死固然令人惋惜，然而英雄妻子的命运更值得人们去思考。阿炳死后，林小芳就到陆家堰侍奉婆婆，由于她认为孩子"不配待在这家里"，所以孩子从没有在家里出现过。老人死后，林小芳在安葬了老人的当天便离开了陆家堰。关于她的下落，有种种猜测，叙事者告诉我们，"总之，关于她的下落问题，我感觉似乎比阿炳出奇的听力还要神秘和离奇"。显然，这里说的并不是神秘本身如何，而是显示出作家对一个普通人的关心，对命运本身的关切。更为牵动人心的是命运本身的难以捉摸，是善良之归宿何处。这启发我们，要理解麦家，还需要透过命运那扑朔迷离的密码通往人性的密码。

三、解读人性密码：深刻的悲悯与终极的关怀

当麦家小说对人性的社会与本能双重属性中的"恶"采用"减法式"手法时，并非表明作家对天才人物的命运有着乐观的预见；相反，当天才或英雄人物更彻底、更充分地运用了自己的

聪明才智，并且抽空了可供人为阐释的空间之后，那无往而不在的灾难更凸显出生存的真相，直抵悲剧意识的根源。这意味着，麦家着意营造的虽然往往是英雄的悲剧，天才的悲剧，但更是人的悲剧。换言之，麦家小说所展示的命运的密码常常是无解的，就像疯子般的天才制造的密码不能按常规破译一样，读懂麦家其实也需要从根本上改变阅读的惯性：不妨将崇高与凡庸、英雄与小人物、秩序与混乱加以置换，从相反的方向去探寻密钥。由此，我们会发现在那些抽象而冰冷的数字背后，回响的是久违了的温暖的悲悯、终极的关怀和人性的呐喊。在麦家小说命运密码的背后深隐着更为本质的人性的密码，那才是与人类的命运、人的生命息息相通的，抽象的冲动遮掩着鲜活的生命，是为了更为有力地整合人的割裂般的存在。

根据刘小枫的理解，现代叙事的发展历程分为两种，即"人民伦理的大叙事"和"自由伦理的个体叙事"。前者"看起来围绕个人命运，实际上让民族、国家、历史目的变得比个人命运更为重要"，而后者则只是一种"个体生命的叹息或想象，是某一个人活过的生命痕印或经历的人生变故"，因此"自由的叙事伦理学更激发个人的伦理感觉，它讲的都是绝然个人的生命故事，深入独特个人的生命奇想和深度情感"[1]。值得注意的是，麦家的小说没有像当前大多数叙事那样决然将人民伦理叙事抛掷笔外，将个体推到整个世界的对立面，成为一个以自我体验对抗整个世界的解构主义者，而是独出心裁地将这两种叙事的关系倒转了过来。也就是说，他的小说从表层结构上看莫不围绕着国家、民族、革命事业，实际上却是对于个人生命的想象和叹息。作家对笔下人物充满同情的理解，正如其通过叙事人之口所说的："我们知道

701人的工作是以国家安全为终极目标的，但职业本身具有的严密保密性却使他们自己失去了甚至是最基本的人身自由，以致收发一封信的自由都没有，都要经过组织审查，审查合格方可投递或交付本人阅读。"如上所述，他笔下的天才往往都有着不太光鲜的外表，傻子、呆子、瞎子、大头鬼、侏儒等，可是麦家却能透过不太美妙的外在揭示其丰富的内心世界。正如他在《充满爱情和凄楚的故事》自序中所说："他们得到了我的关爱，我在日夜想念他们，不能释怀。他们是我陌生的亲人，我为他们感动，为他们流泪，为他们祈祷。"

"有问题的天使"黄依依大概是麦家小说中最具叛逆性也最丰满最富个性的形象。她是一个英雄、数学天才，一举破译难倒众人的"乌字一号高级密码"，立下了汗马功劳。那么，她的问题在哪里呢？在他们那些"正常人"看来，她目光大胆又热烈，时髦而妖艳，颇有"风骚女子的味道"，像个"多情的魔女"，生活中不能没有男人，是"一棵饱受西方资产阶级思想侵害的大毒草"。其实所谓"问题"，不过就是她迥异于那些国家机器的螺丝钉，不过就是她敢爱敢恨而已。而这些人性的质素无疑比建功立业更具有人性价值和本质意义。

但是麦家小说对这一审美维度采取了"加密"措施，作者远远地隐藏在叙事者背后，叙事者的眼光和视角完全来自一个国家情报机构工作人员，或者一个训练有素的记者，叙述的话语色彩、情感基调，甚至不时出现的有关英雄人物形象的一些评价莫不与叙事者的身份丝丝入扣。这一视角如此规范、"客观"、权威，以致读者几乎听不到作家本人的声音，或者完全可能将两种视角混淆起来。《解密》的叙事者有言："我似乎在向传统和正常

49

的小说挑战，但其实我只是在向容金珍和他的故事投降。奇怪的是，当我决定投降后，我内心突然觉得很轻松，很满足，感觉像是战胜了什么似的。"沉浸在紧张的情节中的读者若突然发现，在故事的背后还有一双狡黠的眼睛在闪着诡异的目光，也许会感觉大煞风景。作者显然要战胜的正是这样一种可能的存在。正如本雅明所说："写一部小说的意思就是通过表现人的生活把深广不可量度的带向极致。小说在生活的丰富性中，通过表现这种丰富性，去证明人生的深刻的困惑"。并且，必须把"故事放在灵魂的赎救这一神圣的层面上——一个不可验证的神圣的层面上，从一开始就把解释的重负从肩头卸了下来，不为故事提供任何可验证的解释"。[2]

麦家深谙这种"不解之解"的审美辩证法。《黑记》的故事从表面上看是为了解开林达患有的那种神秘疾病之谜，然而你却不能否认，如果没有刻骨铭心的爱，这个谜是永远解不开的，更为重要的是，如果不是因为林达患有这种奇怪的病，她也许难免普通女子的毛病，也就不会赢得"我"的深爱。但是如果读者只关注林达乳房上那块神奇的黑记，可能就忽视了更美丽的风景。

麦家的《出了毛病》则让人想到约瑟夫·海勒的《出了毛病》，后者的主人公表面上过着一种富裕的生活，但他在内心深处总觉得什么地方出了毛病，整日忧心忡忡，得了神经过敏症，始终处于一种莫名其妙的烦恼、恐惧、焦虑之中。小说通过描写这些感受呈现了一个荒诞世界，在那里即使发达如中产阶级者，也莫不受一种神秘难测的邪恶势力的摆布捉弄而无法解脱。麦家的《出了毛病》虽然没有着力于渲染世界的荒诞，却深刻地暗喻了信仰与意义的塌陷，在这里似乎所有的一切都扑了个空。《谁来阻挡》

中，陆军某部政治处新闻干事阿今产生了一个念头：想转业。只是他想不通自己怎么会突然冒出这个念头，于是他分别向妻子、父亲、母亲、政委征求意见。出人意料的是，结果惊人地一致，这些最亲近的人不管出于什么理由或者通过怎样的表达方式，都只有一个意思：支持他转业！显然对于阿今来说，转不转业是人生的大事，但阿今只是朦胧地有这个念头，也许他只是想通过别人的反驳来证明一下自身的价值和生命的意义，当然他更企望有种神圣的东西被这场犹豫的行为证明出来。然而，不证则已，一证之下，生命的意义，那些一度朦胧的神圣价值轰然倒塌。小说的结尾写道："他甚至不知自己是怎么离开政委的，怎么从走廊上走出来，……他只记得当走出首长院门，警卫员向他敬礼，他举手还礼时，他突然觉得像是被什么抽打了下似的，浑身缩紧发麻，然后脸上凉飕飕的发痒，他伸手去摸，发现自己是流泪了。他不知自己为什么流泪，是被政委的这番诚心好意感动得流泪呢，还是为什么……"其实，细心的读者不难发现小说题名"谁来阻挡"已然暗示了这是一场悲剧。这就如同有人一时想不开，想跳楼自杀，并把想法告诉了别人，然而没有一个人来阻止他。他公开自己的想法时是想通过他人来确证自身生命的价值，没人阻止也就是否定了这一价值。

《两位富阳姑娘》的荒诞则是以极度正常的表象完成的，与鲁迅式的"于正经事中见滑稽"的喜剧品格颇有相通之处，它荒诞到不可思议，又正常到令人揪心地痛。小说描写一个女兵因被查出是"破鞋"而被遣送回乡，最终自杀身亡，酿成悲剧，揭示出秩序、观念对个体、人性的戕害。这只是小说内涵的第一个层次。接下来的尸检证明，这个因"破鞋"问题而自杀的女孩竟然是一个处女。问题出在哪里？作者从人人习以为常的日常现象中寻找出祸害潜藏的缝隙，并将它撕扯开来：和我们社会生活中其他许多看似正常、简单的方法、程序一样，医院流水作业式的体检方式原本就非常容易出错，那个真正有问题的女孩便是利用了这一点，轻而易举地就将问题转移到无辜者身上，使得后者不得不以自杀的惨烈方式诉说自己的清白。她知道自己是清白的，可是她永远也不会知道自己是怎样变成不清白的。由此，小说显示出它的深刻内涵，秩序也好，观念也罢，往往于无声无息中借由一点缝隙造成命运的无常。死亡、悲剧、闹剧等等由此而生。小说到此还没有结束。对于那个肇事者或者说"间接杀人犯"，女军医义正词严地认为"把她枪毙都够罪"。"我"对此则反感又迷茫。这里其实还有更深意味的一层思索，在是不是处女的问题上，她是清白的，所以她的悲剧是令人心痛的；然而，就算她真的没有了处女膜，她就应该得到如此惨烈的惩罚吗？姑娘的父亲一直要"打死这个畜生"，看到女儿自杀的惨况后，才产生了怀疑，并坚决要求验尸。其实，小说中各色人等莫不天然地抱有这样的信念。而且，作为当事者，这位含冤的姑娘连自己的问题出在哪都没有知情权。也许，小说蕴含的真正力量正是在这里。小说的叙事者依然采取了旁观者的立场。在遣返这位富阳姑娘回乡的火车上，"她像个犯人似的，一直畏缩着，连我的目光都不敢碰"。有一次，好不容易鼓足勇气，恳求"我"告诉她犯了什么错。"我"没有正面回答，只是打了个官腔："组织上会告诉你的。"作为军务科长的"我"事后在想：如果我早一点告诉她，事情是不是会变成另外一个样子？这些似乎平淡的叙述与议论，恰恰反衬了小说叙事背后深刻的悲悯和社会洞察力。

破译密码的过程,就是一场灵魂较量的过程。由上可见,只有以一种抽象的游戏精神对这一过程进行层层剥笋,才能理解麦家小说中生命与人性的真谛。

注释:

[1] 刘小枫:《沉重的肉身:现代性伦理的叙事纬语》,华夏出版社,2004,第10—11页。

[2] 瓦尔特·本雅明:《本雅明文选》,陈永国、马海良编,中国社会科学出版社,1999,第295页。

麦家论

张学昕　辽宁师范大学

一

　　两年前,我在一篇文章中讨论麦家的短篇小说创作时,就曾特别强调我对于麦家小说创作的重新体认。当然,这首先是基于我对麦家大量短篇小说的阅读,以及对其长篇小说代表作《解密》《暗算》的重读。特别是去年对麦家长篇小说新作《人生海海》的阅读,真正令我产生进一步悉心地接受并阐释麦家写作的愿望。其次,这次重新考量麦家的小说创作,还基于我对小说理念尤其是文学接受美学、接受心理等相关问题的认真反思。许多年来,我曾与许多人一样,对麦家的小说及其写作有一种很大的误解,武断地认为麦家是一位优秀的畅销书作家,是一位经典的类型作家。而这样的作家,似乎难以进入所谓纯文学之列,很难进入当代文学史的书写范畴。最多,可能会像金庸、梁羽生、古龙等武侠大师那样,成为中国当代谍战小说的传人,或者,成为张恨水似的某种类型的鼻祖。现在看来,这种由来已久的误解,完全来自对某种文学理念的趋同,也是自身长期的文学思维惯性使然。当然,还有一个十分重要的原因,就是麦家的一系列作品如《暗算》《解密》《风声》等,被成功地改编成影视剧,迅即成为收视率之王,形成一股谍战影视剧的狂潮。继而麦家成为"中国当代谍战剧之父",小说文本也开始成为畅销书,吸引大量读者交口荐誉。这几本小说,渐渐由畅销变为常销不衰。其文本也就随即被归入畅销的"类型小说"之列,于是,评论界开始对他另眼相看。另一方面,书一旦畅销,就意味着赚了钱。所以,有些人的心理就会变得复杂,甚至嗤之以鼻,似乎麦家占了"纯文学"好大的便宜。由此而来,许多评论就基本不太考虑他到底写的是什么,究竟是怎么写的。凡是出自他之手的作品,或论及麦家的创作时,一律按照"谍战小说"的模式来判断。现在冷静地想想,麦家的那几部畅销的长篇小说,到底是否应该划入"谍战小说"这一"类型",确实需要我们用心斟酌,重新考量。

我觉得,很大程度上,我们现在仍然不自觉地在受题材决定论的影响和限制。其实,我们大可不必过分纠缠于其小说题材的层面,而应该从文本的内在精神和品质入手,审视麦家的写作策略和审美表现力——其叙述语言的精致,叙述的克制,文体结构、格局的大气洒脱,以及情节、故事逻辑的严谨,人物形象的个性鲜明,文体格调的优雅,完全没有类型小说的固化、模式化的样态。麦家的文本中的主要叙事重心,实际上直指政治、人性、命运、自我等文学母题,旨在探测人自身和存在世界之间关系的深层隐秘。另外,麦家的写作,可谓我行我素,并没有考虑迎合读者口味,他似乎也根本没有考虑过评论家们的感受。无论长篇小说,还是中短篇文本,蕴涵均十分丰富,如果不从"谍战"视角思考麦家的小说创作,我们的审美视域和审美感受,是不是将会更加开阔和充分呢?我惊异于麦家的想象力和写实功力,他不仅能够大胆地处理人物的生死歌哭、俗世生活和伦理现实,对当代历史中的细节进行细腻的还原式重构,还擅于以极其简洁的方式,讲述荒诞、吊诡的故事,探触生命最朴素实在的细部。他既擅写情感、人生悲剧,更有返璞归真的气魄和雄心。由此看来,我倒是觉得现在已经到了为麦家"正名"的时候,对他的写作,终究应该有一个恰切的审美判断,以辨析麦家写作的真实质地和品性,他文学叙述的变与不变,他对于诸多文学元素的发挥,或者,在文学史层面梳理和审视他的叙事美学及其精神谱系。

在麦家看来,写作的意义、价值从来都不是由自己的叙事动机决定的。对此,麦家本人有着很洒脱的理解:"是不是误读没关系,误读也是一种读法,一部作品被误读的概率,我认为往往大于被正确解读"。[1]麦家获茅盾文学奖,其作品入选"企鹅经典文库",证明了其"纯文学"地位的"合法性"。麦家的名气,在一定程度上多半来自谍战小说及其影视改编的风生水起,这也不可否认,或者说,倒也不必为此纠结,因为他的才华绝不会被谍战小说所局限。包括前面提及的那些长篇小说在内,他的许多作品都早已突破谍战、悬疑、传奇、智力等元素的局限,写出了真正"纯文学"的艺术水平。麦家小说的叙事,可谓张力十足,《解密》《暗算》《风声》,在叙述层面精雕细琢、刻意求工,绝不粗枝大叶、肆意滥情。驾驭这类题材时,麦家能够表现出一种特殊的情境和生命状态,自由地书写出生命的激情。其中包含的丰富的人生命运和生命本源,直面人间的生命意志和智慧的格斗,在当代的文学空间里是稀有的存在。我们从麦家文本中体验的奇崛的人性,要比其他作品更多、更深刻和细腻。而且,麦家叙事所显示出的恰切的"紧实度",避免了这类题材本身的极端性所带来的过多"戏剧性""传奇性"等通俗化倾向,规避了极端意绪和场景的僵硬感。"麦家密码"或者"特情小说"等标签，仅仅是评论者们对麦家小说题材之于中国当代文学叙事的拓展的认定而已，并没有解锁麦家小说精神性品质和文体之间的隐秘关系。麦家小说写作的真正"密钥"，究竟隐藏在文本的缝隙，还是潜伏在这类小说整体的"文本互文性"背后？《人生海海》的出现，则帮助我们打开了麦家叙述的"文本性"暗道，以往的误读或者误判，随着审视视角的调整，逐渐消失。麦家《人生海海》的写作，像是人生旅程或探险中的曲径通幽，一种简洁而朴素的对于人性的探秘，历史性地呈现于我们面前。所以，整体性地阅读麦家，考量他数十年的写作，我们就会发现一个不一样的麦家，会发现麦家是一位拥有自己倔强的小说理念和文化认知的小说家。这样，我们就可以清晰地看到，麦家文学叙述中的存在、世相与文化，以及文体创造性之权重。所以，破解麦家的写作之谜，取消血色"谍战"对于麦家的覆盖，还原其写作的"原生态"美学面貌，就显得异常必要。

二

我清楚，重新面对麦家并试图解析麦家的小说创作，需要新的阐释视角和思考维度。对一位作品由畅销到常销的小说家来说，其中埋藏着多少想象和叙述的隐秘，并非一件可想而知的事情。从写作发生学的角度看，麦家能够写出像《解密》《暗算》《风声》这样充满悬疑的探究人性和存在本质的小说，肯定有着属于他自身的、有别于他人的个性因素。麦家旷日持久的写作，丰硕的创作成果，已经形成一种独特的文学、文化现象，引人瞩目。这里面固然有传播机制和麦家小说文本体现出的思辨性、智性的影响，但是，我相信，决定一位作家写作趋向和气质的因素，还是心灵的模样。麦家的文学观和价值观，以及他个人对于文学意义的理解，决定着其文学叙述的方向。他清楚，"文学没有这么高的功能，但是文学有一个基本的功能，是软化人心"。因此，对于命运和心灵的揭示和言说，早已成为麦家人性探索的关键。心灵之谜，就成为叙述之谜的首要入口。

麦家在阅读博尔赫斯的时候，受到巨大的影响和启示，"我现在要说的是：当你们懂得怀疑时，就等于喜欢上博尔赫斯了。因为怀疑，或者说制造怀疑，正是博尔赫斯最擅长并乐此不疲的"。麦家认为，倘若失去"怀疑"，很难想象博尔赫斯的作品还会让人感到如此浩瀚和深邃。"怀疑"肯定是一个作家的可贵品质。

博尔赫斯究竟是怎样启发麦家的？博尔赫斯何以有如此强大的影响力、引导力和训诫力，让一位初出茅庐、跃跃欲试又自以为是的年轻写作者如此膜拜？依我看来，麦家实质上膜拜的是博尔赫斯制造"迷宫"的气度、格局、能力和手劲。同时，能够彻底地消解麦家早期桀骜不驯的极端主义写作的根本，还在于他真正体悟到博尔赫斯强大的叙述力量，以及无与伦比的超越自我的神秘意识。我认为，这正是麦家真正切入博尔赫斯式的审视世界、探索存在两极——古典的幻想与理念，现代的怀疑与冥想——的开始。我也相信，此后，麦家探究历史和人性，在文本中发掘自己的才华，张扬智慧，是对博尔赫斯精髓的感悟。无论《解密》《暗算》，还是《风声》，在麦家建立的智力、智慧、人性和命运的叙事罗盘上，既有与博氏相近的时间感、永恒、命运、死亡等母题及其叙事逻辑，也有其自身关于智慧和人性的叙述起点。由此看去,"迷宫"和"密码"所建立的智力系统,其间埋藏着人类的自我测试和博弈,仿佛人类给自己预设的陷阱。

我们不禁想起博尔赫斯的短篇小说《交叉小径的花园》。这是一篇有着凌乱而繁复的人物、故事的小说,充满玄秘、隐喻和寓言性。但是,我们却可以从中清晰地分辨出博尔赫斯叙述的最终指向——时间。叙述在时间的统摄之下,存在就仿佛是一个巨大的迷宫。博尔赫斯想要阐释的一个重要的思想,或者说他所要表达的,是叙事、虚构与存在的隐秘关系。在博尔赫斯的叙述里,存在像是一座迷宫式的花园,而且,这个花园也是梦的花园、智慧的花园。这篇小说不仅突显时间的多维性,而且强调空间的多维;时间和空间,以及时空中的我们,都是不可思议的幽灵。那就是生命之谜、历史之谜、命运之谜、存在之谜,说到底,原本都是时空之谜、智慧之谜。吊诡的是,它们都蕴藉在博尔赫斯文本的修辞里,在谜中发现世界,感悟世界,这样,也才能将我们的感受和目光一起引入非常态的世界,在那个时空中,发现自我的多维性,认识自我的丝丝微茫。如此说来,博尔赫斯的欲破解之谜,与麦家想洞悉之谜异常地接近,它们都深度触及人的智力、品质、存在感、灵魂,触及特定时空中人性的真实状态。表面上看,两者有很大不同,实质上,他们所关注的都是人类精神生活和存在世界的终极问题。我感觉,正是他们精神气质的接近,让麦家的叙述,愈发自信而沉实。

我似乎渐渐明白了,麦家为什么要不断地"重写"同一内容的文本。我认为,《解密》是麦家迄今最重要、最杰出的作品,是最能体现麦家叙事功力的文本。这部小说,最早是1991年构思,1994年以《紫密黑密》之名发表,后又整理成《陈华南笔记本》发表。2002年，长篇小说《解密》出版。这个过程，像一场不折不扣的接力赛、拉力赛，作家本人在不断调整目标之后一次次上路，体现了一种执拗，一种坚韧，也是不断在新的审美视域下增加叙述自信的过程。"我多次说过，《解密》折腾了我十一年，被退稿十七次之多。这过程已有限接近西西弗神话：血水消失在墨水里，苦痛像女人的经痛，呈鱼鳞状连接、绵延。我有理由相信，这过程也深度打造了我，我像一片刀，被时间和墨水（也是血水）几近疯狂的锤打和磨砺后，变得极其惨白，坚硬、锋利是它应有的归宿。说实话，写《暗算》时，我有削铁如泥的感觉，只写了七个月（甚至没有《解密》耗在邮路上的时间长），感觉像在路边采了一把野花。"[2] 这里有一个为叙述寻找新路的可能性、实验性的问题。他并非将自己局限在某种囚笼里，而是试图突破困境进行新的腾挪。这时，作家可能愈发接近情感的"隐秘结构"，发现人物最内在的核心力量。这样，叙述距离存在的谜底才可能更近一步。就呈现人以及存在世界而言，叙述或虚构最重要的是挑战套路，挑战惯性和经验，借此发现人性和存在的隐秘。我感觉，解析了《解密》，就会清楚麦家的纯文学叙述方向和美学风貌。简言之，《解密》的写作，是麦家文学创作过程的重要节点，它是一部具有独创性品质的杰出叙事性文本。

三

成功的人物塑造，是优秀小说的标志性元素。具有特殊性格、品格和行为方式或从事特殊职业的文学人物，在中外小说史上屡见不鲜。拉伯雷《巨人传》、塞万提斯《堂吉诃德》、卡夫卡《城堡》、萨拉马戈《里斯本围城史》、阿来《尘埃落定》、阿城《棋王》、韩少功《爸爸爸》等等，不一而足。麦家的长篇小说和中短篇小说中，也有一些独特的人物形象引人瞩目，尤其《解密》《暗算》和《风声》中的几位人物，可以跻身这一行列。

我认为，从"英雄""天才"和"小人物"的视角考量麦家小说里的人物属性，实在是简单而粗暴的、僵化的划分方式。像容金珍、阿炳、黄依依这样的人物，最好称之为"奇人""超人"。他们身上具有"超现实性""反日常性"和"反经验性"，这类人物都有比较相近的性格或心理特征：孤独和脆弱。他们内心的常态，往往是既自信，又焦虑、不安，充满无助感。他们的异禀和从事的特殊职业，使得他们以一种与众不同的方式存在着，行走在神奇、传奇的人生荆棘之路上。麦家认为，人性只有在极端的条件下才能充分地体现，这是他写奇人的"思想基础"。

容金珍是中国当代文学人物画廊里的一枝奇葩。《解密》中，最表层的叙述者，容先生和郑局长的访谈实录，还有疑似作为档案的《容金珍笔记本》，构成一个"众声喧哗"的"复调性"文本。这与另一位当代作家李洱的长篇小说《花腔》有异曲同工之妙。后者，一个负载重要使命的生命个体——葛任，完全是作为一个被讲述的影子存在着，具有强烈的叙述的暧昧性、不确定性；而前者则不同，容金珍本身就是故事内部一股强大的推进动力，戏剧性、悬疑性的因素，存在于几方面谈话的机锋回转之间，而整体的叙述结构存在于一种宏观检视的远景之中。这恰恰就是存在本身和人性彰显的自然结构状态。拉近距离，直抵细部，诸多细枝末节裸露出来，逼近生命的纹理；远观事件和人物之间的复杂纠结，容金珍的故事又具有浑然的品质。对国家利益的遵从，使得容金珍沉溺于思想或幻想，愈发孤独而疲惫。他破译密码，似乎常常使心智、精神飘离肉身,在梦中去捕捉制造"紫密"和"黑密"的魔鬼。因为这魔鬼,具有和常人不一样的思维,容金珍作为一个常人,只有在梦中才能接近他。能与魔鬼角力的,也断然不是常人,他一定是可以与魔鬼博弈的"奇人""超人"。在一定程度上,这也铸就了容金珍的神性或"怪力乱神"之智。在这里,我们会联想到博尔赫斯的一篇小说《博闻强记的富内斯》。它描写富内斯以前是一个什么都记不住的人,从马上摔下来后瘫痪了,却拥有了超凡记忆力。容金珍与博尔赫斯笔下的富内斯一样,都可谓智力超人,在身体受限的状态下,却获得了另一种独步天下的自由。

《解密》的叙述,明显地符合巴赫金复调小说理论的框架和内涵。问题的关键在于,如何保持作家、叙述人或隐含作者与人物之间的对话张力,以免人物的独立性、个性锋芒被削弱、毁损。就是说,在相当大的程度上,容金珍这个形象时刻都在与自己的内心进行"对话",与"他人意识"(包括作家、叙事者、其他小说人物)对话。这个问题,已经不仅仅是叙事学层面的技术问题,而是关乎作家的精神哲学。从这个角度说,麦家叙事的自觉性也充分地表现出来。

无疑,容金珍已经成为一个独特的人物形象,一位不可复制的个性化存在。麦家通过大量的细部呈现,凸显这个人物不可思议的力量,他有种抓住事物本质的本能和神性,而且抓住的方式总是很怪异、特别,超出常人想象。麦家写出了容金珍这个人物对职业、专业无可比拟的穿透力和领悟力。容金珍(或者说,是麦家)已经将对密码的理解,与对生命的理解融为一体。从这个角度看,容金珍已被麦家塑造成一位历史瞬间的创造者,《解密》

也是容金珍的心灵史。

"麦家的写作对于当代中国文坛来说，无疑具有独特性。《暗算》讲述了具有特殊禀赋的人的命运遭际，书写了个人身处在封闭的黑暗空间里的神奇表现。破译密码的故事传奇曲折，充满悬念和神秘感，与此同时，人的心灵世界亦得到丰富细致的展现。麦家的小说有着奇异的想象力，构思独特精巧，诡异多变。他的文字有力而简洁，仿若一种被痛楚浸满的文字，可以引向不可知的深谷，引向无限宽广的世界。他的书写，能独享一种秘密，一种幸福，一种意外之喜。"在茅盾文学奖给《暗算》的授奖词中，"封闭的黑暗空间""被痛楚浸满的文字"，基本上概括出麦家小说人物的处境，以及作家表现身陷这种特殊处境的主人公时精神的状态。人或许可以释放出不可思议的能量，以神性击败人性，但这就像一把尖锐的双刃剑，一切并无坦途可言。

容金珍最后进入"疯癫"状态，麦家借《容金珍笔记本》表现人物的玄思和冥想状态，那些箴言般富于思辨性、哲理性的词句，反映了天才的思想："所有的存在都是合理的，但不一定合情——我听到他在这样说。说得好！""工作既是你忘掉过去的途径，也是你摆脱过去的理由。""天光之下，事物都是上帝安排的。如果让你来安排，你也许会把自己安排做一个遁世的隐士，或者一个囚徒。最好是无辜的囚徒，或者无救的囚徒，反正是要没有罪恶感的。现在上帝的安排基本符合你的愿望。""梦啊，你醒一醒！梦啊，你不要醒！"这些句子，是抒情的、思辨的，也是错乱的，但是，却是真实的。对于这样的异禀之人，现实世界的门永远是关闭的，他们蜷居在灵魂的暗室里，独自面对个体与上帝之间深奥的密码。

注释：

[1] 麦家、季亚娅：《麦家之"密"——自不可言说处聆听》，《芙蓉》2008年第5期。

[2] 麦家：《暗算》，北京十月文艺出版社，2018，第354页。

智性与人性的双重解密
——麦家小说论

梁 海 大连理工大学

一

在当代文坛上,麦家是与众不同的。一方面,他的小说常常被视为通俗小说,放在书店里畅销文学作品的醒目位置,加之大量作品被改编为影视剧,更加深了麦家小说通俗文学的属性;另一方面,麦家又是一位早已被主流文学界认可的作家,《暗算》获得茅盾文学奖足以为证。所以,我们对麦家的讨论,似乎总是围绕雅俗之辩。其实,在我看来,雅俗不应该是二元对立、泾渭分明的。纵观中国文学史,明清白话小说是以通俗文学的面目登场的,《三国演义》《水浒传》很大程度脱胎于民间说书的底本,这些当年不登大雅之堂的俗文学,时至今日,早已成为纯文学的经典作品。所以,雅与俗既是相对的,也是可以"合谋"的。

麦家小说就是雅与俗的"合谋"。有学者将麦家小说称为"新智力小说"[1],我认为,这在一定意义上道出了麦家小说的独特品质。如果我们对"智力"做一种宽泛化的理解,推理、谍报、解密、侦破都与"智力小说"有关。《暗算》《解密》《风声》等作品,无一不是围绕解密展开,显然,麦家小说可以归入智力小说的范畴。这些文本书写一群天才特工的传奇故事,他们千奇百怪的解密方式令人拍案叫绝,彰显着智性的魅力。但是,在我看来,这并不是麦家小说最打动人心的地方。如何将智力变成文学,才是麦家小说的精髓所在,或许,这也正是麦家小说被称为"新智力小说"的缘由所在。

中国传统的公案小说大多讲述清官断案,依据题材,应该纳入智力小说的范畴。然而,诸如《包公案》《施公案》《海公案》等经典的公案小说,却恰恰与"智力"反其道而行之。清官断案靠的不是智力,而是"奇""巧"。德国汉学家莫宜佳(Monika Motsch)曾用"异"的概念来观照中国古代小说。[2] 所谓"异",即指奇异、鬼怪等灵异形象和事件,它们在与理性的对抗中,建构起富有魅性的叙述谱系,由情节的"奇""巧"营造一种超脱现实的"无巧不成书"。在偶然中寻找必然,在情理之中观照意料之外。而先人托梦、神鬼指点、神仙下凡等更是清官断案必须依仗的神秘力量。所以,在一定意义上,公案小说不是智力小说,而是灵异传奇。

西方推理小说可谓真正的智力小说。推理小说的情节框架就是一个智力性的解谜过程,即"以某种危险的及错综复杂的犯罪秘密为主题,而且他的整个情节,全部事态都是围绕着揭示这一秘密的方向展开的"。[3] 这是从爱·伦坡和柯南·道尔的古典推理小说开始,就已经奠定的不可动摇的金科玉律。无论是密室破案,还是破译密码,抑或是利用障眼法、心理战术,情节发展无不依靠逻辑推理的力量。可以说,这是一场关于逻辑思辨的角逐。

显然,麦家的"新智力小说"既非中国传统的公案小说,也非西方推理小说。麦家小说的"智力",并不在于推理,在一定程度上,推理恰恰是麦家小说的弱项。当然,麦家小说也不存在任何的灵异。麦家小说的智力元素是靠文学叙述方式来呈现的。"新智力小说"的"新",实则体现以解密为核心的智力较量和人性博弈。从《解密》开始,《暗算》《风声》《风语》《刀尖》无一不围绕着"密码"展开,麦家用"密码"为我们打开了一个又一个变幻莫测、光怪陆离的世界,让智性以一种新的姿态绽放在文本中。密码破译不仅是逻辑演绎的过程,而且是通过一系列文学叙述方式加以呈现的。它既是内容,又是形式,它让我们参与逻辑推理的同时,也让我们看到熠熠生辉的诗意,让智性在诗性中缓缓流淌,进而使推理被赋予了独特而浓郁的文学色彩。

王安忆曾经这样评价麦家的小说叙事,"在尽可能小的范围内,将条件尽可能简化,压缩成抽象的逻辑,但并不因此损失事物的生动性,因为逻辑自有其形象感,就看你如何认识和呈现"。这在一定程度上将麦家的叙事模式上升到了美学高度。也就是说,一方面,麦家用逻辑推理的方式塑造文学的形象感;另一方面,文学叙述方式又建构了麦家逻辑推理的本体与内核。正因为如此,麦家小说不同于一般类型化的推理小说,而被赋予强烈的文学色彩。可以说,麦家是一位具有强烈叙述意识的作家。通常,叙述意识是区分通俗文学与纯文学的一项重要指标。显然,麦家是刻意在用纯文学的形式挑战传统意义上的智力小说。他将包括后现代叙事手法在内的各种叙事技巧摆弄得得心应手。他尤其推崇博尔赫斯,他的文本中随处可见的迷宫叙事、"骗局创作法"、抽屉式叙事、多种文类的相互交叉等,无不明晰地显示出对博尔赫斯的借鉴,这就使得他的智性叙述在难度很高的叙事手段铺排中完成,这是麦家独到的过人之处,也使得麦家的新智力小说有了较强的纯文学色彩。

麦家"新智力"叙事的一个突出表现是擅长在诡异的气氛中不断制造悬念，由此营造出一种迷宫式的叙述效果。他往往能够紧紧抓住读者，让他们的每一根神经都紧绷。比如《风声》，沿用了推理小说普遍推崇的"密室"空间。因血光之灾而一直无人居住的一所有东西两栋楼的大宅院，成为故事的叙述空间，这本身就是一个充满神秘意味而诡异莫测的异质空间。而这个空间所要承载的恰恰又是一个充满悬疑色彩的缉凶故事。日本特高科肥原和日伪张司令要从李宁玉、顾小梦、吴志国等五人中揪出共产党人"老鬼"。而被困其中的"老鬼"也肩负着艰巨的任务：将十万火急的取消"群英会"的情报传递出去。缉凶与传递情报两条线索编织在一起，犹如一条绳索，紧紧地捆绑住我们的神经，紧张到令人窒息。在"缉凶"这条线上，随着案情的不断推进，读者渐渐发现，参与这场角逐的实际并非只有两方，还有顾小梦代表的国民党一方。由此，再一次加剧了情节的复杂性。读者除了要推断真正的老鬼到底是谁，还要推断顾小梦是否会站在老鬼一方，因为这是决定老鬼最终能否成功的关键。而另一条线索中的叙述视角则切换到老鬼身上，通过老鬼大量的内心独白，加重了文本的神秘性和紧迫感。命悬一线的他（她）到底是谁？他（她）能成功地传递出去情报吗？由此，我们看到，《风声》中的密室"缉凶"，不同于一般推理小说中的"机械密室"或"心理密室"。那些小说往往利用机关道具制造密室，或利用人的错觉制造密室的效果，最终都是通过逻辑推理来认定凶手。密室在《风声》中仅仅是一个承载故事的封闭空间，其他的一切则靠麦家在叙事中创设的玄机重重的秘密关口来实现。所有这一切，如同一条条纵横交错的小径，交织成一座悬念迭起的迷宫，彰显出麦家超凡的想象力和叙事能力。

麦家"新智力"叙事的另一重要表现,是大量采用不可靠叙述,将真实与虚构杂糅在一起,真伪难辨,让读者陷入迷宫般的阅读体验之中。《暗算》开篇,麦家就毫不隐讳地点明,"坦率地说,本书就源自我的一次奇特的邂逅"。而《解密》中的叙述者是"我",作为记者兼作家的"我"采访并讲述了这个故事,正如"承"部开篇所写:"我最后选择在南方的某地作为写作基地是不难理解的,难以理解的是,由于写作地域的变更,导致我写作风格也出现某些变化。我明显感觉到,温润的气候使我对一向感到困难的写作变得格外有勇气又有耐心,同时也使我讲述的故事变得像南方的植物一样枝繁叶茂。坦率说,我故事的主人公到现在都还没有出现,不过,已经快出现了。从某种意义上说,他已经出现,只不过我们看不见而已,就像我们无法看见种子在潮湿的地底下生长发芽一样。"[4] 作为故事的叙述者,"我"显然不是麦家本人,而"我"对整个故事貌似真实的记录和讲述,便成为一种不可靠叙述,在虚实之间营造出一个叙事的陷阱,让读者深陷其中。同时,麦家还常常借用博尔赫斯的"骗局创作法",即在子虚乌有的情节中糅入真实的或貌似真实的文献材料,目的是营造一个貌似真实的故事存在语境,以此向读者表明,这篇小说的创作并非一个虚构的故事,而是早已在历史中存在的证词。《解密》中的容算盘·黎黎被描写成与莱特兄弟一起研制人类第一架飞机,希伊斯则是国际数学界最高奖——菲尔茨奖的获得者。《荣先生访谈实录》几乎占据整个文本的1/4篇幅,"实录"二字明显强调文本的真实性,刻意掩盖其虚构性质。到了《风语》,麦家干脆将真实的历史人物放置进来。陈家鹄的原型就是成功破译日军偷袭珍珠港密电的池步洲,但《风语》的整体故事又是完全虚构的。可见,麦家正是在"假作真时真亦假,无为有处有还无"的虚实之间,制造出一个迷宫般的小说世界。美国作家厄普代克认为,博尔赫斯的叙述回答了当代小说的一种深刻需要——对技巧的事实加以承认的需要。在我看来,麦家也是如此。麦家小说的智性是在文学的雕刻下完成的。他以精致娴熟的小说叙事能力,赋予智力小说浓郁的文学色彩,从而模糊了通俗文学与纯文学的界限。

二

实际上,麦家新智力小说的文学性并非仅仅停留在叙事技巧上,同时,也表现在文本的表意策略中。他的小说总是铺排着明暗两条线索。明线是对各类高难度密码的解密,而隐藏在这个解密背后的暗线则是对命运的思考,对人性的解密。麦家在获得第七届茅盾文学奖后曾说:这个奖我获得很意外,从获知得奖到现在我一直有一种盲目的不真实感。这如同《暗算》中的黄依依最后破译紫金一号密码一样,凭的不是公式,不是必然,而是一念之间。[5] 其实,在麦家的这个回应中,我们或许可以捕捉到麦家的创作理念,那就是他对命运、对人性的极大关注。正如FSG出版公司主编艾瑞克所指出的,《解密》中蕴藏着某种复杂而独特的东西,那就是人物取胜的筹码确乎攸关生死,但是整体呈现出的却是心理剖析和形而上的神秘迷宫。

的确,麦家向我们展示的是关于心灵秘密的艺术。文本中的每一次解密都极其艰难,攸关生死,难度系数极高,可以说是几乎无法完成的任务。比如,《解密》中容金珍所面对的"紫密"。

"紫密是当时701面临的一种最为高级的密码,有种未经证实的说法,说紫密是某宗教团体用重金加上黑社会的手段,引诱加威胁地强迫一位科学家研制的,但研制成功后,由于它设置的机关太多,难度太大,密中有密,错综复杂,深不见底,以致主人根本无力使用,最后才转卖给X国,成了X国军方目前使用的顶级密码,也是701当前最渴望破译的一部密码。几年来,701破译处的秀才们一直为它苦苦折磨着、奋斗着、拼搏着、梦想着,但结果似乎只是让人越来越畏惧而不敢碰它。"[6]这些人造的密码尽管神奇、刺激而充满变数,却无法阻挡麦家笔下的英雄们。容金珍只用了一年就成功地破译了紫密。所以,面对再难的密码,这些传奇英雄都可以无所畏惧地挑战极限。但与此形成鲜明对比的是,无坚不摧的传奇英雄们可以破译世界上任何密码,却无法破译自己的人生密码。无意中丢失的一个笔记本,将容金珍击垮;阿炳能够听到世界上最细微的声音,却无法听到命运之神的轻声叹息,到死都不明白戴在他头上的那顶"绿帽子",编织者竟然是他自己;躲过了敌人重重暗算的"鸽子",最终却因生孩子时下意识地喊出丈夫的名字而暴露了身份。人造的密码再难也是可以破译的,而命运的密码却常常让人在不知不觉中遭遇"暗算"。

从这个角度看,麦家小说的一个深刻主题便是写出了一个个传奇英雄的命运悲剧。这种命运悲剧在很大程度上承载着中国传统文化中的悲剧理念,那就是,在人事与天命之间,我们永远只能尽人事听天命。《三国演义》中的诸葛亮可谓无所不能,毛宗岗在《读三国志法》中写道:"古史甚多,而人独贪看《三国志》者,以古今人才之聚未有盛于三国者也。观才与不才敌,不奇;观才与才敌,则奇。观才与才敌,而一才又遇众才之匹,不奇;观才与才敌，而众才尤让一才之胜，则更奇。吾以为三国有三奇，可称三绝：诸葛孔明一绝也，关云长一绝也，曹操亦一绝也。"在毛宗岗看来，《三国演义》中塑造得最好的人物是诸葛亮、关羽和曹操。这三个人物之所以塑造得好，是在才与才、众才与一才的比照下完成的。诸葛亮的"智"是在与周瑜、曹操、司马懿的较量中彰显出"绝"。就诸葛亮而言，"人事"中没有他办不到的事情。然而，尽管如此，他依然无法与天命相抗争，最终发出"悠悠苍天，曷此其极"的悲叹。这是中国传统文化中的命运悲剧，强调"天命"无从把握的神秘性和令人敬畏的力量感。这种神秘的力量会不期而至，在一个不经意的瞬间击垮我们，天才与英雄也在所难免。这一点，与西方的命运悲剧是有所不同的。从古希腊开始，西方人对命运便进行强烈的质疑和抗争。于是，西方悲剧彰显出的是个体自由意志对抗命运中蕴藉的高贵和尊严。西方悲剧将人与天放置在二元对立的体系里，以个体对命运的抗争来表现个体价值，以此呈现悲剧美。而中国传统的命运悲剧，则是在天人合一的整体框架中展开，人面对天命不是抗争，而是发出无可奈何的哀叹。

从这个意义上看，麦家的小说传承了中国悲剧独特的英雄审美，凝聚着一个坚硬的中国故事的内核。或许，正因为如此，麦家才成为了海外最具影响力的中国作家之一。那种天才身上的神秘性与复杂性，还有对人物命运和生命情绪的探究性的思考捕获了读者，从而，也使文学阅读变成了一种探究命运的精神之旅。

三

如果说，麦家新智力小说对命运的"暗算"做了形而上的哲学解读，那么，他将悬疑、推理与革命历史主义、国家主义结合在一起，则使他的创作表现出消费主义与意识形态"合谋"的特征。麦家小说中的主人公从事解密工作，他们是制造密码和破译密码的天才，但他们又是有着明显缺陷的"病人"。这似乎印证了，天才和疯子只有一步之遥。亚里士多德曾说，没有一个天才不带有几分疯癫。巴尔扎克说得更形象，天才就是人类的病态，就如同珍珠是贝的病态。麦家笔下的天才即是如此，他们总是行为怪异，与众不同。容金珍的孤僻脆弱，李宁玉的乖戾冷漠，瞎子阿炳的痴憨，给天才蒙上了一层灰色的阴影。可以说，麦家着意刻画的是一群"问题英雄"，这些"问题英雄"从事着世界上最残酷最压抑人性的工作，在隐秘的状态下，不断挑战自我的极限。正如《暗算》里所书写的，"一个眼色，一滴眼泪，一个喷嚏，甚至一声梦呓都可能意想不到地出卖你，使你苦苦营造多年的一切毁于一旦，毁于一瞬间，一念间"。显然，"问题英雄"们在极其残酷的环境中所承受的非常态的生活是麦家小说的一大亮点。麦家在获得茅盾文学奖后说："我能想到的获奖理由只有，《暗算》是对那些战斗在国家安全战线上无名英雄的肯定。我甚至想，这个奖其实不是给我的，是献给我笔下的英雄们的。"的确，在文本的一个个解密过程中，麦家所极力刻画的不是解密的玄机，而是"问题英雄"的精神世界。他们的生活受到了严格的限制，以至于他们的生命最终毁灭在这种非常态的日常之中。尽管如此，自我实现与报效国家的家国情怀支撑着他们完成了一个又一个密码的破译。我认为，麦家的新智力小说最为可贵的地方，就是为这些无名英雄开辟了一块处女地，让我们看到了秘密战线工作者们极度残酷的生存状况。

同时，麦家并没有一味渲染现实的残酷，而是致力于书写"问题英雄"们坚持理想与信念的献身精神。在他们荒诞命运的背后，是为了信仰而不计生死的崇高感和神圣感。作为铺垫，麦家不惜将大量笔墨放在英雄的传奇人生和成长历程上，目的就是要在这些英雄身上找到信仰的力量。在《解密》的开篇，麦家不厌其烦地讲述容金珍传奇的身世。他初到701时的被动与无奈、游手好闲、不务正业，与解密的紧迫感和神圣感形成鲜明对比，让读者对他能否完成解密工作抱着怀疑。然而，当容金珍不负众望破译紫密后，他自觉地把破译事业作为自己生命的全部。所以，当那个记载着他破译黑密思路的笔记本丢失之后，容金珍彻底崩溃了。这不仅意味着他职业生涯的终结，同时，也意味着他生命的终结。因为他早已把他的生命与解密这项伟大的工作合而为一了。在我看来，《解密》在很大程度上可以说是容金珍的成长史，讲述了一个"问题天才"怎样被历练成一个能够奉献自己一切的革命工作者。

与容金珍相比，《风声》中李宁玉表现出了更为强烈而自觉的信仰。《风声》中的多层叙述，一方面是为了悬念的设置，另一方面则是重在突出李宁玉为信仰而献身的崇高品格。文本中，《东风》部分的次叙事层几乎都是老鬼李宁玉的心理独白。这是一个共产党人命悬一线时的思索，是完全将个人生死置之度外的大无畏精神。正是此类书写，让麦家小说远远高于一般的悬疑、推理小说，他不是停留在密室缉凶的故事层面，而是要让读者看到"一个人在重重锁链下凭智力和信念完成他的职责。因此，这终究是一部关于凡人和超人的小说，是人类意志的悲歌"，让读者"被一个人所可能达到的高度所震撼，所感动"。其实，这一"人类意志的悲歌"犹如主旋律在麦家的小说中被反复地吟唱："701人的工作是以国家安全为终极目标的"，"绝对树立起一种为国家利益无私奉献的崇高革命精神，并在任何情况下都能够做到守口如瓶，即使在无意识中也不能泄露自己作为特别单位701破译员的特殊身份"，"你们可以对我用刑，甚至以死来威胁我，也可以天花乱坠地诱惑我，但这些全都休想撬开我缄默的嘴巴。因为我宣过誓。因为这是我今生唯一的信念"。可以说，麦家在这个缺少英雄的时代，着力于英雄书写，让我们重温激情、理想、信念的崇高力量。我想，这也是麦家新智力小说最富感染力的地方。

麦家说："作为小说家，我希望能发明一种新的小说，它既是好看的也是耐看的，既是通俗的又是深奥的，既直通故事又直通心灵。"显然，麦家是一位有野心的作家。他始终在纯文学与通俗文学的两极之间寻找一条相互沟通的"暗道"，他赋予推理小说纯文学的艺术形式，让英雄在为信念献身的同时，却又遭到命运无情的"暗算"，从形而上的高度思考着有关命运的难题。而英雄们为信念而献身的崇高精神，让读者感受到了文学中那种久违的革命英雄主义情怀。从这个角度看，麦家的新智力小说的确让我们看到未来文学发展一种潜在的可能性。

注释：

[1] 雷达：《当今文学审美趋向辨析》，《当代作家评论》2004年第6期。

[2] 莫宜佳：《中国中短篇叙事文学史》，韦凌译，华东师范大学出版社，2005，第5页。

[3] 阿·阿达莫夫：《侦探文学和我——作家的笔记》，杨东华

等译，群众出版社，1988，第5页。

[4] 麦家:《解密》，北京十月文艺出版社，2014，第25页。

[5] 《第七届茅盾文学奖获奖作家见闻录》，《人民日报》（海外版）2008年11月7日。

[6] 麦家:《解密》，北京十月文艺出版社，2014，第155页。

麦家小说叙事的先锋性

王 迅 浙江财经大学

谈到先锋性，可能会让人想起20世纪80年代的先锋文学。在苏童、格非、余华等先锋作家逐渐被主流批评经典化的21世纪，回顾这批作家当初的反叛，及其所带来的20世纪中国文学的"二次革命"，多少会给人一种沧桑之感。我所要谈的先锋性，理所当然地与先锋文学相联系。与先锋小说借助西方文学资源颠覆传统文学相比，这种先锋性主要不是对传统的反叛，而是对先锋小说极端形式追求的反动，同时又与当下审美沉沦的叙事倾向相对立。文学的先锋性不只是形式上的标新立异，应该更多出于作家骨子里的反叛精神。这种先锋性切近作家内在的精神气质，及其洞穿本质的思想能力。我以为，麦家就是具有这种先锋气质的作家。与那些专注于形式革新的先锋作家相比，麦家的先锋特质似乎不易觉察，而且往往被掩盖在某种通俗表象下，容易被研究者忽略。本文着眼于文学的常数与异数，从悲剧的崭新呈现、作家的怀疑精神和叙事伦理的重建等三个方面，谈谈麦家小说叙事的先锋品质，及其在当代中国小说史上的开创性意义。

一、"存在"敞亮于明暗之间

麦家在中国文坛产生重大影响并令人刮目相看是从《解密》受到关注开始的，本文着眼于《解密》及其此后创作的《暗算》

《风声》《风语》等作品,解析麦家叙事立场与叙事诗学的先锋性。

昆德拉认为,小说家的工作是"画出存在地图,从而发现这样或那样一种人类的可能性"[1]。因此,小说所审视和质询的不是现实中实在的东西,而是人类存在的种种"可能性"。我以为,麦家的叙事正是致力于这种可能性的开拓。长篇小说《解密》等作品所关注的世界,对常人来说是一个存在于想象中的世外场所,一个被日常所遮蔽的秘密空间。间谍的生存方式及其世界本身就是超越日常的,具有鬼魅性质和传奇色彩。而破译家的生活更是诡异莫测,他们深居暗室,处在智力搏杀的战场,这个战场没有血腥而又残酷无比。小说中的空间,属于独立于世俗之外的另一片天空,充满神秘意味和虚幻色彩,构成麦家小说人物活动的主要场所。麦家的写作旨在照亮这个独立的黑暗场域,以及这个场域中关于人类的传奇经验。

叙事空间的异质性和人物生存的超日常性,决定了麦家的写作不可能是常规意义上的,而是一种介于明暗之间的写作,力图在亦玄亦虚的间隙中窥探人类的"黑色"经验。关于这种经验的特殊性,《暗算》中这样写道:"'7'是个奇怪的数字,它的气质也许是黑的。黑色肯定不是个美丽的颜色,但肯定也不是世俗之色。它是一种沉重,一种隐秘,一种冲击,一种气愤,一种独立,一种神秘,一点玄想。"对"7"的描述所突显的,是这个数字所暗示的黑色经验,易于让人产生关于沉重、非凡、怪异的联想。同时,关于"7"的阐发与联想也适于描述麦家写作的本质特征,麦家的写作是关于怪异和非凡的想象,而这种想象游弋在无边的黑暗之中。陈晓明将麦家的小说创作命名为"本质性写作",正是基于这种关于黑色的想象做出的判断。他认为:"所有的本质性的写作都是黑暗的写作，都在黑暗中或关于黑暗的写作。写作就是沉入黑暗，在黑暗中发光；绝对的写作就是绝对的黑暗，就是绝对之光。"[2]陈晓明关于"黑暗写作"的阐释是深刻的，既敏锐地指出了麦家写作的特殊性质，又切中了文学创作最根本的审美义务。麦家的世界是世俗之光所无法照亮的角落，那些晦暗不明的事物隐藏在暗处，等待作者以非凡才智和艺术眼光去照亮。那个世界远离世俗，知情者限于极少数人。为了照亮那些常人难以企及的黑暗地带，麦家隐没在黑暗中，执拗地探索，与未名之物发生碰撞，迸发出刺眼的火花。

麦家的叙事所担当的任务，不仅仅是反映特情部门的日常性工作，或是揭秘间谍的传奇人生，那是通俗文学或纪实文学套路。麦家的叙事雄心，在于他要揭穿一种悲剧性的人类生存，以及这种生存的宿命本质。对这种生存的深度揭示无疑存在很大的难度，这是对作家智力的巨大挑战，更是一种心力的严酷较量。麦家的写作因此变成一种隐秘的精神行为，他要在黑暗中学会周旋，练就特异本领，在危机四伏的险境中寻找突围的方向。比如《解密》中容金珍的破译旅程，那是一个人的战争，神奇、刺激、充满变数；又如《风声》中的李宁玉，在四面受敌中求生，奋起反攻，在波诡云谲的心智交战中寻找精神出口。从事这种写作的人，仅有过硬的叙事能力显然不够，必须有将帅之才，调遣人物按照非常规的逻辑向前推进。这不仅意味着跟踪人物、揣摩内心等常规审美活动，还要求作者在人物关系的整体布局上全盘规划。为此，作者走进故事，扮演各种角色，体会话语机锋，捕捉人物关系。作者的处境犹如主人公所面对的，在一种隐秘力量的召唤下，逼近神秘而深邃的黑洞，然后被卷入其中。这个过程中,作者在无物之阵中与对手展开的搏斗,如同在孤立无援中与死神紧张周旋。

这种写作状态下,种种复杂险情层出不穷,注定了写作是件残酷的事情。文学写作不再是逻各斯所能完全掌控的,在对人物心理极限的体验中,创作主体不断遭受精神的压榨。这就是黑暗中的写作,一种极限意义上的写作。黑暗中的书写因为极端而充满生命激情,于生命的极限砥砺中产生火光。昆德拉所说的"存在地图",被这种生命之光照亮,被照亮的过程也是生命燃烧的过程。这同样是麦家主人公的生存处境,他们身陷绝境,期待"星辰之外的运气"神秘降临,而降临之前,生命在黑暗中燃烧。燃烧中的生命发出一种神秘之光,一种信念之光。由此看来,麦家极力展示的是一种极限生存的过程,有了这个过程就有了光,它能照亮人类对未知领域的探索之路。而这种光又可能如流星划过,一闪即逝,它消失于偶然,酝酿着玄机,这玄机中又暗藏着人类宿命的黑洞。我以为,麦家小说的最大魅力,在于生命之光闪灭之际的沉思。

那么,其中的玄机何在?应当说,玄机的设置并非麦家刻意为之,他并不是为了文本的可读性而凭空制造悬念,而是严格遵循生命逻辑和艺术规律,表面上看出于某种偶然,但其中又不乏必然的因素。一方面,破译家以超常智力破解密码,实现自我价值;另一方面,智力的极度使用所造就的奇迹,是在挤压人的世俗生命的前提下实现的。正如《解密》主人公容金珍所意识到的,天才成就辉煌,是因为他们"将自己无限地拉长了,拉得细长细长,游丝一般,呈透明之状,经不起磕碰"。一旦离开智力拼杀的精神场域,落入世俗之光普照的日常世界,天才就变得脆弱不堪，容金珍、瞎子阿炳的悲剧，莫不如此。而间谍的生存同样如此，只有在黑暗的区域，他们的行动才能如鱼得水，实现传递或捕获情报的生存意义。限制中的强大与解禁后的脆弱，在某种偶然中瞬间转变，这种荒谬的反差见证了生命的无常。其中的缘由看似匪夷所思，但若深究麦家所创造的两重世界，便可发现其中所隐含的叙事伦理。在明与暗的两极，麦家揭穿了生命的悲剧本质。天才的处境犹如真空里的生存，一种很纯粹的生存，但又是一种绝对限制中的生存。生命在这种限制中创造奇迹，但这种限制却是非人道的，是对人的世俗生命的压抑，甚至是一种无形的扼杀。它的残忍性不在暴力和血腥，而在使人彻底丧失生存于明处的能力。这种被劫持的生命状态，被置放在绝对限制的幽暗环境中呈现，深刻揭示了人在秘密生存中被异化的主题。

麦家对生命存在和人类命运的终极思考，以其思考的力度和暗藏的锋芒，在新世纪中国文坛独树一帜。尽管对人类生存的终极思考并非麦家所独有，但他开辟了一种新型的写作方式，这是一种沉入"黑暗"的写作，一种秘密的审美活动。这种写作是有力的，它能划破黑暗，窥探生命的秘密，揭示命运的本质。这是文学对未知世界的探索，对生命"存在"的发现。这种发现因为刷新了读者的经验，给人以庄严、神奇的审美感受。

二、质疑中的双重反叛

先锋的另一种含义是怀疑，有怀疑就会产生反叛的可能。很大程度上，是否具有怀疑精神，决定着一个作家能够走多远。在我看来，麦家的小说就是一种怀疑精神的锐利表达，而这种怀疑精神也是他卓尔不群的立身之本。考察麦家的小说创作，我们发现,这种怀疑大体上从两个方向展开。一方面,出于对文学现状的不满,麦家对主流文学表示怀疑,他的创作就是对主流叙事的反叛。另一方面,麦家并不因为功成名就而沾沾自喜,他是谦逊而冷静的,对文学怀有敬畏之心,因此在创作上从不放弃对自我的怀疑,这从他对同一文本的反复重写可见一斑。

怀疑意味着边缘向中心发起挑战。文学创作同样如此。在我看来,这是作家保持先锋立场的首要条件。麦家说:"小说让我感到很新鲜,就在于它所传达出来的精神气息和这个时代的很多写作姿态是不一样的,它用它的笨拙守护了我们生活中即将消失的。"[3]这段话是对小说文体审美功能的表述。那么,麦家的小说究竟为我们提供了什么样的"精神气息"呢?

回答这个问题,我们有必要回到当下的中国现实,考察当前文学对这种现实的主流态度。随着社会、经济的转型,人文精神在新世纪受到冷遇,人与人之间的信任危机越来越让我们对人类的精神前景感到悲观。而当下文学所竭力呈现的,不少是人性的昏暗和道德的沦丧,这无疑会加剧世道人心的恶化趋势。麦家对此深表不满:"中国文学也好,中国影视也好,总有一窝蜂的毛病,反对宏大叙事时,大家全都这样做,这就错了。回头来看这将近20年的作品,大家都在写个人、写黑暗、写绝望、写人生的阴暗面、写私欲的无限膨胀。换言之,我们从一个极端走到了另一个极端。以前的写法肯定有问题,那时只有国家意志,没有个人的形象,但当我们把这些东西全部切掉,来到另一个极端,其实又错了。"[4]个体叙事完成对宏大叙事的革命之后,中国小说总体上又走向"另一个极端"。麦家既反对当前文学作品对个体经验的欲望化书写和妖魔化呈现,又对80年代声势浩大的宏大叙事心有疑虑。但这并不是说麦家试图走"中间路线",而是说,在对两种极端审美倾向的反省和审视中,他保持清醒和警惕的姿态,并决意要与之保持距离。也许,在他看来,没有对崇高理想和诗性人性的张扬,文学便会丧失超拔的力量与庄重的品格。于是,麦家把审美视点转向对英雄的书写,他力图将读者的视线从世俗的沉沦和萎靡,引向智力景观中的英雄创举。在这个世界,没有心理的阴暗,没有精神的颓废,没有肉体的堕落,有的是庄严的使命感,效忠国家的执着,甘于寂寞的情怀。麦家对英雄的书写,意在弘扬人的价值,重现文学的崇高品格,同时洞穿人生的黑暗,面对极度辉煌之后的生命转折和人的悲剧性存在。

麦家小说对英雄人生的书写,某种程度上是对中国当代小说主流叙事的纠偏。麦家的写作是独立于主流叙事之外的另类写作,具有不可忽视的反叛精神和质疑态度。二者的差别体现在,创作主体对"明"与"暗"的调度,以及对国家与个体关系的处理。比如,《风声》对历史真实性的建构与解构,显示了人性的深度。一方面,叙事者在虚构故事,建构历史;另一方面,作者又通过人物之间的争论与辩驳,瓦解故事的真实性。在麦家的叙事中,"明"与"暗"的错位与纠缠构成艺术张力,实现了对主流叙事的颠覆。传统红色经典小说对秘密战线的地下工作者的描写,往往拘囿于表现他们的机智、英勇和胆识及其可歌可泣的献身精神。这些人物的世俗性生存又是怎样一番景象呢?从这个角度看,传统红色经典叙事中,地下工作者的个人苦难被民族大义和集体精神所遮蔽。在这个意义上,生命被劫持的悲剧叙事是麦家对当代英雄叙事的独特贡献,对个体生命的突显,显示出作者对国家主义的质疑。两者之间的缠绕构成小说叙事的张力,成为小说悲剧性的主要根源。正常与无常、偶然与必然、限制与自由，是麦家小说探讨的重要命题，而这些命题往往是传统红色经典小说的创作盲点。

尽管麦家已在小说创作上取得了令人瞩目的成就，但这并不能消除他对自我的怀疑。他曾坦言："我其实对我的文学才华始终有怀疑，包括今天。我对写作有很大的畏惧感，不敢轻易下笔，写好后也总是反复修改，不信任。到今天我的文学创作好像已经稍有地位，但还是在怀疑，而且我觉得这是一个作家应有的心态，也是令自己保持创作激情的合理途径。自我怀疑是我创作最大的激情。"从这段文字可以看出，对自我的怀疑来自作者对写作的"畏惧感"。从文化心理的角度看，这种"畏惧感"又与作者辛酸的童年不无关系。由于特殊的家庭背景，麦家自小敏感而自卑，深感世态炎凉与人情冷漠，只能以写日记的方式实现自我交流。对他而言，写作就是为了"摆脱孤独"和"放大自己"，是他抵抗自卑感的一种方式。童年时代的心理阴影自然会影响他的创作，由于对自己的"不信任"，他每写一部作品都小心翼翼，反复推敲和修改。纵观麦家的创作，我们发现，重写是他小说创作的重要特征。一个文本，从短篇或中篇，通过重写发展成为长篇，如同一棵树苗长成参天大树，对很多作家来说可能有些不可思议，但对麦家来说却是家常便饭。麦家反复改写自己过去创作的文本，在重写中提升作品的艺术格调和精神层次。同时，对自我的怀疑也是作家保持创作活力的重要源泉，它使麦家始终怀有充沛的创作激情，在怀疑主流和反思自我的过程中，不断实现叙事的新超越，不断给读者带来惊喜。

三、重建叙事伦理

在对主流叙事的反叛中，麦家的小说实现了叙事伦理的重建。20 世纪 80 年代的"先锋小说"对西方叙事资源的引进，使中国小说在形式革新的道路上丧失了很多优良传统。当前不少作家对此深有反省，小说创作发生不小的变化。90 年代以降，中国文学逐渐在向传统的回归中寻找出路，余华的《活着》、格非的《欲望的旗帜》等先锋作家的作品，叙述范式的艺术调整格外引人注目。到了新世纪，中国小说继续沿着返归传统的道路向前迈进，但多数作品显得气血不足。很多名家的新作问世，难以掩饰读者寥寥的尴尬。你可以说，这是商业化的时代环境造成的，但从根本上说，问题在于作家很少考虑读者的审美需求。

麦家相当尊重读者，他致力于读者因素的研究。如何能让读者进入小说，并持续审美阅读兴味，这是麦家下笔之前考虑的首要议题。把故事还给读者是他赢得读者的第一举措。考虑到市场因素，很多作家都在故事性上下功夫，但麦家迈的步子显然更大，更有力量。麦家非常善于讲故事，他能把故事讲得很神秘，他不按常理出牌，出其不意，出奇制胜，永远超出读者的预期。阅读麦家的小说，无异于在雨天的黑夜里排雷，处处是陷阱，惊险无比，意外迭出。

麦家小说的可读性，不仅在于他能在叙事中创设玄机重重的秘密关口，让读者沉迷在探险的追逐中，还在于文本所潜藏的游戏精神。关于这一点，孟繁华和张光芒都曾撰文指出过。对麦家来说，小说首先就是个游戏，是一种与内心有关的智力游戏。不过，孟文和张文主要是从小说的背景和人物关系等角度进行解读的，而对作家创作中的审美活动关注甚少。由于麦家小说及其写作的特殊性，常规解读模式势必对文本的理解形成某种遮蔽。对作品的游戏性质，我认为，可以从另一个维度来分析。这就是生命的维度，灵魂的维度。如果将文本的游戏化与作家创作过程联系起来看，从中考察这种游戏化的精神来源，或许能发现其中所隐藏的叙事伦理。相对于常规写作，麦家的写作更神秘，也更残酷，甚至可以说，麦家的写作行为本身就富于传奇色彩。在这种写作中，作者不仅要承担常规的审美活动，比如在故事中扮演各种角色，体验各色人等的心理过程，而且由于描写对象有别于世俗中的普通人，在智力上远非常人所能比，无形中增加了文学写作的难度，在意识深层，作者必须设置重重陷阱，挑战自己的智力极限。这种写作的难度，既来自破译密码本身的尖端性质，也来自特工人员所面临的种种复杂的可能。

麦家的写作是如卡夫卡所推崇的"独立性"很强的写作，这种写作"是无助的，它不安居于自身，它既是游戏也是绝望"[5]。麦家的写作具有浓郁的游戏化色彩，但这游戏无疑是残酷的，残酷到令人绝望。在这种写作中，作者在身份转换后的生命体验是潜伏式的，类似于谍战故事中人物的地下活动，明暗两面，身心分离。在这个意义上，作者和他的人物都是剧中人，作者的审美活动与故事中人物的行动，内在地具有某种同质性。因为它们都是假想中的虚拟活动，具有游戏化的特征。破译家和间谍生活在不为世俗所知的虚拟空间。他们怀揣使命，过着惊险十足而又疯狂无比的生活。麦家的写作又何尝不是这样呢？在写作时，麦家是孤独的，是无助的。他所面对的世界，必定危机四伏，变幻莫测，又新奇无比，刺激无限。可以想见，沉醉其中的麦家，在深度迷狂的背后，经历着怎样的精神磨难。正是这种在场的经验状态，及其遭遇磨难的过程，赋予小说以真诚的维度，让我们在作者心力交瘁的突围中，感受到文学的生命质感和崇高品格。

麦家小说对故事性和游戏化的追求，并不以丧失小说的真实感和思想性为代价。无懈可击的逻辑推理和蕴藉其中的思想力度，始终是麦家小说叙事的立足点。麦家以惊人的逻辑推理能力征服读者，同时又能引发读者关于人生、关于命运的深层思考。缜密的逻辑推理是麦家小说的鲜明特点，构成推动小说叙事的主要动力。王安忆评价麦家的叙事，"在尽可能小的范围内，将条件尽可能简化，压缩成抽象的逻辑，但并不因此损失事物的生动性"。王安忆把麦家小说中的推理模式上升到美学高度来评价，眼光甚为独到。麦家叙事的独异之处，在于他以逻辑推理的方式塑造文学的"形象感"。麦家小说中，逻辑推理作为叙事模式被常态化，并与故事交合构成小说坚固的物质外壳，不仅有效地推动小说叙事，同时也构成人物命运的晴雨表。以《解密》来看，容金珍在破译紫密后，黑密对他所构成的挑战无疑是致命的，因为一个人只能破译一部高级密码，这是密码科学的铁律。而容金珍是可能创造奇迹的人，黑密破译者严实的话足以证实这种可能。然而，黑密破译的紧要关口，容金珍因为笔记本被窃而一蹶不振。可见，密码与故事构成互文，密码逻辑暗示着人物的命运逻辑，密码逻辑链条的断裂注定了主人公命运的悲剧转折。

麦家是博尔赫斯的忠实信徒，其小说所彰显的叙事伦理，很大程度上是对博尔赫斯小说手法的化用。麦家取法于博尔赫斯，一方面是那种诡异的叙事风格深深吸引着他，极大地影响着他的叙事追求；另一方面，麦家有感于当前中国小说在细节上的漏洞百出，对博尔赫斯极力维护叙事逻辑的创作态度钦佩有加。麦家痴迷于在诡秘的氛围中不断制造悬疑，营造迷宫式的叙事效果。人性的复杂就在层层疑团的遮蔽和敞亮之间获得丰富呈现。这种叙事追求使麦家的小说与流行的悬疑小说有了明显的区别：麦家执着于人情事理的严密推敲，在反复推敲中显示逻辑的力量。

当然，麦家小说中的推理并非全靠抽象逻辑的演绎，同时也有赖于作者调动翔实可靠的材料。大到二战或冷战时期的国际局势，小到器具，处处查证，步步考究。麦家对材料的考据式调度，与博尔赫斯遥相呼应。文学史上，不仅博尔赫斯和麦家如此，大凡经典的小说都重视材料的审美功能，《红楼梦》《包法利夫人》等经典小说莫不显出这种细密而考究的叙事风格。

对材料的倚重旨在为小说逻辑的合理性提供有力支撑，但终极目标则是有效地保障故事的真实性。如何合理调度材料是故事得以成立并获得艺术增值的关键。为此，麦家非常重视叙事者形象的塑造。西方主流叙事理论认为，作者不等于叙事者。就麦家小说来看，叙事者与作者也不能画等号，相较于传统的叙事者，麦家设置的叙事者在功能上表现得更为复杂。叙事者的功能在于"去魅"，为读者澄清真相。叙事者调动各种手段，比如，以访谈实录、笔记本、书信等形式，突显纪实的文体特征，以仿真的叙述方式讲述故事，而传统的小说要素如情节、人物等退居次要地位。麦家在《风声》"前言"中写道："我不得不承认，与我虚构的故事相比，这个故事显得更复杂，更离奇而又更真实。"这是一种煞有介事的讲述，对叙述者在场经验的着意强调，意在突显故事的真实性。吊诡的是，事件的真相并未如读者预想的那样水落石出，而是在不同人物的争论中变得真假难分，是非难定。叙事者在建构历史的同时又消解着历史。而昆德拉所说的"存在"就在建构与解构中呈现。昆德拉认为小说的功能在于让人发现事物的模糊性，并指出，小说家的才智在于确定性的缺乏，他们萦绕于脑际的念头，就是把一切肯定变成疑问。麦家对此律令深有领悟，他没有对历史作出任何泾渭分明的道德评判，而是力图展示事物的"模糊性"，将价值判断隐藏在叙述中，交给读者去明辨。叙事者被赋予双重叙事功能，体现了作者的先锋立场，是后现代精神在小说叙事中的生动贯彻。

注释：

[1] 米兰·昆德拉:《小说的艺术》，董强译，上海译文出版社，2004，第54页。

[2] 陈晓明:《在黑暗中写作，于是有光——麦家小说简评》，《上海文学》2004年第6期。

[3] 麦家:《关于小说的三种说法》，《杭州日报》2009年2月23日。

[4] 麦家、季亚娅:《麦家：文学的价值最终是温暖人心》，《文艺报》2012年12月12日。

[5] 卡夫卡:《卡夫卡日记》，阎嘉译，四川人民出版社，1999，第193页。

偷袭者蒙着面
——麦家阅读札记

方 岩 辽宁大学

一

  文学可以定义为一种奇特的词语运用，来指向一些人、物或事件，而关于它们，永远无法知道是否在某地有一个隐性存在。这种隐性是一种无言的现实，只有作者知道它。它们等待着被变成言语。[1]

  希利斯·米勒对"文学"的定义，像是关于麦家写作的一个注脚。我们熟知的文学经验光谱的两端，一端是大历史的高台，另一端则是日常的栅栏。我们关于社会、历史、人文、政治的基本认知，决定了我们会把目光聚焦于两端之间的某些特定领域，那些在常识范围内可以随意赋形的经验便成了意义的良田。那些视野未曾光顾或路径有限、思维稳固的意义生产方式无法立足的区域，也就成了意义的贫瘠之地。麦家偏偏是个执意要在贫瘠之地发现深矿的人，那些深埋地下的"隐性存在"便成了熠熠生辉的词语。麦家挖掘的这些"秘密"无迹可寻却又无处不在，它们不参与日常经验的运转，却可以决定日常的有无和存毁；它们有时更像是历史的私生子或替罪羊，明明是大历史运行的重要驱动力量，却又是历史攫取胜利和荣耀之时需要极力掩盖的"丑闻"。关于这些"秘密"，用麦家自己话来说："我们别无选择，'只能住在一个间谍、阴谋、秘密大道横行的社会'。"[2]

或许我们可以说，此类"秘密"在某些类型文学中早已屡见不鲜。然而此类经验说到底是廉价的"英雄梦"和伪装高深的"阴谋论"联手的结果，借助想象力的放纵和情感、暴力的宣泄，造成了真相澄清、正义伸张的幻觉。所以，此类经验及其呈现方式其实是用历史虚无主义筑起一道高墙，以隔绝历史真相的困扰。

麦家与类型文学的共同之处，在于对"故事"的强调。用麦家自己的话来说："奔跑中，我们留下速度，却使文学丢失了很多常规的品质，比如故事。"[3]他对"故事"的吸引力充满着自信："我的写作一直执迷于迷宫叙事的幽暗和吊诡，藏头掖尾，真假难辨，时常有种秘中藏密的机关不露。因此，我的小说具备某种悬疑色彩，这对大众的阅读趣味也许是一种亲近。"[4]麦家的写作与类型文学的关系，是一个绕不开的话题。

麦家的写作虽然披着类型文学的外衣，但是，正是他处理"历史"与"故事"关系的基本态度，使得他的作品区别于类型文学并具有绝对的精神高度。类型文学对历史的要求是简单直接的工具化思维，历史元素在文本内执行某些点缀、辅助的功能，从而让故事在虚构的范畴内能够自圆其说，并制造文本之外存在着现实、历史的客观对应物的幻觉。换言之，那些包含历史元素的类型文学，其实是在利用文本之外的历史常识的片段或现实经验的碎片来装点、伪饰文本源自历史或现实的假象。由此，历史与现实便以某种肤浅的方式被虚构征用，并有被抹去边界的可能。这是虚构的权力的合理使用，还是虚构的暴力及其滥用，取决于不同的读者对类型文学的基本态度。

麦家并不是那种喜欢喋喋不休地进行自我阐释的作家,关于故事与历史的关系也是只言片语:"也许我不该说,但话到嘴边了,我想说了也就说了,我希望通过《风声》人们能看到我对历史的怀疑。什么叫历史?它就像'风声'一样从远方传来,虚实不定,真假难辨。"[5]相比《风声》中故事的精密、复杂和时空跨度,麦家关于历史的言论显得谨慎而低调。很显然麦家更愿意让故事自己发声,更相信出色的虚构能够由内而外地辐射出询问历史的能量和光芒。在用历史装扮故事与用故事照亮历史之间,麦家毫不犹豫地选择了后者,这正是麦家的写作在审美趣味和精神品格等层面有别于一般类型文学作品的重要原因。

历史之于麦家,既非宏阔、沉重而难以描述,也非辽远、缥缈而可以放纵想象,而是一个个具体、完整的故事,是与具体的政治、日常、回忆、传闻、欲望相关的经验、情感和意义。历史埋伏于虚构的细节里,化为故事本身的有机构成。有时,一句话可以点亮一个时代,一个声调能够扭转叙事走向……当一个个被麦家宣称道听途说的故事被尽量完美地呈现出来时,读者的兴趣会被同时引向文本之外的那些历史和现实的幽暗之处。更何况,麦家的写作,恰恰是从追寻被刻意抹去的历史真实开始,或者说是始于试图靠近历史深处的某个禁忌。于是,在虚构与历史之间形成了某种戏剧性的张力关系,这是麦家写作的魅力所在,可以借用麦家的一部中篇小说的标题来形容——"让蒙面人说话",这篇小说的内容后来被改写为长篇小说《暗算》的一部分。"让蒙面人说话"可以理解为麦家讲述秘密和禁忌的姿态,即如何讲述禁止言说的秘密。

"蒙面"即为叙述的匿名性，在隐藏叙事者身份的前提下提供信息。对于蒙面者来说，在隐匿了身份的确定性和信息来源可靠性的前提下，如何仅仅依凭语言、声音把既无法证实亦无法证伪的故事，以令人信服的方式呈现出来，确实是个难题。这其实是历史叙述中的某种悖论，即如何为宣称不存在的历史赋形。对于读者或观众而言，面对没有身份和信息的权威性保障的故事，他们只能报以怀疑的态度，同时还要辨析词语、语调本身就携带的歧义和不确定性。这就涉及历史叙述的另外一个悖论，当被抹去的历史被陈述出来时，它在多大程度上属于"虚构"的发明。于是，在蒙面人说话的场景里，语言与故事、声调与真相、历史与虚构、说服与质疑、发明与伪造等种种因素，交织出紧张的叙事关系和丰富的意义层次。蒙面人每次开口都是一次小心翼翼的泄密，都是对历史幽暗之处一次猝不及防的偷袭和曝光，语言、智识和意义相互追逐，造就了故事偏执却迷人的气质。正如李敬泽评价的那样："麦家所长期坚持的角度，是出于天性，出于一种智力和趣味上的偏嗜，但同时，在这条逼仄的路上走下去，麦家终于从意想不到的角度，像一个偷袭者，出现在他所处的时代。"[6]

二

　　谍战系列让麦家声名鹊起，这是他逐步选择、调整的结果。麦家对此有着比较清醒的认知："我也许属于比较'勇敢'的人，选择了离开，重新找时找到了'解密'系列：我明确地感到，这是我的'另一半'，然后它就像是我的爱人，如影相随，心心相印，对我的影响和改变也不亚于爱人。"[7]

　　事实上，麦家重新选择的只是题材，他对"真相"和"秘密"

偏执的勘察和讲述却是一直未变的。《解密》写了11年，但是麦家还写了许多非谍战题材的中短篇。倘若把这些作品视为谍战系列的附庸，或是为谍战系列而进行的训练和准备，则容易造成对麦家理解的偏颇。"谍战"属于那种溢出历史、现实常态的奇异经验，经验本身所具有的故事性、传奇性很容易引发审美阅读层面的震惊，以至于会在一定程度上掩盖对文本更为深刻全面的细读。所以，处理常态经验的能力也是衡量作家功力很重要的一个方面。

麦家有过17年的军旅生涯，除了谍战系列，与军队有关的题材在麦家的写作中也占较大比重。《第二种败》故事比较简单：在一场战斗中，指挥官阿今血战至孤身一人。他在并不知晓已经取得胜利的情况下，举枪自尽。故事混合着荒诞、怜惜以及轻微的嘲讽。从表面上看，阿今的举枪自尽与未完成使命的屈辱感有关，小说甚至还讨论了信仰在关键时刻能否给予个体勇气的问题。阿今自杀前的一段描写体现了更深层的意味。

又是风起。山野的风。风把孤立的旗帜吹得猎猎作响，好像在浅吟低唱，又好像在讲述一个关于战争和战俘的故事。阿今听着，觉得十二分的刺耳，又揪心地疼。阿今说，它在嘲笑我，它在叙述我的失败。

阿今死于恐惧和羞愧，但绝非面对具体失败的恐惧和羞愧，而是对失败即将被记录于历史之中这件事的恐惧、羞耻和绝望。麦家从某种意想不到的角度"偷袭"了历史。这种历史反思指向革命/历史叙述中对于胜利的无限迷恋和过度颂扬。这种功利主义的历史叙述，对失败缺乏基本的体察和同情，并鼓励把失败视为道德范畴内的羞耻之事。最终，肉身毁灭于被某种僵化的意识形态所规训的、扎根于内心深处的历史观和历史意识。

《两位富阳姑娘》亦是士兵死于羞愧的故事，但这次是女兵自杀。"文革"期间，一位刚入伍的女兵在体检时被发现处女膜破裂，女兵被遣返原籍后以自杀证明清白。事后发现，体检时她的名字被同批入伍的另一名同籍女兵冒用了。这样的故事有着我们熟悉的伤痕文学的味道。但麦家无意在革命与情欲的关系上老调重弹。简单粗暴地在身体的纯洁与信仰的坚定之间建立联系，固然是革命的道德洁癖的荒谬之处，却也是众所周知的事情。问题是，当女兵被遣返原籍后，却同样遭遇了身体、精神双重不洁的指责。在这一刻，革命与乡村共享了某种前现代的伦理道德逻辑，革命的道德光芒瞬间黯淡。

然而麦家并未止步于此。这篇小说最为奇特的地方在于，所有的人物都没有名字，只有亲属关系、职业身份来标示他们在故事中的作用和相互关系。就连受害者也没有名字，或被处理为"叫×××"，或被称为"破鞋"。承载道德评判的具体的肉身面目模糊。小说中的每个人都在执行与身份相关的功能，但没有人因一个鲜活生命的死亡而被问责，更没有人对错判进行纠正。人人皆为匿名，具体的个人消失于功能、符号的背后，已经变得不重要。从这个角度来看，麦家已经把故事推进到历史寓言的层面：在一个由先验的秩序和律令来分配身份、功能、符号的社会历史语境中，道德本身也只是空洞的修辞。故事的结尾，妹妹顶替姐姐入伍，无非是一个匿名的肉身填补了另一个匿名的肉身的空缺，然后争端消弭，秩序恢复，一切照旧，仿佛"×××"只是验证秩序能否有效运行的试错手段。小说的标题"富阳姑娘"，不过是被分配去执行某种角色功能的群体的简称。由此，秩序方能封闭、循环地运转下去。正如小说结尾处那句话提醒的："当我想到，我马上还要这样地重走一趟时，我心里真的非常非常地累。"

这便是麦家的奇崛之处。军旅文学的内在要求和军人的职业属性从未对他的写作造成任何限制。在他的写作中，军旅题材仅仅是故事的材料，军队无非是人物活动的区域和背景。他并不刻意强调某些因素的特殊性，因而与典型的军旅文学拉开了距离，在他的军队故事里可以看到关于社会、历史更为宽阔、深刻的思考。像《农村兵马三》《王军从军记》这样的小说所描述的，其实就是个人试图通过职业选择和努力奋斗实现阶层流动的故事。虽说这样的故事与其他作家的同类作品相比，并不算出类拔萃，但是从中依然可以看出麦家写作的某种倾向，他对边界的突破和对特殊性的漠视，使得虚构能够超越特定的经验领域和意义生成惯性，从而呈现出更为宽广雄厚的气象和境界。

顺着这样的思路，就能够理解《黑记》这样的小说。一场艳遇与一场关于病毒和人类未来的科研讲座，构成了这部小说的两个部分。这本是两个毫不相关的故事，却被艳遇中那个女人乳房上的黑记连接起来。因为这块黑记既能够引发情欲，又是某种原因未明的病毒。这种稍显生硬的结构方式，是麦家刻意设计的结果：科学故事中断了读者对情欲故事的阅读期待，情欲故事让严肃的科学探讨沾染了几分猎奇的味道。这种奇异的混搭和拼贴，使得情欲、伦理、身体、病毒、人类未来之间产生了戏剧性的意义关联。这篇小说的探索性和争议性正在于此。麦家的写作风格在这里表现得很鲜明，相较于对经验本身的描摹和刻画，他更愿意以某种偏执、奇崛的方式去挖掘经验背后可能存在的更为普遍、深层的意义，或者说秘密。如同《黑记》中呈现的那样，谁能想到情欲的背后居然隐含着事关人类未来的秘密。尽管荒诞、夸张，但为什么不可以呢？借用谢有顺的评价："一个作家如何为自己的想象下专业、绵密的注脚，这是不可忽视的一种写作才能。"[8]

三

《解密》是麦家的第一部长篇小说。用麦家自己的话来说："破解密码，是一位天才努力揣测另一位天才的'心'。这心不是美丽之心，而是阴谋之心，是万丈深渊，是偷天陷阱，是一个天才葬送另一位天才的坟墓。"[9]很显然，这是个关于天才和阴谋的故事。中国的历史发展与故事进程相互支撑，故事的起承转合在历史进程中得到印证，更重要的是，故事中的人物命运铺展出中国知识分子的形象谱系。可以简单梳理一下：第一代，容黎黎是晚清时期游学海外的读书人，回国后兴办新式学堂；第二代，容小来和容幼英拥有海外正规大学的学位，是民国大学教育的中坚力量；第三代，容因易是抗战时期的大学生，新中国成立后留在大陆；第四代，容金珍则是新中国成立后国家培养的大学生。这个以血缘关系连接而成的现代中国知识分子形象谱系在与故事融合后，显得意味深长，这四代人在视野胸襟、社会贡献、活动空间等层面呈现出逐代降格、收缩的趋势，直至容金珍消失于社会领域，成为国家的"秘密"。容金珍的崩溃虽然以冷战格局下的国家利益之争作为背景，但未尝不是知识分子之死的隐喻。所以，这亦是《解密》中隐藏的另一个"秘密"。

在虚构领域采用非虚构手段作为叙事策略，不是什么新奇的技法，然而麦家凭借对其的出色运用，使得《解密》在故事形态和意义表达上呈现出更丰富的审美层次。容金珍的主线故事采用类型故事的写法，在传奇故事的道路上一路狂奔。但是当各种"访谈""录音""见闻"不断地插入故事主线时，不仅叙述节奏得到有效调节，而且在庞杂的外部信息的不断介入下，主线故事的形态和意义也渐渐丰满、复杂起来；更为重要的是，在这个过程中，故事的"野史"气质逐渐被涤荡，开始显露出"正史"的伟岸气质。于是，被掩埋的历史重见天日的幻觉被麦家利用非虚构技法制造出来。当"容金珍的日记"出现在小说结尾时，不仅容金珍的形象更加立体、丰满，同时也让读者觉得失落的知识分子精神之魂似乎回归了。

虽说到了写《暗算》的时候，麦家有了"削铁如泥的感觉"，但他的探索依然在深入。《暗算》的争议性在于结构，最终修订的版本由五个各自独立的故事构成。麦家的解释是："《暗算》是一种'档案柜'或'抽屉柜'的结构，即分开看，每一部分都是独立的、完整的，可以单独成立，合在一起又是一个整体。这种结构恰恰是小说中的那个特别单位701的'结构'。"[10] 如果说，在《解密》中，麦家是要发现那些被历史藏匿起来的秘密；那么，在窥见秘密以后，麦家打算在《暗算》中去近距离地观察、描述这些制造秘密的人，这些人在制造秘密的过程中各有分工，或者说他们从不同的角度参与了秘密的制造。所以，《暗算》的结构是对应了以隐秘的方式关联起来的一群人。麦家再次动用非虚构手段，使得描述这群人的日常成为可能。于是，世俗进入了故事，这也使得《暗算》看上去像是采取了去神秘化的叙述策略。

阿炳、黄依依、陈二湖以不同的方式展现了他们与世俗的纠葛。阿炳本来就对世俗缺乏基本认知，精神的残缺与权力对肉身的工具化要求不谋而合，而权力的奖赏恰恰是世俗的享乐。工具化的身体没有欲望，而权力却把欲望视为丰厚的回报。所以，阿炳死于权力的馈赠。阿炳之死也就充满了反讽的意味。黄依依与阿炳形成了鲜明对照。作为一个精神健全、肉体健康的人，黄依依试图向权力索要世俗的欢愉时，却被视为"一个有问题的天使"。权力的诡异之处在于，其人格化的一面阴晴不定、难以揣测。它主动塞给残缺之躯（阿炳）一份难以承受的世俗欢愉，却把健全之人黄依依的朴素要求视为冒犯和越界。黄依依最终死于权力剥夺所导致的人生的失衡和失控。对于他们的遭遇，麦家曾说："他们抛妻别子，埋名隐姓。为国家的安全绞尽脑汁'暗算'他人、他国，然而最终自己又被世俗生活'暗算'。"[11]话只说对了一半。他们的遭遇固然与世俗相关，然而这世俗受控于权力。与阿炳、黄依依不同的是，陈二湖对世俗生活表现出主动的拒绝和明显的不适应。当他退休后不得不面对世俗生活时，他的精神状态很快萎靡，原因恐怕在于缺乏权力的关怀和滋养。他执意要回到红墙内度完余生，因为被规训后的自觉意识需要权力的不断回应，肉体方能持续运转。小说里描述得很清楚："父亲重返红墙后不但精神越来越好，连身子骨也越来越硬朗……红墙就像一道巨大的有魔力的屏障……父亲回到红墙里，就像鱼儿回到水里。"不管麦家写作《暗算》的初衷是什么，他让我们窥见了权力运行的秘密。

在《风声》里，麦家依然执着于对"秘密"的发现和描述。如果说，《解密》让被历史抹去的秘密重见天日，《暗算》让藏在秘密里的人现身；那么，在《风声》中，麦家开始对历史本身感兴趣，或者说历史从何而来成为有待解密的问题。《风声》在麦家"谍战三部曲"中最具戏剧性和设计感，核心故事是一场发生在封闭空间的生死智斗。密室逃脱，罗生门，戏中戏，酷刑与暗杀……诸多类型故事的主题和手法都被麦家调动了起来。然而当故事里的幸存者和知情者在事后纷纷发声时，读者才意识到这个精彩的故事仅仅只是个供拆解的目标。回忆、录音、访谈、正史记载，包括重要证物（遗物），都在消解故事的可信度，相互证伪。

各方力量都在争夺对往事的解释权。于是，一场斗智斗勇的英雄赞歌，在另一方的眼里就成了不折不扣的阴谋和背叛的故事。政治化的历史叙述经不起物是人非的检验，个人记忆变成了虚构的源泉。比如，在顾小梦那里，信仰与感情碰撞的结果是两者皆可疑；而在潘教授那里，"父辈的旗帜"愈发显得神圣、崇高。虚构衍生出更多的虚构，那些衍生的片段式的虚构让一场精心设计的、完整的虚构破碎、崩塌，正如历史叙述的瓦解始于那些被忽略的细节的生长。正是在这个意义上，历史本身变得面目可疑、迷雾重重。用麦家自己的话来说："正如历史本身，它像'风声'一样从远处传来，时左时右，是是非非，令人虚实不定，真假难辨。"[12]

之后，麦家写了一部稍显粗糙的长篇小说《刀尖》，上下两部的标题分别为"阳面""阴面"。阴面和阳面都未必是抵达真相的途径，经验的多种面相相互对峙、逼供、角力时所撕开的那道狭缝，可能才是抵达秘密深处的入口。

就像麦家最新的长篇小说《人生海海》里的主人公，他有时被叫作"上校"，有时被嘲笑为"太监"，而他的真名叫"蒋正南",于是如何讲述他的真实经历及其背后秘密便成了一个问题。每个称呼都代表着他所经历的某段历史和别人对其具体经历的猜想和评价。它们相互补充和修正,便构成了一段历史不同面相的叙述张力。简单说来,"上校"与"太监"分别代表"蒋正南"所经历过的荣光与屈辱。麦家就是在对荣光、屈辱及其背后秘密的一一求证、还原和解密过程中,将童年的记忆编织成了雄浑的历史故事。更为重要的是,麦家再次展示了他奇崛的想象力和精妙的赋形能力:不管是形式上还是意义上,无论是实体层面还是隐喻层面,他极其恰当地把复杂的历史面相、意义铭刻在具体的身体之上。简而言之,历史的肉身,或肉身的历史以一种直观、鲜活的形态穿行于《人生海海》的字里行间。诸多细节以极端、惨烈、感性的方式直抵历史深处:在某些时刻,高昂的生殖器可以作为历史进攻的武器,是历史荣耀的表征,欲望、身体、色情都失去了具体的内容和道德伦理相对性,成为历史正义本身;而在另外一些时刻,历史的耻辱和罪恶被刻在肉身的隐秘之处,需要以禁欲和沉默来拼死守护。在两端之间,信仰、革命、世俗所构成的基本历史态貌无一不在试图重新塑造这个脆弱的肉身……用麦家自己的话来说:"这个小说其实和革命、暴力、创伤是纠缠不清的。"[13]

这本是个无休无止的过程,但是当蒋正南成为一个"鹤发童颜害羞胆怯"的老人时,便意味着故事将走到尽头。蒋正南精神崩溃后,智力回到了童年状态。所谓童年是指"完全幼稚、天真、透明"的精神状态,对过去没有记忆,对未来没有恐惧。这种刻意设计的情节与其说是麦家试图与历史和解,毋宁说是过于沉重、难以承受而不得不谨慎地终止询问和探索。因为"童年"既阻止不了创伤记忆的偶尔闪回,更抹除不了刻在肉身上的历史污迹。这样的设计其实就是麦家试图带着他所珍视的人物一起从历史中逃逸。这种意图在故事的结尾表现得更清晰,那块历史的污迹已经被简陋的文身替代:"一棵树,褐色的树干粗壮,伞形的树冠墨绿得发黑,垂挂着四盏红灯笼。"树冠遮住了一行字,那行字事关历史的色情和暴力,四个灯笼则掩盖了四个汉字,那是一个日本女人的名字。把污迹和创伤涂抹、美化为一幅美丽的风景,麦家故意制造了与历史和解的幻觉,他要借此掩护自己暂时的退场。因为对"秘密"的每次探寻,都是与历史身心俱疲地缠斗,他需要稍事喘息,为下一次猝不及防的偷袭养精蓄锐。

注释:

  [1] 希利斯·米勒:《文学死了吗》,秦立彦译,广西师范大学出版社,2007,第67页。

  [2] 麦家:《暗算》,北京十月文艺出版社,2014。后文中凡引自该书的引文不再一一注释。

  [3] 麦家:《与姜广平对话》,《捕风者说》,作家出版社,2008,第175页。

  [4] 麦家:《形式也是内容——再版跋》,《暗算》,作家出版社,2011,第272页。

  [5] 麦家:《与姜广平对话》,《捕风者说》,作家出版社,2008,第181页。

  [6] 李敬泽:《偏执、正果、写作》,麦家:《密码》,江苏文艺出版社,2014,第230页。

[7] 麦家:《与姜广平对话》,《捕风者说》,作家出版社,2008,第184页。

[8] 谢有顺:《〈风声〉与中国当代小说的可能性》,《文艺争鸣》2008年第2期。

[9] 麦家:《谈〈解密〉》,《捕风者说》,作家出版社,2008,第165页。

[10] 麦家:《形式也是内容——再版跋》,《暗算》,作家出版社,2011,第272页。

[11] 麦家:《谈〈暗算〉》,《捕风者说》,作家出版社,2008,第167页。

[12] 麦家:《〈风声〉是〈暗算〉的敌人》,《捕风者说》,作家出版社,2008,第170页。

[13] 季进、麦家:《聊聊〈人生海海〉》,《当代作家评论》2019年第5期。

"解密"作为方法：麦家的小说策略

徐　刚　中国社会科学院文学研究所

麦家有着"中国当代谍战小说之王""特情文学之父"的美誉，他最负盛名的"三部曲"——《解密》《暗算》《风声》，因小说题材的独树一帜而广受关注。"一个秘密部门701的前世后生，一群天赋异禀的人在暗黑的'地下'以命相搏，前仆后继"。[1]这些神秘而激动人心的故事，不仅让麦家获得主流文学的诸多褒奖，也令他在海外文坛产生了重要影响。尽管在人们看来，《解密》在西方的畅销，有赖于包括译者、出版商、媒体等在内的一系列非文本因素的市场运作，但强劲的《解密》旋风确实不容小觑。

围绕麦家殊为火爆的谍战故事，我们当然可以从容展开有关通俗和精英、神秘与凡俗、普遍性和特殊性、东方风情与世界语法等诸多议题的理论表述。然而不能忽略的是，这种"纯文学"的"发现"与"海外市场"的"捕获"，可能恰好源于某种时运与个人才能的"吻合"。用作者的话说，这是源于"远在星辰之外的运气"。换言之，麦家将"幸运的质料"兑换成赖以依凭的文学形式，再加之"经典化"的无形大手的加持，终于顺利建构为几近神秘的"文学秘籍"。就麦家最具影响力的"谍战三部曲"而言，或许可以尝试将之从诸如"黑暗写作""智性文学"和"极限小说"的神秘指派中还原出来，落实到一种清晰切近的方法论阐析。

正如麦家所坦言的,《解密》《暗算》《风声》,"说到底是一个主题:解密,揭秘,寻求真相"[2]。这里颇为有趣的是,解密之于小说,不仅构成了作为小说"物质外壳"[3]的故事层面,以及附着在故事之上的多重内涵与独特韵致;更为重要的是,以解密这一不言而喻的故事轴心,小说得以在悬疑剧的起承转合中慢慢展开编码与解码的叙述游戏,而游戏本身彰显的形式艺术更是值得人们仔细考量;此外,至为关键的元素在于,以解密为方法,恰是为了透露某种命运的谜题,即如麦家的小说展现的,故事里的非凡天才们纷纷陨落,而关于命运无常、人性幽暗的深切意涵终于得以渐次呈现,这也是作为小说精神内涵的解密隐喻的意义所在。

一、作为小说物质外壳的解密故事

对于麦家来说,解密作为方法,首先指的是它呈现为一种独特的故事形态,与这种故事形态直接关联的,便是小说的物质外壳。事实上,这独一无二的解密故事正是麦家文学创新性的重要基础,也是成就其鲜明个人风格的有效保障。在经历17次退稿之后,吃尽白眼、历尽沧桑的他终于在解密世界里找到了属于自己的写作可能性。

在麦家这里,特情或谍战群体天资非凡,但长期以来,他们的秘密工作并不为人所知,因此显得神秘。而围绕他们,麦家从容展开了以密码制造与破译为核心的解密故事。比如《解密》里有着"大头算盘"之称的容幼英,"她自幼聪慧过人,尤其擅长计数和演算,11岁进学堂,12岁就能和算盘子对垒比试算术,算速之快令人咋舌,通常能以你吐出一口痰的速度心算出两组四位数的乘除数。一位靠摸人头骨算命的瞎子给她算命,说她连鼻头上都长着脑筋,是个九九八百一十年才能出一个的奇人"。而她的孙子,有着"大头虫"之称的容金珍,自幼年起便从不同角度展现了"少见而迷人的数学天分"。《暗算》,瞎子阿炳这个极富传奇色彩的人物,给人留下了深刻印象。正是围绕他们展开的解密故事的反常性和神秘感,给麦家的小说带来了无穷的艺术魅力。或许可以说,作为小说的物质外壳,解密这一非凡的小说质料构成了麦家作品题材独特性和敏感性的重要来源。

好奇心是人类最原始的能力。在很大程度上,写作《解密》的麦家,正是发现了读者巨大的好奇心,即对国家秘密机构的好奇心,并致力于用这种好奇心来结构小说。在麦家这里,密码叙事的神秘性,隐秘战线的全面展示,使得解密故事借助读者的猎奇心理而获得广泛影响。尽管麦家自己交代,他并没有具体干过情报工作,只是"多多少少有些别人没有的了解,在外围做过一些服务性的工作"[4],但在国外读者的眼中,他还是被想象为特殊经验的"持有者","麦家曾在中国的情报机构与专业间谍人员和密码破译专家共事过,他把自己的这段特殊经历写进小说,小说因而有了文学上的复杂性和商业上的吸引力"。[5]

应该说,正是借助神秘而特殊的解密故事,麦家的小说清晰体现出某些流行元素,而其背后的读者意识也极为鲜明。在一篇讨论路遥文学"经典化"的文章中,赵勇曾尖锐指出了中国当代文学创作的基本现状:"中国当代的不少作家虽然也希望他们的作品拥有读者群,但许多时候,他们的'理想读者'(ideal reader)更是大学教授、作家同行、著名评论家、文学期刊主编,甚至某个奖项的评委。"为此他引用萨特在《什么是文学?》中的名言:"斯丹达尔的读者是巴尔扎克,而波德莱尔的读者是巴尔贝·德·奥尔维利,至于波德莱尔本人又是爱伦·坡的读者。文学沙龙变得多少有点像头衔、身份相同的人的聚会,人们在沙龙里怀着无限的敬意低声'谈论文学'。"在赵勇看来,路遥与这些人不同,他更在意的是"虚设读者",更追求如何"用生活的真情实感去打动读者的心",如何让自己的作品"引起最广大读者的共鸣",这是他所理解的"真正的艺术作品的魅力"。[6]

与路遥相似,麦家也充分认识到介入或占领大众的重要性,并以其创作致力于解决"我们有读者,但没有读者群"的难题。麦家喜欢"沉醉在幻想里","离奇怪的东西更近一点",并不认同呆板的写实主义,而是希望"在一个想象的空间里,使自己变得轻盈一点"。[7]正是因为这种明确的读者意识,麦家为自己制定了个人化的写作方案。他一方面清楚地知道读者的趣味所在,并有意往那个方向靠拢;另一方面他又决不放弃他所声称的文学品质和品位。在这个意义上,麦家其实可以被归入"站在俗文学的外面,用雅文学的眼光和趣味,来创作貌似通俗的文学"[8]的那一类作家。

对于麦家来说,问题的关键是以通俗的外观来吸引普通读者,进而用严肃的内容形塑他们的审美世界,这大概就是麦家解密故事的重要策略,也是作为物质外壳的解密的首要内涵。为此他充分尊重人们阅读时的猎奇心理和消遣娱乐的需要,并将这种猎奇和消遣视为人性的震撼与教益的前提。因为在他看来,艺术的游戏功能是吸引人们的关键因素。在麦家这里,通过阅读的诱惑,将目标人群牢牢捕获,进而实现艺术的审美效应,还有一个重要条件,便是故事针脚的细密严实和逻辑的圆融自洽,即精细的物质外壳和世俗心基础上的小说的说服力。

对于麦家来说，作为物质外壳的解密故事的第二层内涵在于，它是非同寻常的革命故事。解密故事的主人公诠释的是顽强的英雄主义与家国情怀，由此可以见出主旋律小说的多样性。就像麦家无数次念叨的："英雄主义是连通作家和读者的一条比较短的暗道。"[9]他也曾在《解密》的扉页郑重写道："他们是人之精灵，但特殊的身份注定他们要隐姓埋名。他们是我最崇敬的人，此书谨献给他们。"相比革命年代的英雄来说，麦家笔下的英雄不仅悲壮感减少，甚至还颇有几分窝囊。但不得不承认，这些作为英雄出场的"易折的天才们"更具个人气质，他们身上残存的英雄主义气概是当今文学中难能可贵的品质。这么看来，无论是《解密》中的容金珍，《风声》里的李宁玉，还是《风语》中的陈家鹄，在分析这些人物时，不能只看到个人与体制紧张的一面，更应当注意主人公对国家利益的看重，即革命历史叙事延续至今的勇于牺牲的一面。这里所连接的文学记忆包括小说《野火春风斗古城》里的金环银环姐妹，电影《永不消逝的电波》里为革命献出生命的李侠夫妇。唯其如此，我们才能准确感受解密故事的主人公们身上凝聚的正面价值，才能深切领悟那些壮志未酬的悲剧英雄所内蕴的家国情怀。

在这个基础上，解密故事的第三层内涵在于，它汇聚到世界通俗文学的脉络之中，体现出中国当代文学的世界性。如FSG出版公司主编艾瑞克所言，在麦家小说中可以找到中国民间传奇、历史小说、亨利·詹姆斯的心理描写和元小说等叙事元素。哈佛大学王德威教授认为，麦家小说"混合了革命历史传奇与间谍小说"，这里的间谍小说，很大程度上指的是世界间谍小说的传统在讨论小说《解密》时，王德威指出了这一题材的世界性意义，即间谍作为一门职业的世界性，以及刺探、加密、阴谋等现象的世界性。正是在这个意义上，王德威将《风声》视为流行的密室逃生游戏的翻版，认为它把环境封闭起来，赋予人物一个任务去完成，悬念感强，进而将其与《东方快车谋杀案》《尼罗河上的惨案》《无人生还》等经典侦探推理小说并置。这其实也正好印证了《纽约时报》对麦家的评价："麦家在作品中所描述的秘密世界，不仅是关于中国的，也是关于世界的。"[10] 这些评价正好回答了麦家作品何以广受世界读者的欢迎。

在这诸多层面的讨论中，我们可以发现，作为物质外壳的解密故事，其实让麦家的小说顺利占据了一个得天独厚的位置。正是在这个位置，他得以有效沟通雅与俗、神秘与寻常、普遍和特殊、世界和中国，从而巧妙地将敏感题材、隐秘叙事、大众阅读、主旋律表达和世界通俗文学潮流熔于一炉，最大限度地获得文学的普遍效应。

二、作为小说叙述形式的解密游戏

正如麦家不断强调的，"编造小说物质外壳或者说这个容器的过程，在我看来就是个手艺活，需要技术和经验"[11]。这里的手艺、技术和经验，正是他以"解密"作为小说叙述形式的虚构技艺。

大概是对小说家们日渐疏离技艺的一种不满，麦家刻意将小说视为一门手艺。在《我用大脑写作》一文中他曾这样表述："用脑写，通俗地说是把小说当做一门手艺活来做。"这或许是受到了阿根廷作家博尔赫斯的影响，博尔赫斯曾将自己的一部小说集命名为"手工艺品"。为了体现小说作为手艺,麦家倾向于更加审慎地对待虚构的技术内涵。在他那里,手艺人的精细功力体现在有效操持虚构上面。在他看来,小说是假的,需要用精湛的技艺,让读者信以为真。麦家将小说家视为"三轮车夫","一路骑来,叮当作响,吆五喝六,客主迎风而坐,左右四顾,风土人情,世态俗相,可见可闻,可感可知……把各条路线和客主的需求研究透,然后尽可能以一种服人的实证精神,给客主留下一段真实的记忆"。[12]

纵观麦家的小说,作为小说叙述形式的解密游戏,首先体现在叙事中独特的形式追求上。从技术层面来看,不断制造悬念,让读者的阅读审美过程得以持续并最终完成,是麦家解密故事取悦读者的基本策略。麦家似乎总在琢磨小说的文学性与故事性之间的复杂关联,一方面强调小说家的虚构的权力,汲汲于摆脱现实的束缚,在想象的空间里寻求一番刺激,另一方面又指出,天马行空的虚构并不是没有边界的,将它们落到实处的关键在于突显真实感。在被问及所写内容与自己早年的部队生涯是否有关时,麦家回答:"跟我的经历肯定有关系,但我写的也不是我的经历。"这里的奥妙在于,写这些东西,没有真实经历显然无从下手,但真实的经历又是高度保密的。所以,麦家选择的是真实经历基础上的虚构。这种了解之后的虚构所包含的叙事技艺,显然意在克服小说的"虚假性"。

亲历基础上的真实记忆,是麦家小说竭力追求的叙事效果,然而这里的"真实感",其实是一种"反虚构"的"虚构",一种为了获得叙事吸引力而竭力营造的"似真幻觉"。比如,在《风声》的"前言"中,麦家写道:"我不得不承认,与我虚构的故事相比,这个故事显得更复杂，更离奇而又更真实。"这便让人觉得《风声》似乎并不是一个虚构的故事。其实不然，这段话只是叙述者的惯用伎俩：以煞有介事的讲述，着意强调叙述者的在场经验，从而突显故事的真实性。这在麦家的其他小说中非常普遍。《解密》从第二章开始以假乱真地穿插小黎黎的长女容因易的访谈实录，让人感觉小说源自真实事件。此外，小说以视角切换的方式从第三人称转向第一人称，这既是对小说叙事变化和多文本形式的追求，也是对故事背后人物、细节的解释和补充。麦家本人对这种"后设虚构"以及与此相伴的叙事技巧津津乐道，将之视为小说家应有的本领，就像泥瓦匠修房子要会用砖刀一样。麦家显然醉心于这一叙事游戏：把虚构弄得比真的还真，跟"讲述老百姓的故事"一样，"一会儿在做访谈，一会儿在701院里游逛，一会儿在气候温润的南方写作"。他对自己能在小说里自由出入感到无比得意："这是结构的魅力……结构是点子，是机关，是魔方，不是手艺活，但手艺的好坏又要靠它来体现的。"[13]

运用叙事的技巧，让读者相信虚构的世界，这种似真幻觉的营造，显然得益于博尔赫斯式的叙述策略。麦家曾不止一次提到国外作家对他创作的影响，谈得最多的就是博尔赫斯，甚至认为他是"生活中的太阳"。在麦家看来，博尔赫斯的名作《小径分岔的花园》就是一篇极好的间谍小说，《风声》正是受这部作品的影响而创作的。"博尔赫斯的作品就像是迷宫，群山一样的迷宫，你走进去又走得出来，形成一条'路线'，吸引更多'游客'的到来。"[14] 这正是此类写作令人迷恋的原因之一。贺绍俊曾将麦家的"密码思维"与博尔赫斯的"迷宫思维"相比较，"我不知道博尔赫斯的迷宫是否引起过麦家的兴趣，但在某一点上麦家是与博尔赫斯相似的,麦家的内心在说:'写小说和制造密码、破译密码是一回事。'"[15]。博尔赫斯叙事中所穿插的历史事件,那种历史的逼真感,与麦家小说仿真叙事的美学效应如出一辙。这是麦家所心仪的叙述方式:一方面,他借助反虚构的方式追求叙事的似真幻觉;另一方面,他又在这种貌似真实的叙述中,意外生发出无限可能,这种"元小说"(或者说"有关小说的小说")的形式显然具有鲜明的后现代特征。麦家痴迷于在诡秘的氛围中不断制造悬疑,营造迷宫式的叙事效果。在《风声》中,随着叙事的深入,"东风"的逻辑被"西风"所推翻,而"西风"中的细节又在"静风"那里露出马脚。小说的叙述在新的讲述中不断露出破绽,而所谓的"真实性"也被不断解构。小说正是运用这种相互拆解的方式来刻意营造叙事迷宫,在历史的不确定性中引发游戏的意味。

　　麦家的叙事技艺也有可能来自毛姆的影响。后者曾声称在赫尔曼·麦尔维尔的《白鲸》中发现了一种写小说的简便方法:"作者自己在讲述故事,可他并不是主角,他讲的不是自己的故事。他是书中的一个人物,同书中其他人物或多或少有着紧密的联系。他的作用不是决定情节,而是作为其他人物的知己密友、仲裁者和观察者……他把读者当作知心人,把自己所知道的、希望的或害怕的都告诉读者,如果他自己不知所措,也坦率地告诉读者。"[16]毛姆认为这有助于读者对人物产生亲切感,从而增强艺术真实性。比如,在《刀锋》的开头,毛姆写道:"我以前写小说从没有像写这一本更感到惶惑过。我叫它做小说,只是因为除了小说以外,想不出能叫它做什么。"[17]这与麦家小说的开篇"闲谈"是如此相似。

这种虚构方式包含着以真实感为基础的亲切感，足以让读者对叙述产生信任。正是以这样的方式，麦家的小说不断调动读者，让他们积极参与进来，像解密一样去探索故事的真相，这或许正是悬疑小说的魅力所在。解密的叙述形式让小说摇曳多姿，呈现出更复杂的艺术面貌。然而这种叙述的形式有时候并不能令人完全满意，正如评论所指出的，"麦家沉溺于描写惊悚小说惯用的曲折情节，但由于没能把握好平衡，小说的悬念被冲淡了，金珍破译顶级密码的过程越来越像一场没有结果的唯我的游戏"[18]。这毋宁说是解密叙述形式本身难以克服的局限。

三、作为小说精神内涵的解密隐喻

解密的传奇故事只是麦家小说的物质外壳，作品的真正魅力其实在于作为小说精神内涵的解密隐喻，这也是麦家竭力赋予小说的内在深度。

拿《解密》来说，这部小说不仅讲述主人公的解密故事，而且力图对主人公的解密生涯进行解密，并试图揭开具有人生普遍意义的秘密。在麦家的小说里，最玄幻的密码永远是人性，解密其实就是去破解人性的密码。越来越多的讨论不约而同地指出，《解密》的永恒魅力在于探索人性之复杂。正是在这个意义上，麦家由衷地感慨，真正能够写成小说的故事可遇不可求，因为一般的故事只有"脚步声"，而小说里的故事要有"心跳声"，解密就是去探寻小说里的"心跳声"。如麦家所言："经历是很重要，但我写的不是经历，而是人的内心。"[19]

小说里的"心跳声"往往就是作者自己的心声。换言之，麦家的写作首先意味着一种敞开的自传性。麦家将《解密》视为自我的磨刀石，它涵盖了作者的整个青春，半部人生。作者不仅是要表达写作这部小说的艰难，强调一种"血水消失在墨水里"的苦痛，更是要敞开一种与刻骨铭心的情感体认相连的孤独。那段特殊的年月，大概是少年麦家的"至暗时刻"吧。他为了排遣自己遭受的屈辱和疏离，只能疯狂地写日记，整整36本日记见证了他的战栗与恐惧，也导致了他对写作的痴迷。这种写作所连接的创伤感，被他巧妙地投射到解密故事的主人公身上。

在麦家小说中，作为精神内涵的解密隐喻，还突出地表现在世界作为迷宫的诡谲本性。就像作者在小说中所透露的，破译是一门孤独的科学，阴暗的科学，充满了对人性的扭曲和扼杀，破译家的职业是荒唐的，残酷的。"世上能够把一个个甚至一代代天才埋葬掉的，大概也只有该死的密码。"天才之所以成为天才，是因为他们"将自己无限地拉长了，拉得细长细长，游丝一般，呈透明之状，经不起磕碰"，所以，天才往往都是娇气的，像世上所有珍宝一样。麦家既写他们超群的智商，也写他们如机器般凄凉的人生；既写英雄的无往不胜，又写他们的穷途末路。

麦家笔下的主人公们，往往在民族大义和天才壮举的裹挟下，对权力和国家主义表现出积极的认同，但叙事的间离又为个人命运的充分展开预留了空间。这种个体生命的烛照，会让人不自觉地产生对权力压迫的质疑。对于这些被命运折毁的天才来说，国家成就了他们，那些耀眼的荣光里当然蕴藏着无往不胜的英雄气概，但国家也无情地毁了他们。这种矛盾性所呈现的情感张力，贯穿在麦家的小说之中。他将自己的作品与红色经典小说区分开来，后者更多强调国家对于个人的无可置疑性，但麦家恰恰在这一点上提出了质疑和反思。比如，《风声》就与传统红色经典小说对秘密战线的地下工作者的描写不同，后者往往拘囿于表现他们的英勇和忠诚，以及慷慨赴死的激昂，地下工作者的个人苦难被民族大义所遮蔽，而《风声》则着力彰显"生命被劫持的悲剧"，它的去魅性在于对个体生命的强调，对国家主义的质疑。

除此之外，麦家表现得更多的是日常生活对人的摧残。他的小说本质上都在诉说着同样的主题：琐碎的日常生活对人的摧残，哪怕是天才也难逃这个巨大的、隐蔽的陷阱。因此他笔下的天才和英雄，总是被毁灭在遮天蔽日的日常之中。《解密》中，容金珍作为破译界的英雄，竟然被流窜的小偷无意间的轻轻一击，便击得粉碎；《暗算》里的"鸽子"生产时出自本能的一声叫喊，就惹来杀身之祸。陈二湖和阿炳等人物，凭借独有的天赋，可以攻克重重难关，创造奇迹，然而面对世俗，面对日常，他们却无能为力，甚至远远低于常人的智力水平和心理承受能力。

麦家小说的意义在于揭示了生命的极限状态，走向顶点又滑向深渊，无比辉煌却痛彻心扉。与此同时，他也试图通过小说向我们表明：人有可能征服强大的对手，但要战胜自我却极其困难。就像古老的悲剧人物俄狄浦斯王，他能以非凡的智慧解开斯芬克斯的谜语，却对自己的命运束手无策。因此，作为麦家小说精神内涵的解密隐喻在于，游戏性外壳之下所潜藏的悲剧性。作者以人物的悲惨结局和人性的被扭曲被扼杀，消解了故事本身的游戏性。这就是麦家叙事蕴涵的后现代性，这种内在的自我颠覆性恰是作品的独特之处。麦家竭力以解人性之密的方式赋予小说内在深度，呈现出人性的丰富内涵。人性的弱点被视为最大真实，以此为据，一切意识形态都遭受质疑。在麦家这里，以谍战的名义，革命的故事被重新讲述。

四、结语

纵观麦家的"谍战三部曲",解密是具有方法论意义的关键概念。第一,作为小说物质外壳的解密故事,让我们得以在纯文学与通俗文学、主旋律和先锋派、本土元素与世界性意义等多重关系的坐标中重新定位麦家的小说实践;第二,作为小说叙述形式的解密游戏,提醒我们注意麦家小说形式的特别,他娴熟的虚构技艺成功地召唤读者参与到解密的游戏之中;第三,作为小说精神内涵的解密隐喻体现在,他的小说其实是在解人性之密。这构成了一个由浅入深,由表及里,由惊险到感动,由刺激到哀矜,由动作到沉思的文学升华过程。在这个过程中,"解密"作为一种方法,无疑体现了麦家的小说策略。尽管其间暴露出种种创作局限,却依然显示出作为"异类"的麦家小说最为重要的文学意义。

最后值得一提的是,为了向海明威的著名小说《乞力马扎罗的雪》致敬,麦家曾无数次谈到那只"冻死在乞力马扎罗山顶的豹子"。他坚持认为,"这只豹子是所有挑战人类极限者的象征,当然也包括作家在内"。然而,极限是什么?"是无知,是无底,是无边无际的宽大,深不见底的深渊,是从已有开始,向未有挑战。"[20] 从 20 世纪 80 年代写到现在,麦家就像那只向山巅迈进的豹子一样,永远在探究"无垠的心"到底有多远、多深、多宽、多大。如今,他更想做的是"慢慢写","去创作作品,而不是生产商品"。[21] 被问及是否还会继续写谍战小说时,他给出了否定的答案。在新作《人生海海》中,他另立山头,回到童年,回到故乡,去破译人心和人性的密码。

看起来，这只"豹子"并没有善罢甘休，它要向新的山巅迈进。

注释：

[1] 麦家：《文学的传承与创新》，《文艺报》2018年8月20日。

[2] 同上。

[3] 参见谢有顺：《小说的物质外壳：逻辑、情理和说服力——由王安忆的小说观引发的随想》，《当代作家评论》2007年第3期。

[4] 麦家：《与文洁对话》，《人生中途》，浙江文艺出版社，2009，第204页。

[5] 转引自缪佳、汪宝荣：《麦家〈解密〉在英美的评价与接受——基于英文书评的考察》，《中国现代文学研究丛刊》2018年第2期。

[6] 赵勇：《在大众阵营与"精英集团"之间——路遥"经典化"的外部考察》，《文学评论》2018年第3期。

[7] 麦家：《与文洁对话》，《人生中途》，浙江文艺出版社，2009，第205页。

[8] 陈平原：《中国现代小说的起点——清末民初小说研究》，北京大学出版社，2010，第100页。

[9] 麦家、季亚娅：《麦家：文学的价值最终是温暖人心》，《文艺报》2012年12月12日。

[10] 陈香、亦闻：《谍战风刮进欧美：破译中国文学走出去的"麦家现象"》，《中华读书报》2014年5月21日。

[11] 麦家:《与黄长怡对话》,《人生中途》,浙江文艺出版社,2009,第238页。

[12] 麦家:《我用大脑写作》,《人生中途》,浙江文艺出版社,2009,第112页。

[13] 麦家:《与术术对话》,《人生中途》,浙江文艺出版社,2009,第214页。

[14] 李晓晨:《麦家:作家终归要破译人心和人性的密码》,《文艺报》2018年1月29日。

[15] 贺绍俊:《麦家的密码意象和密码思维》,《当代文坛》2007年第4期。

[16] 毛姆:《巨匠与杰作——毛姆论世界十大小说家》,孔海立、王晓明等译,华东师范大学出版社,1987,第11页。

[17] 毛姆:《刀锋》,周煦良译,上海译文出版社,1982,第3页。

[18] 转引自缪佳、汪宝荣:《麦家〈解密〉在英美的评价与接受——基于英文书评的考察》,《中国现代文学研究丛刊》2018年第2期。

[19] 李晓晨:《麦家:作家终归要破译人心和人性的密码》,《文艺报》2018年1月29日。

[20] 麦家:《作家是那头可怜的"豹子"——在苏州大学"小说家讲坛"上的讲演》,《当代作家评论》2008年第4期。

[21] 李晓晨:《麦家:作家终归要破译人心和人性的密码》,《文艺报》2018年1月29日。

小说的历险
——麦家的《人生海海》及其他

曾 攀 广西师范大学

一、叙事的冒险

好的作家可以开创和定义一种文学的题材,但是反过来,题材也会限定作者,为其贴上标签。作者之名与内容之实,经常是如影随形的。因而,作家往往面临着两难:一方面,固化的风格有利于生产的高效,并可提高写作者的辨识度;另一方面,不断的重复又会造成故步自封的危险,落入类型化的窠臼。在这种情况下,如果写作者意图寻求新的突破与认同,开辟新的领地,就不得不切断自身风格的黏性,破除故事和文本的惯性,可以想见,这将是一种极大的冒险,尤其是自身风格还处于成熟期和上升期时,改弦易辙就意味着在平稳行驶途中拐一个急弯,风险是显而易见的。

被誉为"中国谍战小说之父"的麦家,创作出了《解密》《暗算》《风声》《风语》《刀尖》等自成风格的长篇小说,一支笔尽述秘密与解密、密码与解码、人心与人性,将谍战题材提升到了一个新的高度。然而对于麦家而言,谍战小说或许是他类型创作的登峰造极,却不是其艺术的定格与写作的终点。事实上,他一直在挑战自我,试图超越自己。这对于已在某种题材上驾轻就熟甚至功成名就的作家来说，无疑是一次鼓足勇气的冒险。

长篇小说《人生海海》便是麦家的一次叙事的历险。麦家试图从谍战的漩涡抽身，在这部讲述故乡与人事的小说中，有意清空既往的话语情态和结构模式，重新组织写作资源和精神记忆，不再局限于一时一地、执行任务与破解危机，而是以更长的时间段落，铺设主人公蒋正南（上校/太监）一生的遭际与命运。可以说，上校一生面临身体的历险与精神的涉险，他在历史的跌宕中饱尝沉浮，直至最终疯癫老逝。在这一出漫长的上校历险记中，麦家的叙事一直试图与历史的残酷周旋，沉潜人性深处的麻木与热忱并记录之，出入险恶之境，埋伏淆乱之道，在死生难卜的拯救中，植入一重重更深的险象，于焉搏斗暗夜，捕捉光明。

詹姆斯·伍德认为菲茨杰拉德的小说《蓝花》"以最微妙的方式捕捉到各种正在进行的人生"，而菲茨杰拉德在小说的卷首语中说，"小说来自于历史的缺陷"，小说要拯救的，正是"那些历史从未能记录下来的"；但是伍德明显对小说式的插入并不持乐观态度，"这些世俗的事例存在于书本的更宏大更严肃的形式中，换句话说，这些是短暂的人生，不幸的人生，只不过是历史里的插入句罢了"。[1] 将民间的传奇注入家国天下的叙事之中，并同时使二者血肉丰满，这是麦家小说引人入胜之处。然而在历史的滚滚洪流中，"插入"始终是一种冒险，且不说于焉掀起波澜谈何容易，更可能的情况是被"宏大"和"严肃"所湮没，从这个意义上来说，小说无疑是一次惊险的历程：叙事为了弥补"缺陷"，"拯救"人生的"短暂"与"不幸"，不惜火中取栗，甚或赴汤蹈火，以期"于浩歌狂热之际中寒，于天上看见深渊，于一切眼中看见无所有，于无所希望中得救"[2]。

写谍战需要不断地将秘密兜起来，这个过程容易显得虚张声势、故弄玄虚，而麦家小说一向以沉稳著称，叙事底气很足，一句一字，都落在点上，如击鼓，一顿一挫都有力道。这就使得他的小说沉得住气，不虚妄，也不浮夸。究其原因，麦家不满足于解密与争夺，对准的是性情与人心。综观麦家笔下人物，他们历尽艰险完成了使命，得到了极大的认同，但最终或隐逸、或疯癫、或逝去，难以对抗命运的残酷。在《风声》《暗算》《解密》中是如此，在新作《人生海海》中亦显其端倪，成为小说内部伦理的一种悖谬与风险。麦家小说记录了英雄主义，弥补了历史的缺陷，但是否可以拯救现实人生，给切实的情感世界与生活现场施以凡常安稳的允诺，这是值得追究的问题。如果答案是否定的，那么从被政治与军事征用，到英雄主义的升腾，再到最后幻灭的整个过程，小说通过捕捉正在进行的人生而完成的弥补和拯救，是否意味着一种莫大的伦理冒险？从险象环生到悲剧收场，留下了什么，又丧失了什么，这是麦家在谍战小说中埋下的巨大的难以弥合的裂缝甚或是危机。《人生海海》同样遭遇了类似的危机，然而这一次却与以往不同，麦家试图以一次叙事的冒险，回到表面安稳凡常实则暗潮汹涌的故乡人事，回应那些历史与人心中的沉默而坚硬的难题。

二、身体的历险

事实上，麦家一直在谍战小说中注入危机与险境，《暗算》第一部中 701 遭遇可怕的无线电静默以及招募瞎子阿炳时的危险重重，第二部中黄依依面临的精神和情感危机；《风声》里为送出情报而牺牲的老鬼李宁玉；《解密》中容金珍遭遇的种种风波及其最后难以抚平的精神危机;《刀尖》中惨绝人寰的毒药工厂及地下党人面对的死亡威胁等。麦家小说中无处不在的紧急状态与危机边缘，形成了作品的背景、氛围与节奏，人物时常置身于险情之中，命运都为其左右。这可以说是谍战题材的叙事模式，小说除了藏匿与揭示秘密之外，其最重要的因素，就是历险。人物往往于险象环生中全身而退，又或是在千钧一发之际挽狂澜于既倒，最终化险为夷。而在《人生海海》中，麦家将这样的"历险"延展到了更深刻的维度。

相对而言，《人生海海》中的险情不至于如此紧迫，也并没有令人窒息的环境设置，小说的整体节奏较为从容，在不断变换讲述者的过程中，显得张弛有致。这样的从容与余裕，给予了人物自主选择的余地。也就是说，对于上校而言，遇险不是情势所迫，而是一种自我的抉择，源自内在的认知与坚持。上校的身体历险事实上成为小说叙事的内驱力。具体而言，在文本的前半部分，叙述的主要内容集中在讨论上校的遭遇及其所造成的身体缺陷上，关乎上校的艳史、秘史，成为故事向前发展的主线，且通过窥探和搜罗隐私的方式进行，显现的是一种基于生活史与个体史的叙事；与前半部分的私史与"争议"相比，小说后半部分将上校的个人荣辱与国仇家恨相关联，在他的"身"上所蕴蓄的那种孤绝而光明的英雄主义才得以显露。《人生海海》中，上校沉沦于革命战争的历史并一直与之周旋，陷溺于人性的严酷并始终不屈不挠，为信仰交出了自己的身体和灵魂。

在上海期间，上校为了窃取情报而不惜委身日本女特务。这段不为人知也不足为外人道也的机密，成为他在20世纪后半叶遭受政治与人身迫害的重要缘由。基于此的一切指控，都集中在由他的"身体"所引发的道德罪行与政治危机。"文革"期间，上校被公安局抓获，日本女特务在他肚皮上留下的文身成为他的罪证。"对上校肚皮上的字也是这样，大家好像猜谜语，什么都不顾忌，乱猜，一下猜出多个底本，诸如：我是皇军一条狗；皇军万岁；皇军大大的好；我是汉奸我该死；太监是假汉奸是真，等等。好像在猜一句鬼话，说什么的都有。"[3]上校已然淹没在这些名称背后的嘲弄、诬陷之中，遭受无妄之灾。对于上校身体的秘密，所有人都想一探究竟，甚至不择手段，这使得上校的身体自始至终都被置于言说的漩涡之中，映射着历史的黑洞与人心的不可测。可以说，麦家小说表面敷衍故乡人事，内里实则危机深重，是生命的与人性的"谍战"。上校"身"上的危机与秘密，事实上是一面反光镜与照妖镜，映射着历史，更穿透了人心。

在上校身上，能够见出麦家小说"以一种极端的思维方式把握人物，呈现生命的某种极致状态，叙述中灌注了作者极致的体验、超常的想象和异样的思考"。[4]这种极致和极端更具体的表现，则是文本将人物置于险境之中。这种历险除了表现在通常意义上的生命威胁，以营造"极端"的紧迫感和危机感，在《人生海海》中，还表现在将身体及精神逼进绝境，观察人物于刀锋上的言行举止，树起人性的纪念碑，抑或耻辱柱。

詹姆斯·伍德曾专门谈论契诃夫的小说《吻》，里亚包维奇在叙说那个错误而美妙的吻时，原本以为可以一直讲到第二天早晨，却没想到只讲述了一分钟的时间。这样的不完全叙述，对人物的内心是一种遮蔽，"正如里亚包维奇没能成功地全部讲述出来，或许契诃夫也没能完全讲述出来。到底里亚包维奇想说什么，这依然是个谜"。[5]叙述的匮乏必然引起缺憾，麦家的高明之处，便在于不断地变化叙事视角，从而通过富于层次感的叙述，在关乎上校"身体"的重重迷雾中拨云见日，并从个体的"私史"推衍至时代的"公史"，而且从身体的历险记延伸到人物的心灵史，这是麦家《人生海海》中超越以往谍战题材作品的重要体现。

三、灵魂的涉险

麦家的小说时常表现出一种强烈的宿命感。无论是作为草根的瞎子阿炳，还是智商超群的数学家黄依依，为密码而生也为密码而死的陈二湖，执拗而天赋异禀的容金珍。他们往往于危急之际被赋予政治使命，最终受制于自身的情感或心理，落入悲剧的命运。麦家的谍战小说在个人与国家之间制造交集的同时，二者却是截然有分的。而在《人生海海》中，麦家意欲填补个体与国家之间的裂隙，以此改写历史的状貌及人物的本心。小说中，国仇家恨、个人意绪、民族大义、爱恨情仇，无一不在主体的内心投下映象，可以说，麦家小说破译的是特定场域中被遮蔽的地下革命史及与其高度结合的个人史和精神史。相较于20世纪革命文学中走向街头与冲锋陷阵的战士，麦家的英雄是地下的、隐蔽的、不为人知的，他们战斗在阴暗之中，却将人们引向光明。更重要之处在于，《人生海海》中，麦家始终注视着压抑而隐忍的英雄和卑微而善良的民众，昭示他们灵魂的坚忍不拔，不避其彷徨，在人性与政治、历史的复杂纠葛中，昭彰灵魂内部的绝处逢生。麦家正是在此意义上试图描绘并破译笔下人物的心灵史。

《人生海海》事实上有两条线索，一条是爷爷、老保长、爸爸，包括"我"在内的乡土人事，一条是上校的秘密与历险。起初两条线索显得不甚匹配，上校以外的线索链与情节链较弱，且显得松散，存在为讲述而讲述的风险。然而随着叙事的推进，两个链条所代表的精神意义均得以逐渐凸显，麦家的叙述通过人物而直指人心，隐现着灵魂的曲折进路，突出坚忍与悲悯、忏悔与救赎的意味。

正是上海的惊险历程，让老保长成为上校秘密的见证者与探析者。上校被批斗期间，老保长不顾个人安危，极力为上校辩解。"文革"期间，上校被囚禁在柴屋，严刑伺候，"我"时时挂心，不顾情势敏感去探望他。"我"不仅是上校历险的见证者，还因为偷听、协助而成为历险者，"上校出走那天夜里，因为来过我家，这成了我们家一个炸弹，导火线就在我手上。我突然后悔来偷听，家里多了一个炸弹，我身上也多了一根导火线"。环绕在上校周遭的，是如空气般无处不在的险境。在小说中，外在的威胁与内在的恐惧是合二为一的，毁灭与救赎，生成了刀锋上的生命意识。在这个过程中，麦家追索的是在身心历险之后的内在建构。忏悔、羞愧、庆幸、反省，在"我"的身上体现得尤为充分，"我更加羞愧，虽有一百个念头，有千言万语想讲，想骂人，想打人，想……却没有选择，只是一声不吭，缩着身子，垂落着头，灰溜溜地走了。我感到，背上负着一千斤目光，两条细腿撑不住，在打战。我第一次认识到，羞愧是有重量的。"在险象环生的历史中，淤积着权力的傲慢与人性的残酷，在麦家笔下，最难能可贵的是战战兢兢的羞愧与省察，这样的灵魂反思揭示了历史中被压抑与被掩埋的柔和的一面。这不为人知的一面，通过上校的感召而实现情感结构的裂变，从而在坚硬的时代撕开一个口子，使人物得以窥见内里的自我，由此在灵魂的涉险之后完成内部的蜕变。

《人生海海》中，上校疯癫，时人见嫌，麦家却在悲剧的基础上宕开一笔："小观音"林阿姨横空出世，她是上校在朝鲜当志愿军军医时的战友，受恩于上校并对其付出了一世的爱与慈。林阿姨不仅拯救了上校，令其得以善终，同时，她也救赎了麦家的叙事，在后者笔下，灵魂的涉险时常不仅伤及性命，而且累及人性与伦理。《暗算》中瞎子阿炳、黄依依的情感历劫，《解密》中容金珍的精神崩溃，以及《人生海海》中命途多舛的上校等，麦家将现实的境遇延及个体的灵魂，从外在的战争牵扯至内心的搏斗，冷酷的谍战世界中也许没有硝烟，但却异常残酷。而《人生海海》则为人性立碑，曾经爱慕与追随上校的林阿姨如观音下凡，照顾他安享晚年，其中的爱、温情与善意，以及在此感化下达成的最后的理解、原谅与救赎，都穿越了历史，也穿透了死生，共同指向麦家谍战小说中的"缺失"。这是在残酷且极具悲剧主义色彩的谍战题材中少见的情形。麦家的《人生海海》，事实上是在破译"人性和人心的密码"之后，探索从冷酷到慈悲、从憎恨到谅解的转变，最终于历史的失落与灵魂的历险中寻得救赎。

四、结语：隐私的历险及其建构

上校真名蒋正南，"大家叫他太监、狗东西、狗特务、纸老虎、死老虎等等，人多嘴杂，五花八门，叫什么的都有，总之都很难听"。这些名称喻示着他的身份、生理缺陷甚至个人命运，而且代表着作者讲故事的方式，当然，其中还隐匿着小说特定的话语倾向和叙事伦理。似乎每个人都在窥视上校并议论他，他显得极为神秘，却又毫无私密可言。如是这般不厌其烦的叙述，是否也是麦家叙事中的冒险？过度的叙述可能引起更大的误读，极易混淆进而丧失真实,覆盖历史的确切存在,掩埋甚或摧残真正的主体。

与谍战小说以"解密"为宗旨不同,在《人生海海》中,上校最为关键也最为隐私的秘密尽管一直被言说,却始终没有被披露,他肚皮上的字若隐若现,似有还无,让他历经艰险,受尽折磨。道尽机密的麦家,却严守着上校最大的秘密,不得不说,这是小说甘冒的最大风险,极可能因为最终没有"解密"而丧失吸引力。上校一生坎坷,历尽重重艰险,其灵魂之悲戚,未尝或已,麦家怀仁于心,不予吐露,这是他唯一一次知"风声"而不忍"解密",也是他基于故乡人事的悲怀与爱悯。

詹姆斯·伍德说,"阅读小说是一件极其私密的事情,因为我们经常看似在窃取虚构人物的泄露了的隐私"。在小说的写作、阅读与解析中,被泄露的秘密、被阅读的秘密以及被重新隐藏的秘密时常集合于一身,成为叙事的共谋,"他们泄露了的隐私,变成了我们更为隐秘的隐私"。[6] 我们潜藏于上校的隐私之中,经历内在的搏斗与崩解,渐成新的"隐私",以滋养我们的魂灵,塑成我们的内面,铸造坚不可摧的精神堡垒。

注释:

[1] 詹姆斯·伍德:《最接近生活的事物》,蒋怡译,河南大学出版社,2017,第21—22页。

[2] 鲁迅:《野草·墓碣文》,《鲁迅文集》第2卷,人民文学出版社,2005,第207页。

[3] 麦家:《人生海海》,北京十月文艺出版社,2019。后文中出自该书的引文不再一一注释。

[4] 王迅:《极限叙事与黑暗写作——以麦家和残雪的小说为考察对象》,《文艺研究》2014年第4期。

[5] 詹姆斯·伍德:《最接近生活的事物》,蒋怡译,河南大学出版社,2017,第29—30页。

[6] 同上,第10页。

中编

文本细读篇

作为反文典叙事的《解密》
——在"生成"中理解麦家的经典性

余夏云　西南交通大学

　　由于题材的独特性，麦家的小说在晚近的十年里火速升温，不仅受到影视界的热捧，而且蜚声国际文坛，同马尔克斯、博尔赫斯等人的作品一道，跻身西班牙最负盛名的"命运"丛书；其作品《解密》的英文版在21个国家同步发售，使得他很快被媒体渲染为在海外最受欢迎、版税最高的中国当代作家。不过，荣耀背后，问题也旋即而生。布迪厄说，一个高度自治的文学场，它的主导法则不是其他，而是"输者为赢"。似乎唯有惨淡的销售业绩，才是经典与名著的最佳注脚。而乖离了此种准则，吾人则可轻巧地将之纳入通俗文学或者大众文艺的范畴，并以所谓的消闲娱乐视之。

　　迩来的研究有意打破这种阅读上的被动性，并主张将通俗文艺同城市、电影等现代场所和装置相关联，历史性地考察其摩登或言白话现代主义的特质[1]。思路虽然转变，所得到的结论却仍不外乎：通俗是对情感的抚慰，或者展演了现代的多面性和多样性。在此意义上，我们注意到，麦家通常被视为一个类型作家，针对他作品的讨论也时常带有一系列标签，如新智力小说、谍报文学、谍战小说。这些作品，在部分研究者看来，唯有放置在

"特情小说""间谍小说""反特小说"的叙事行列或传统中来看待，方能成其大。[2]换句话说，在一个广义的文学场域里面，麦家小说的经典性差强人意，不足以引起"史"的变动。

沿着这样的理解思路，我们便能很快推论出：麦家小说在海外走俏热卖，实在是因为其人其作大力推销了一种中国式的政治秘辛和历史传奇，将幽暗的权谋机变和智力故事演绎得有声有色，从而暴露或者说重燃了西方世界那看似早已退场的冷战思维，令"敌对"的观念如幽灵般魂兮归来。但是，跨文化的比较思维，不只寻"异"的一端，其对求"同"的理解也同样重要。尤其是在后学熏染的语境里，我们更应该警惕"东方学"式的"他者宰制"：不仅以所谓的时间差分来界定地理上的分野，更是以高人一头的傲慢将世界分为三六九等。同样的，如果以"异"的思路来观察文学场域的内部境况，我们自不难拟出类似于"东方主义"的"通俗主义"或者"类型主义"。这种主义，同样通过看似严谨的学术方案，爬梳出一个通俗文学的谱系和传统。表面上，它建立了一个独立的领域，以及与此相关的知识体系，但实际上，其最大的作用不是赋予主权，而在于区分人我，将原本流通在不同作品间的共性特征予以压制。

此处，"共性"的概念，除了指代等值或者重叠的意思，也包含了沟通与对话的层面。或者准确地说，"同"尝试跨越和模糊由"异"所划定的疆界，以一种德勒兹意义上的"生成"（becoming）来解域文学与文化认识中的静态分类法。无论这种破解是以戏拟、反讽，甚或反叛的方式开展，"生成"都是一个伴随着无尽变动和不确定性的游牧过程。在德勒兹看来，知识、主体以及一切的"存在"（being）都是情境中的，它们为种种因素所干扰、塑造，瞬息万变，"是'生成生命'（becoming-life）之流中一个相对稳定的瞬间"。而"生成"的对象和目标，通常又是所谓的弱势族裔和少数文学，比如我们常说"生成女人"。"之所以不提出'生成男性'（becoming-man）的问题，是因为男性本质上是多数族的，是历史文化的主体，是衡量一切的尺度。"易言之，"'生成女性'是针对着'作为存在的男性'（man-as-being）而提出的。"[3]它挑战的是一元论和等级制。作为借鉴，我们不妨创制出"生成麦家""生成《解密》"之类的提法，来检讨文学批评和写作中的精英中心主义，借以揭示文学的生机论或者说经典性，并不在于其人其作如何接近了那个作为存在的文学标准，而是为这个标准赋予了多少不同的对话维度和层次，从而使自身成为一种以连接为特征的块茎，将触角伸向四面八方。

在下面的篇幅里，我将尝试以《解密》为例，来说明这个动态的过程，如何挑动了各式"存在"之维，并以其风格上的范式变动和内容上的不确定性，赋予了自身一种"反文典"的特性，成为中国当代文学乃至世界文学中重要的"少数文学"。

起：以情抗理的心灵革命

故事从1873年容自来远涉重洋为祖母求取解梦之法始，到1970年容金珍大意丢失笔记本而陷入精神错乱止，前后共约100年的时间。在这百年的际遇里，或者说时间的起承转合中，"数学"与"梦"的主题始终交错而生：容自来留洋，本意是为学习释梦的技术，却阴差阳错地迷恋上了"几何学、算术和方程式"[4]；而容金珍自幼在洋先生的调教下初识圆梦卜命之法，后来在701沉闷的工作间歇，将之变成了自我放松的工具，甚至成了破解紫密的关键法门。容金珍无师自通，推演出乘法口诀和等差数列的演算方法，在某种程度上，也被暗示为同"梦"有极大的关联。洋先生在弥留之际每天做梦，看见梨花的绽放和飘落，他将之视为神谕，因此要求容金珍"算一算，八十九年有多少天，有多少就陪葬多少朵梨花"（第41页）。

我们注意到，"梨"（梨花、梨园）、"黎"（大黎黎、小黎黎）、"丽"（范丽丽）的声音意象贯穿了整部作品。值得指出的是，无论从声音，还是故事本身的起承转合来看，自始至终都缺少关于"理"的那一环。而"数学"作为一种"理性"的运思，一种和近代西洋文明（留洋和洋先生）所表征的启蒙思路最为贴近的科学或学科，它会不会就是故事里那个缺失的"转"音呢？因为"数学"既是家族命运，也是个人命运转折的重要推手，它在别离中（祖母和洋先生的死亡），带来新的希望，犹如原野上的离离（约翰·黎黎）野草，在岁月的荣枯中生生不息。如果我们把"数学"看成是小说所谓的"转"机，那么，接下去的问题便是，那个所谓的"再转"又所指为何呢？基于"数学"和"梦"的互文关系，我们似乎可以将"梦"看成是一种再转，因为它传递了一种对"理"的抗拒。

从传统方面来讲，它试图以情抗理，如同杜丽娘在眠梦中警悟到理/礼的压制，从而提出自我的诉求一样，小说也对主人公做出了相应的"情感教育"[5]。这个教育不仅是指金珍变成了容金珍，变成了珍弟，他融（"容"）入一个家庭，实现了归家；同时，也是指在一个家庭式的构造里面，就如同那节软卧车厢所营造出来的其乐融融的氛围一样，他被一种日常和偶然所摧毁，戏剧性的偷盗行为快速地终结了他的理性生涯，使得近在咫尺的黑密破解工作功亏一篑，他本人也因之陷入癫狂。

从现代的角度来看，"梦"所代表的无意识活动，指涉了一种对超我式的社会理性的生理和本能上的抗拒。1873年，弗洛依德才刚刚踏入维也纳大学修习医学，尽管此时在彼得·盖伊（Peter Gay）看来，种种因缘已备，但毕竟精神分析法的真正浮现和确立还有待时日。此一时刻，能切实为"解梦"提供资源的，或许是彼时正在美国流行的"新思想运动"（New Thought Movement）。该运动以标榜医心为要旨，以催眠为通道，关心心灵的创造力以及对诸般恶念的控制、管理，代表性的论述，如亨利·乌特（Henry Wood）的《心灵摄影的理想建议》（Ideal Suggestion Through Mental Photography），即主要申论"不合之思念有害于身"。日后该书经由傅兰雅（John Fryer）的翻译手笔而流入中国，转头换面呼为《治心免病论》。此书出版后不久，便在康有为、谭嗣同等知识分子中引发共鸣，后者更是借力使力，运用傅兰雅的译词"心力""以太"来重诠传统的儒学思想，写出了《仁学》。在这本书里，谭嗣同大力宣扬各种"力"的表现，以"动力、爱力、吸力、张力、压力、速力来讲人事世界"，从而使得"心力"前所未有地膨胀开来，成为对"一种毫无束缚、毫无限制的意志力量"的指代[6]。此后，贯穿整个20世纪，种种有关崇高话语的述行实践，以及各式各样的精神改造运动，都或多或少地承袭了这个源头，将进化论和心理卫生的意识形态发挥到了极致[7]。容金珍的出现是否受惠于"心力"运动，我们不得而知，但是，他那颗硕大无朋的头颅以及与"死鬼"相连的最初诨名，都在在宣告了他与心力、意志的关联，其真正以夺胎换骨、浴血重生的方式降临，并在时间的淘洗和命运诡谲的安排下，将"头脑"所代表的能量发挥到了最大,也应用到了最正确的方向,凝聚了自身生命的史诗特征。

承:反高潮的启蒙叙事

不过极具反讽意味的是,这颗硕大的头颅,竟被一场毫不起眼的偷盗事件轻易摧毁了。评论通常认为天才和凡俗的区别即在于此:天才眼高手低,与日常脱节,因而唯有豢养在真空之中,方有可圈可点的表现;而其一旦落入凡间,最终只能笑话百出,甚至走火入魔,搭上卿卿性命。世俗性和出尘性在麦家手中终归不能两全。循着这样的对立思路,我们或许可以说,麦家是在刻意挖苦过去那种节节高升的启蒙叙事,借着反转主人翁唾手可得的事业成就,来了一个所谓的"反高潮"。他的形象本是如此招惹眼球,成绩也本该令人期待不已,但是故事急转直下,最终只使得一个徒有体表的"英雄"浮上台面,落差有多大,反讽的意味就有多浓。这就好比文化史家口中所言的盛装游行,表面上的隆重,并不是要显现其对神灵的敬畏心有多重,恰恰相反,改革者要用这样"一种戏剧性的表现方式,向普通民众证明天主教的偶像和圣徒遗像根本就不灵验"[8]。

当然,这样的反高潮叙事,本身并不是没有认识上的偏差。如果我们不将普通大众当作问题的中心,那么,反高潮也可能是一次重要的启蒙和高潮。就容金珍本人而言,鸡鸣狗盗难道不是其生活教育甚或生命教育的最关键一环?在麦家极力渲染的这场成人仪式中,知识分子无疑被送上了"被启蒙者"的位置。而这种教育的效果之大,直令人怀疑其或许是在回应与故事时间同步的"上山下乡"运动。正是在贫下中农式的再教育当中,容金珍方始踏入现实，并由此召唤革命的后来者，令孤独的事业后继有人（黑密被破解）、发扬光大（记者的访谈）。换句话说，唯有在这样的时刻，容金珍单调的生命履历才真正展示了其史诗般的魅力，可资记忆铭刻，效仿传唱。

有心的读者可能已经注意到，小说里国史家事交织并存。但吊诡的是，小说有心提及，却无心深入。而且人物虽不时牵连其中，但终能全身而退，或者干脆置身事外，使历史变成一幅背景而非切实的生命际遇与遭逢。从最直观的层面来讲，麦家或许不准备写一部成长小说，即透过历数主人公的种种涉世经验，来观察其如何砥砺身心，自我构型。进一步来讲，麦家也不想因此发展一套"建国神话"，因为成长小说，尤其是经典成长小说，首先是一种民族文类。它"将个体青年的经历置于现代民族经验的背景下进行叙事，其情节设计中已经预设了黑格尔式的目的论历史观：个体的精神追求与民族国家的发展方向合二为一，因此小说最终得以通过个体成长的结果（新人自我塑造的完成）写出民族的崭新形象"[9]。

由于《解密》从宏大的国家叙事中脱离了出来，这一事实使得我们本能地将它和流行于20世纪90年代（《解密》的创作正是从那时开始）的新历史小说联系到一块。可是，我们仅需简单地比较一下《解密》和《红高粱》，就会发现二者的差距到底有多大。《红高粱》虽然也是从瑰丽的家族史入手，但是，它更注重启用民间的力量，即那种自在自为同时又藏污纳垢的特性，来为板结生硬的正史叙事注入淋漓生气，塑造血肉之躯。[10]故事里的主人公不一定豪气干云，却一定敢爱敢恨，吃喝拉撒睡无所不能，完全不似容金珍这样病态孱弱，少言寡语。新历史小说的"新"，不仅在于发掘了历史，或者准确地说，历史叙事的立体、多面乃至异质的特性，更在于其提供了一种世俗的伦理承担，让底层发言，"关注他们通过什么方法去认识自己的经历和生活，以及他们自己的世界"[11]。

而《解密》的文字看似铺排激荡、言之凿凿，可是每到关键时刻，即如论者所见，轻描淡写、一笔略过。其叙事的容量和浓度，就犹如主人公一样瘦削单薄，完全缺乏新历史主义浑厚的民间底蕴。不过，恰是在这种非官非民的立场中，我们得以窥见，《解密》其实是对我们所熟知的那套历史知识做了一个有样学样的模仿。整个小说对于历史的记述，就相当于一个普通人的知识水准，一知半解，暧昧不清。我们虽然熟记各种运动、战役的名称，却对更为精细的年份无法有效把握。反复记诵的结果，只得到一些口号式的结论和判断，过程完全被抛诸脑后。这就如同我们苦苦等候麦家一五一十地交代黑密、紫密到底是何机关，各种机巧如何被一一揭破时，他只来一句不痛不痒的"一年后容金珍破解紫密"（第160页）。如果说，新历史主义是在正史不到处起笔，那么，《解密》则是在正史的框架内落墨，将时代和个人对过去的认识水平和知识结构暴露无遗。因此，我们了解到，金针（金珍）终究不能度人，反倒需要更多知识来充实。

转：全球史诗里的坎普抒情

从更广义的世界文学的角度来理解新历史主义及其同时段的文学写作，如《解密》，我们需要承认这样一个现实：这些作品不仅针对逐渐凝固起来的叙事传统，尝试破冰；同时它也面对着更为持久而广泛的全球化压平。王斑说，"为了使文化产品不被包装成跨国文化工业千人一面的复制品,创造性地发掘文化记忆"尤有必要,因为这种记忆根植于具体的历史时空,可以有效"防止历史想象冻结于事先铺定的、无视历史曲折性的单行道上"。[12]它以试探、回旋、展望、激活的方式,将"中国"从帝国审美和金融资本的普世性中重新挖掘出来,并赋予可能。不过,正如我们已经指出的,当新历史主义小说以其丰沛的民间想象介入全球化进程,提出它的伦理诉求时,《解密》实际上是以相当硗薄的身姿复现了当代人的知识状况,其似乎无力也无意于抗击时代重厄,勇担职责。换句话说,其历史意识是如此薄弱,以至于根本不能直面全球挑战,反而有了见风使舵、商业媚俗的嫌疑。

但饶是如此,我们仍应意识到,其实从未有任何证据表明"贫瘠"的文化想象和记忆不能对抗同质虚空、千篇一律的现代化流程。特别是从民俗电影在国际上得到的评价来看,我们甚至可以说,我们越是浓墨重彩地描画各种"原初激情"来回应帝国凝视,这种丰富性就越容易被扭转或暴露为一种"自我东方化"。张艺谋被不断质疑的处境,可以说是这种反转的最佳证词。有鉴于此,我将尝试推论:单薄的历史记忆,在某种特定的社会环境中(如全球化),反而有助于我们聚焦记忆之外的其他部分,比如写作本身和记忆伦理——相比起"有",这种伦理更关心"无"和"遗忘"。

我从朱迪斯·巴特勒的"述行"观念中得到了这种推论的灵感。在其看来,纯粹、天然的身体并不存在,性别表现的背后也没有一种先在的性别认同,有的只是历史上层层叠叠的关于身体的文化论述与社会规范。而吾人也只有通过不断地重复书写、引用或者说表演这些规范,才能逐渐创制出一个主体。但是,这个漫长的实践过程是允许失败的，而且恰恰是在这种无限靠近规范却又总有缺憾的失败情境里，那些不受规范欢迎的"她者"才得以重返，帮助主体展开重建工作。在这里，失败和不足，恰提供了一个有效的门户来说明：表演，或者在麦家这里——"非体系性的记忆法"至为关键。而回到小说本身，我们注意到，尽管麦家一再宣称制密和解密的工作关乎人心，但是，从头至尾，有关人物心理的描写，总是处于一种缺位状态。有关容金珍的种种，我们是透过他人的讲解、回忆，才得以建立的。即使小说在最后附上了容金珍夫子自道的笔记本，来直接澄清其多样而波折的心灵世界，但是，我们也被告知：这份手记不过是经复印、筛选的摘抄而已。郑局长、容先生、小崔、严实和"我"的各种访谈实录，以及《容金珍笔记本》（无论是失而复得的那本，抑或最后出现的这本，还是那些被当作机密而永不见天日的部分），总以一种残缺不全的面貌出现，它们通过共同但却间断、碎片的方式不断地"表演"我们的传主，围绕着他建立了一种传说。可是这些讲述者，终究没法复原出一个完整清晰的容金珍，反而一再搁置、推延意义的降临，使得那些规范外的"他者"——梦、希伊斯（或伟纳科）、疾病、医院或者《圣经》不断地回旋、折返，干扰他成为一个官方叙事中的政治英雄，或民间讲述中的生机之躯。

如果我们把"表演"视为"识别身份的一种修辞"和试探，那么可以说，麦家写作中的"无"直接挑战了某些史诗范式。一是新时期以来渐积而成的"新启蒙"史诗。张旭东分析说："想要融入更为安全的象征秩序的急切欲望（比如革命前的传统或国际现代主义）实际上泄露了改革时代中国现代主义的内在危机（在某种程度上正是空虚的表现)。它暴露了植根在以下事实之中的内在困境,即,作为后革命时代话语自由一部分的现代主义尽管通过弃绝自己的过去和历史发展了自身,但它还是一次又一次地——虽然是无意识地(也就是说,在符号学的意义上)——造访着这一历史。"[13] "新启蒙"的提法也正源于此。二是由主流话语所塑造的国家史诗。其粗砺昂扬的笔触,尽管不乏沉郁之情,但终究在寻根小说和新历史小说所展示的饱满质地面前,暴露出了自己于形式和内容上的巨大不对称性。麦家的叙事,显然是从这种落差中得到了启示,并机智地将这两种史诗进行拼接:取新历史主义的人事,安置于国家叙事的框架内,造成一种装修性极浓的坎普风格,或者直接音译为敢曝风格。坎普或者敢曝,形容的是一种过犹不及、矫揉造作的姿态,但是此种姿态。绝非一般哗众取宠的结果,而是弱者抵抗和自我保护的生存手段。它以自我涂抹、自我矮化的方式,依附于相对多元宽容的社会文化,尤其是娱乐和消费的大众文化,既满足于政治管理上不完全容忍、也不绝对压制的两面特性,同时也允许艺术家借着各种机会隐身,将意见和抗议掺杂到政治或非政治的论述中去。[14] 王德威以为,抒情不只是个性情感的强烈诉求而已,更是主体贴合于世事而起伏于内心的反观自省、隐微修辞。[15] 由此看来,坎普毋宁是其中之一。

再转:神圣人的自我治理

通常我们把"抒情"看成是针对阶段性环境和话语——中国的启蒙与革命——的一种回应,但王德威认为其有容乃大,政教意识、生活形式,无不渗透其影响。那么,我们或许有理由将之放置到全球的语境里,并借此追问:沈从文、何其芳、梅兰芳等人的创作,是否具有世界性?这个提问将我们引回了夏志清有关中国现代文学"感时忧国"的论述。夏志清指出,以张爱玲为代表,其实有少量作家对更具普遍性的人性、人道进行观察,从而跳出了一时一地的局限,触及个体和历史本真性的"幽暗"。而"幽暗"在张灏看来,乃是与生俱来的原罪,并非局部性、阶段化的问题,因此,唯有处处加以防堵、引导,发展出民主观念和契约意识,才能防患未然,使人间社会得以维持、发展。

这种观念在福柯看来,或许仅仅表征了"政治规训"的技术是何其精微,以至于内化为一种自我管理。现代社会以身体的管控为中心,时时树立"常态"(norms),借此区隔异端、病态,从而保证了社会肌体的"健康"运转[16]。《解密》中无处不在的梦魇、疾病、医院、大学,乃至701,都可看成福柯所谓的"生命政治"(biopolitics)的实践载体,它们区分人我,建立规范。这种共同的身体治理现象,或许可以被看成《解密》所要挑战的第三类史诗,即全球性的生命政治,或者说健康史诗。麦家试图以一个天才的陨落来揭示,在生命政治的视域中,"天才"也是一种疾病,因为他毕竟不同于常人,因而,需要通过治疗才能被现实社会所接受。

这种解读的思路是乐观的,因为它仍相信容金珍会回归正轨。而实际上直到末了,小说也未明言这一希望是否实现,反而说他"治愈无望"。容金珍最后的状态,或者更准确地说,自始至终,既不是"神",也不是"人"。他身处一种阿甘本所说的例外状态(state of exception),因为兼具"属神"和"被诅咒"这两种对立的特性,而显得含混不明。他可能生成英雄,生成魔鬼,却也可能什么都不是。而与他具有相似性的还有希伊斯（西医师[17]？），或者说伟纳科，多变的名字本身说明了这些天才的暧昧性。在精神上，他是容金珍的朋友，但在现实的处境里，他是政治上的敌人。通过制密和解密，他们既惺惺相惜，彼此看重，却也越离越远，分道扬镳。地理界限或者说政治归属，导致了这种相反相成的暧昧。以福柯的眼光来看，界限的内外，自然对应着常规与例外，正常与病态。

不过，阿甘本不会同意这种看法。因为这种一刀切的做法，太过轻忽双方难解难分的特性。例如，在常规的内部，至高权力有可能随时叫停现有的法律和契约，宣布进入例外状态。绵延整个20世纪，各种政治上的动乱和暴力，早已说明例外乃是一种常态。在这种常态里，人们被排除在保护之外，变成"赤裸的生命"（bare life），或者说"神圣人"（homo sacer）。他们进入法的场域，受其治理，却不被保护。相比自然人，他们最致命的问题是，死后不能被献祭。

阿甘本深信，"神圣""绝非是生命本身的特征或属性，而只是共同体结构所产生出的一个后果"[18]。至于这些后果如何贯穿于实际的生活，阿甘本却未曾言及。换句话说，他关心神圣人的出生，却不了解他们的生活。在这种意义上，《解密》可以看成表现之一。容金珍以及故事里的所有人，均在20世纪的政治波浪里，不断感受例外状态所带来的身体顺化和剥夺。更甚者还在于，它促使主人公们模仿与搬用此种主权上的"原初结构"，借由"密码"的形式，一次次地将现实变为例外状态，以"我"之编码为最高法律，包含性地排斥他者。一旦紫密被破，由例外入常态，黑密旋即而生，如此生生不息。由此，麦家说："破译事业是人类最残酷的事业"（第138页），因为它见证了生命政治的无所不在："它把人类大批精英圈在一起似乎不是要使用他们的天才，而只是想叫他们活活憋死，悄悄埋葬"（第138页）。

姚云帆总结说："若用阿甘本最爱用的术语来表述，赤裸生命就是人类生命的'门槛'（threshold）：它处于生命的存在和消亡之间，将政治权力最为悖谬的两种功能———捍卫生命和威胁生命同时表征出来。"[19] 正是在这样一种向死而生的意义上，我们最后来到了麦家念兹在兹的人心和人性问题。在此，解密毋宁是解心。容金珍说，"密码是把人魔鬼化的行当，人有的奸邪、阴险、毒辣、鬼气等都到了无以复加的地步"（第286页）。在例外状态里，除了有赤裸生命与权力、神圣人与主权者的关系，其实更有神圣人与神圣人的关系。他们可以彼此伤害而不受罚，因此，对自我进行加密和伪装，毋宁是神圣人最佳的求生方法。就如同《风声》里惊心动魄的密室心理战那样，讲述成了心灵的罗生门，"考量一个人的智力到底有多深，丈量一个人信念的力量到底有多大"，或者更直接地说，"为人性那无边的边界下一个'我'的注脚"[20]。这就好比"我"虽不断试炼种种还原容金珍的办法，但直到最后都无法真正触及其内心，反而见证了他人的言说和容金珍自己的梦呓，如何为之不断"加密"，变成一个扑朔迷离的"黑暗"传说。[21]

合：反文典叙事

戴若什（David Damrosh）曾以超文典（hypercanon）、反文典（countercanon）和影子文典（shadow canon）对所谓的"世界文学"做出过区分。在其看来，反文典乃是具备庶民性和抗争性的声音，作家通常借用强势语言内并不普及的语言或者少数文学的形式来发声，借此搅动既定的文类秩序，甚至在与其他文典共存的过程里，赋予它们新的活力。在戴若什的文典系统里，或者说在由其界定的"后文典、超文典时代"（postcanonical，hypercanonical age），"拥有长久不变、无可争议的单一文典的时期即使不是一去不返，至少也已告一段落……为回应文学机构和市场中存在的权力和知识的力场，文典还要周期性地进入重构过程。老的'经典'无法接受新的批评剖析，退入后台，变成'影子经典'；与此同时，在种族、国家、区域、性别或宗教等方面发出另类声音的文本，寻求以'平等'代表的方式得到承认，则开始进入反文典"[22]。换句话说，"反文典"乃是生成的，它代表一种情景化和在地化的叙事变得逐渐可视可感，绝非简单的类型定位。就如同《解密》常常溢出我们指派给它的消闲娱乐功能，而介入（新）启蒙与史诗的叙事之中，并对全球性的生命政治现象发出批评，它已经不是一种所谓的通俗类型，而是反文典！

注释：

[1] 张真:《银幕艳史：都市文化与上海电影 1896—1937》，沙丹等译，上海书店出版社，2012。

[2] 魏艳:《麦家与中国当代谍报文学》，《当代作家评论》2017 年第 1 期。

[3] 麦永雄:《德勒兹哲性诗学：跨语境理论意义》，广西师范大学出版社，2013，第 53、70—71 页。

[4] 麦家:《解密》，北京：北京十月文艺出版社，2014，第 9 页。以下凡引自该小说的内容，均不再另注，仅随文标出页码。

[5] 有关《牡丹亭》中的情感教育研究，可参阅谢雍君：《〈牡丹亭〉与明清女性情感教育》，中华书局，2008。

[6] 王汎森：《执拗的低音：一些历史思考方式的反思》，生活·读书·新知三联书店，2014，第84、86页。

[7] 相关讨论可参见王斑：《历史的崇高形象：二十世纪中国的美学与政治》，孟祥春译，上海三联书店，2008。

[8] 彼得·伯克：《什么是文化史》，蔡玉辉译，北京大学出版社，2009，第60页。

[9] 宋伟杰：《"少年中国"之"老少年"：清末文学中的青春想象》，《中国学术》（第27辑），商务印书馆，2010，第217页。

[10] 参见张英进：《影像中国：当代中国电影的批评重构及跨国想象》，胡静译，上海三联书店，2008，第246—249页。

[11] 彼得·伯克：《什么是文化史》，蔡玉辉译，北京大学出版社，2009，第143页。

[12] 王斑：《全球化阴影下的历史与记忆》，南京大学出版社，2006，第2页。

[13] 张旭东：《改革时代的中国现代主义：作为精神史的80年代》，崔问津等译，北京大学出版社，2014，第125页。

[14] 徐贲：《扮装政治、弱者抵抗和"敢曝（Camp）美学"》，《文艺理论研究》2010年第5期。

[15] 王德威：《史诗时代的抒情声音：二十世纪中期的中国知识分子与艺术家》，涂航等译，麦田出版社，2017，第7页。

[16] 相关讨论可参阅莫伟民：《阿甘本的"生命政治"及其与福柯思想的歧异》，《复旦学报》2017年第4期。

[17] 有关医生与生命政治的关联可参阅蓝江：《赤裸生命与

被生产的肉身:生命政治学的理论发凡》,《南京社会科学》2016年第 2 期。

[18]　吴冠军:《生命政治:在福柯与阿甘本之间》,《马克思主义与现实》2015 年第 1 期。

[19]　姚云帆:《生命与政治的悖论:阿甘本"赤裸生命"概念的三个源头》,《安徽大学学报》,2017 年第 2 期。

[20]　麦家:《历史就像从远处传来的"风声"——谈小说〈风声〉和电影〈风声〉》,《躬耕》2009 年第 2 期。

[21]　有关黑暗写作的讨论参见王迅:《极限叙事与黑暗写作:麦家小说论》,作家出版社,2015。

[22]　张英进:《理论、历史、都市:中西比较文学的跨学科视野》,复旦大学出版社,2015,第 143 页。

个人话语与国家话语的镶合

——兼论《暗算》作为中国当代文学的增量意义

陈培浩　福建师范大学

2008年,《暗算》获得茅盾文学奖。授奖词这样写道:"麦家的写作对于当代中国文坛来说,无疑具有独特性。《暗算》讲述了具有特殊禀赋的人的命运遭际,书写了个人身处在封闭的黑暗空间里的神奇表现。破译密码的故事传奇曲折,充满悬念和神秘感,与此同时,人的心灵世界亦得到丰富细致的展现。麦家的小说有着奇异的想象力,构思独特精巧,诡异多变。他的文字有力而简洁,仿若一种被痛楚浸满的文字,可以引向不可知的深谷,引向无限宽广的世界。他的书写,能独享一种秘密,一种幸福,一种意外之喜。"[1]麦家在题材和写法上都走了一条不可复制的道路,李敬泽称麦家为文坛"偷袭者"[2]。《解密》《暗算》《风声》大热之后,诸多重要文学批评家纷纷从麦家独特的题材和想象力中阐发"麦家的意义",这意味着,彼时的主流文学界正努力通过接纳麦家、将麦家经典化来弥合纯文学与类型文学之间的缝隙,并维系严肃文学写作新的平衡。这或许便是麦家获奖背后的文化意味。

茅盾文学奖肯定麦家和《暗算》,肯定的既是麦家的"独特性"和"奇异的想象力",也是麦家为当代文学创造的新增量。麦家的《解密》《暗算》《风声》等被称为特情小说（或新智力小说），使用了类型小说的题材和叙事，却延续了20世纪八九十年代先锋小说中常见的命运主题，在人物谱系上为中国当代文学创造了一系列"悲剧天才"（也称为"弱的天才"）形象，这事实上是将80年代以来的个人性话语融入社会主义文学的英雄叙事，将人学话语铆合于国家话语的结果。麦家的人物塑造还促使我们去思考，"典型环境中的典型人物"在被麦家转化为"特殊环境中的特殊人物"之后，对经典现实主义产生了怎样的爆破和新创？并不抵达"一般"的"特殊"，在麦家这里将打开什么样的"可能性"？

一、《暗算》：版本重构的文化政治

《暗算》是麦家作品中版本最多的，麦家这样说：

我搜索了下记忆，发现《暗算》的版次着实多：盗版除外，外文不算，中文正版（包括港台）有二十三次，累计印量过百万。这些版次又分两个不同版本：原版和修订版。前者通常被称"茅奖版"，后者说法混乱，有的说"修订版"，有的说"完整版"，有的说"未删节版"，有的把矛头指向我，说是"作者唯一认定版"。[3]

用麦家的说法，《暗算》"写得很容易"，写起来有削铁如泥的感觉，只用了七个月，"甚至没有《解密》耗在邮路上的时间长"。[4] 2003年《暗算》出版时，麦家尚未得到市场和主流文坛的认可。但《暗算》却迅速被影视公司看中，并希望由麦家亲自操刀编剧。电视剧《暗算》的走红无疑助推了麦家的大众名声和小说的畅销，但电视剧《暗算》仅使用了小说《暗算》的前两章。初版本的《暗算》共分三部五章。第一部《听风者》含第一章《瞎子阿炳》；第二部《看风者》含第二章《有问题的天使》和第三章《陈二湖的影子》；第三部《捕风者》含第四章《韦夫的灵魂说》和第五章《刀尖上的步履》。应该说，《暗算》的结构倾注了麦家的一腔心血和深沉寓意，但后来这部小说的结构却遭遇质疑："火力最猛的是关于小说'各章独立'的结构上，有人甚至因此而认为它不过是几个中短篇的巧妙组合。对此，我深有'委屈'之苦。"[5] 为此，麦家为《暗算》的结构一辩：

我对《暗算》的结构是蛮得意的。《暗算》是一种"档案柜"或"抽屉柜"的结构，即分开看，每一部分都是独立的，完整的，可以单独成立，合在一起又是一个整体。这种结构恰恰是小说中的那个特别单位701的"结构"。作为一个秘密机构，701的各个科室之间是互为独立、互相封闭的，置身其间，你甚至连隔壁办公室都不能进出。换言之，每个科室都是一个孤岛，一只抽屉，一只档案柜，像密封罐头，虽然近在咫尺，却遥遥相隔。这是保密和安全的需要，以免"一损俱损"，一烂百破。《暗算》中五个篇章互为独立，正是对此的暗示和隐喻。也可以说，这种结构形式就是内容本身，是701这种单位特别性的反映。[6]

对结构满意并不意味着麦家对作品已经满意。对麦家这种具有修改强迫症的作家来说，出版并不意味着作品的彻底完成。上述辩言写于2006年，在此之前，麦家在改编电视剧《暗算》时，已经深深意识到初版本第二章《有问题的天使》"似乎只有人物，情节缺乏张力，更要命的是，作为一个破译家，主人公黄依依只有对密码的认知，缺少破译的过程。用个别评论家的话说，这个人物只有'心跳声'，没有'脚步声'"。[7] 麦家遂萌发了修改之念，借着电视剧改编之机，搜集了大量素材重写，遂有了后来所谓的

"作者唯一认定版"。两个版本的主要差别其实就在第二章《有问题的天使》上，原版4万字只保留了不到2万字，新增的有10万字。甚至，这个部分已经可以作为一个小长篇独立了。后来，这部分就单独以《看风者》之名发表于《西部文学》2008年第17期。

修改完毕，麦家心心念念希望在《暗算》再版时将内容替换为新版，也曾与人民文学出版社协商。出版社没意见，但希望将旧版售完再换新版。有趣的是，2008年《暗算》连续获得华语传媒文学大奖和茅盾文学奖，人民文学出版社当然不愿改变获奖作品的原貌。后来麦家本人亲自参与协商，《暗算》版权改授作家出版社，采用修订版内容。

然而，《暗算》的版本故事并未结束。2012年，英国企鹅出版公司买走了《解密》和《暗算》两书的英语版权，并将其列入"企鹅经典文库"。这是麦家小说迈向国际非常重要的一步。不过，英文版编辑却提出删掉最后一章《刀尖上的步履》的建议，原因在于：

前面四章，从题材类型上说是一致的，都是一群天赋异禀的奇人异事，做的也都是事关国家安危的谍报工作，却独独最后一章，岔开去，讲一个国家的内部斗争，两党之争，扭着的，不协调。[8]

麦家接受了这一建议，他感慨《暗算》"出现第三个版本。这是它的命"，并写下《〈暗算〉版本说明》："到目前为止，除英语外，《暗算》还卖出西班牙语、法语、德语等多个外文版本，在以后的以后，它们都将一一成书出版。我不知道，该书奇特的命会不会还安排哪个编辑来制造新的版本？"[9]2014年，由北京十月文艺出版社推出的《暗算》采用的是与英文版本统一的内容，即删去《刀尖上的步履》一章，说明麦家对英文版本的认可并非出于海外传播时必要的妥协。

　　《暗算》三个版本的变化，主要落在情节和结构两个元素。第二版在情节上对《有问题的天使》进行改写和扩容，使黄依依作为破译家既有"心跳声"，也有"脚步声"；第三版通过内容的删节对结构的属性进行变更，从开放型结构变成封闭型结构。然而在我看来，第三版的修改其实可以有另一番解读。

　　要承认麦家在《暗算》结构上的深思熟虑，因此简单将《暗算》结构视为几个中短篇的"巧妙"组合（言其"巧妙"，实责其"讨巧"），并不符合事实。要注意《暗算》非常严格的限制叙事，以及通过身为作家的叙事人将不同章节串联起来的良苦用心，其严谨性不是一般由几个关联松散的系列中短篇连缀而成的长篇可相提并论。更重要的是，我们必须看到其初版本中便已经显示出来的某种"整体性"或"有机性"，其意义其实超越麦家自己强调的"抽屉结构"。《暗算》中，阿炳、黄依依和陈二湖都是破译家，阿炳和黄依依都属于"弱的天才"，他们之间构成"同位关系"；陈二湖不是"弱的天才"，但所谓异人同命，殊途同归，他与阿炳、黄依依构成了"对位关系"，也遭遇了悲剧命运。从第三部开始，《暗算》就突破了"破译家"框架，《韦夫的灵魂说》写的是老吕"导演"的一出故事。《韦夫的灵魂说》可能得自博尔赫斯《小径分岔的花园》的启示，描写一种以死人作为传递情报媒介的谍报方式。从叙事学角度看，《韦夫的灵魂说》主体故事采用死者越南人韦夫的灵魂视角，这对严格限制叙事来说是一种瑕疵。因为在其他部分，所有故事材料都是"我"通过听乡党或朋友讲述得知，这是符合现实情理逻辑的。独独《韦夫的灵魂说》一章在此不能成立,换言之,当作家不能完全严格地遵守限制叙事时,他不能不借助于"视角越界"来弥补材料之不足。不过,《韦夫的灵魂说》显然扩大了《暗算》中701的工作格局,701作为一个事关国家安全的特殊部门,不只有破译处,还有其他同样不得不身处"暗算"和"被暗算"逻辑中的执行部门。而韦夫这个在战争中蒙受不幸的越南小伙,意外地卷入这场"暗算"中,跟人不能决定自身命运的主题有着密切关联。因此,第四章使《暗算》的内在张力进一步扩大。

到了第五章《刀尖上的步履》,小说的取景框进一步扩大,在空间上超越了701,在时间上已经来到20世纪40年代,写共产党打入国民党内部的特工人员之命悬一线、忠心不渝以及莫测的命运。显然,这一章是最接近国家的英雄主义话语的。或许,写作《暗算》时,麦家便在小心翼翼地维系着种种话语的平衡。前面的部分,书写天才英雄的悲剧,更容易获得文学个人话语的共鸣;但这些天才的悲剧如何在国家主义话语的内部获得意义,第五章给出了解释——701英雄们的悲剧,在国家安全视域中得到了整体确认和提升。就此而言,第五章对于《暗算》并非可有可无。很可能,对于茅奖而言,第五章也是主题上画龙点睛之笔。

于是,我们就看到了"企鹅经典文库"不同的期待视野。如果仅是为了保持小说那种关于"破译家"的奇人异事的相同属性,那么《韦夫的灵魂说》也在可删之列,但这个故事被保留,很可能是因为它被视为一个基于个人话语立场来书写战争的作品。小说奇特的故事背后隐含的是个体无常的命运。这是一个游走于个人话语和国家话语之间的故事。某种意义上,麦家作品正是以对个人化文学话语和国家主义话语的成功镶合为特征的,他并不放弃其中的任何一面。

然而，"企鹅经典文库"看中的是《暗算》在谍战叙事中书写"天才的悲剧"或"人的悲剧"，却完全不在乎《暗算》想维持的"个人话语"与"国家话语"的平衡。其结构上的变更，与其说是让小说从开放型结构变为封闭型结构，不如说是剔除了小说的国家话语，使其更符合西方读者的文化期待。这番改动，于是也显出了某种文化政治的意味。

二、谁在"暗算"：《暗算》的命运主题

麦家的《解密》《暗算》《风声》常常被作为题材和写法都相近的"特情小说"系列来看待，这些小说每部都各有新创，但彼此的"家族相似"面貌也很突出，甚至于常是"你中有我，我中有你"。"解密"和"暗算"是这些小说的核心关键词。所谓"解密"，就是破译，是容金珍、阿炳、黄依依、陈二湖等天才从事的工作，是天才与天才之间的较量，用书中的话说，"破译密码是跟死人打交道"，是"想方设法聆听死人的心跳声"，"破译密码不是单打独斗的游戏，它需要替死鬼！只有别人跌入了陷阱，你才会轻而易举地避开陷阱"。这里已经非常清晰地说出了"解密"和"暗算"之一体两面。解密是一个天才通过密码与另一个天才的长期残酷的较量；解密就是一个天才绕过另一个天才设下的陷阱，却又陷入似乎永难走出的泥潭深坑。所以，解密之残酷就在于，破译家要充满警惕地避开暗算，又要寻找"替死鬼"，这构成了另一种"暗算"；同时解密还是对自己的"暗算"，破译家把自己逼上绝境。在麦家小说中，最大的"暗算"或许并不来自密码本身，而是来自命运，来自由于自身才华被解密事业盯上时就已经

无法拒绝的命运的"暗算"。

陈二湖和疯子江南属于被密码"暗算"的人,尤以江南为甚。江南是《暗算》中极不起眼、一晃而过的人物,但其作用却是明显的。安在天听说黄依依又到后山去私会王主任,找到后山,却遇见了疯癫的破译员江南,他仍沉浸在想象的破译情景中。陈二湖同样是精神上被密码深刻扭曲的人,表现在他离开密码就无法生活。长期从事破译这种极致的高级智力活动已经使他从一个完整的人变成一个单向度的人。退休之后,他的生活需要源源不断的智力游戏来填充。他学习棋艺后,迅速击败各种级别的对手,最后变得一"敌"难求,精神生活又陷入极度的虚无中。这一不无荒诞的情节设计,意在说明陈二湖这批被密码选择的人,终生都难以摆脱密码的精神"暗算"。

阿炳和黄依依是密码战争中的胜利者,却都是偶然性导致的悲剧命运的认领者。换言之,在密码的暗算之外,另有一种更复杂的"暗算"令这些天才无法避开。阿炳摸电源插头自杀,因为他发现了妻子林小芳生下的不是自己的儿子。阿炳没有性能力,且天真地以为只要夫妻睡在一起就会有孩子,因此以为没有孩子的责任在林小芳,为此甚至几次说要休掉林小芳重新找女人。无奈之下,林小芳找了药房的山东人借种怀孕。阿炳欢天喜地迎来了孩子的出生,但他天才的听力使他仅从声音上就辨认出孩子与山东人之间的血缘关系,于是只有去死。这个情节设计离奇到荒诞,但其荒诞却又因同构于解密工作之疯狂而具有合理性。

黄依依之死同样充满偶然性。几经婚恋挫折的黄依依内心强烈地渴望着爱情,甚至把任何愿意和她在一起的男人都当成了爱情对象。在成为701大英雄之后，她理直气壮又简单粗暴地要求组织上安排张国庆离婚并跟她结婚。获得幸福的黄依依在流产手术之后在医院厕所意外邂逅张国庆老婆，并因为后者隐秘的报复行为而意外丧生。黄依依死于偶然，但悲剧的必然性却隐藏在其无拘无束的性格中。

麦家希望从这些人身上提炼命运的不可知性，更提炼出一种个体为集体献身的道德情感。恰恰是这种悲剧性与英雄性同在的表现方式，使麦家巧妙地铆合了"社会主义文学"和"80年代文学"两种文学经验。我们或许可以简单说，"社会主义文学"更看重集体性，而"80年代文学"更看重个人性；"社会主义文学"更重视塑造并激活英雄的群体召唤性，而"80年代文学"更重视打开卑微者的日常经验；"社会主义文学"更相信一种螺旋式上升的历史进化论，而"80年代文学"由于对个人价值的坚持，因此对历史演进过程中无数个体被轻易归零的生命经验常有悲剧化的感慨；"社会主义文学"主要以国家话语为主导，而"80年代文学"主要受启蒙和人性话语影响至深。这两种不同的文学经验像两条河流，麦家找到了使其合流的契机，也促成了当代文学一个新的增量。

三、从"高大全"到"有问题的天使"：英雄叙事的悲剧化

必须指出，麦家小说虽然充满了荒诞命运主题的回响，但是荒诞在他那里不是走向虚无，而是跟一种新创的英雄叙事迎面相遇，化合成一种悲剧化的英雄叙事，这也是麦家对于中国当代文学的特殊贡献。麦家是个酷爱读书和思考的作家，很多作家自称不读活着的作家的作品，而他读，因而对中国当代的文学趋势有

相当独到的把握。麦家称，在《解密》之前发表的中篇小说《陈华南的笔记本》，"文艺界的评价非常高，很多杂志都选了，也接到好多电话。然后我就想，以前写了那么多小说，没有什么反应，为什么这个小说反应那么好？我就像尝到甜头一样"。这个"甜头"指的是特情小说独特题材带来的关注度。他开始意识到"写作应该是要有策略的，你东打一拳，西打一拳，评论家没法关注你。那么我现在写这个地下题材，某种意义上，就像我在创我的一个品牌，但是，如果我老是抱住这个品牌不走，人家也会说你江郎才尽，而我自己也会没有新鲜感了"。

面对宏大叙事与个人叙事、英雄叙事与平民叙事，麦家寻找到了第三条道路，那就是将两者结合起来。从人物塑造角度，麦家确乎为中国当代文学创造了一种前所未有的形象，即所谓"弱的天才"。不论是容金珍、阿炳还是黄依依，他们一方面具有常人所不具备的破译天才，另一方面在生活的某方面又近乎弱智。这是一种有缺陷的英雄、"有问题的天使"。这种书写截然不同于50—70年代那种"高大全"的文学人物，既延续英雄叙事，又能与80年代以来的人学话语相衔接。

"高大全"是"文革"时期大力倡导的人物塑造原则，跟"三突出"紧密联系在一起。"文革"结束之后，对于文艺的反思一个很重要的点便是为人物塑造松绑。1979年洪子诚先生在一篇对话体文章《不要忘记他是人》中指出，"在英雄人物塑造上的一些错误的理论、框框，也不是这十几年才有的"，"其中有些理论，实际上是在提倡把英雄人物写成'神'，这种理论还越来越占据统治地位"。[10]将文学人物从过度理想化、阶级化、意识形态化的僵化原则中解救出来，构成了80年代文学一个重要的探索，其中最重要的理论成果当属刘再复提出的"性格组合论"。

然而,对"高大全"理想化英雄的反思,带来的不是有弱点的英雄的流行,而是人学话语对英雄主义叙事的取代。80年代的英雄叙事被视为从属于"人民文学"谱系,而在实际上被人学话语取消和解构了。进入90年代,在文学市场化的背景下,以个人化之名而行私人化、欲望化叙事之实的潮流成了文学时尚,怀疑英雄一度成为一种普遍的大众文化心理。

麦家对特情英雄的表现,跟他的军旅经历有关:"我知道有这样的部门,虽然没有太具体地干过这样的工作,但我多多少少有些别人没有的了解,在外围做过些服务性的工作。"[11]对于他有所接触的这些特殊领域的英雄,麦家事实上怀着复杂的情感。作为一个有过军旅生活的人,他对这些献身于国家安全的英雄们,当然有着崇高的敬意;但他的视点并不囿于集体主义话语内部的英雄颂歌立场,带着人学立场去观看,他深刻地感受到这些英雄身上的悲剧色彩,并由此呈现出丰富的人性景观。因此,麦家的特情小说表现出家国话语和人学话语相铆合的深刻。麦家作品成为站在家国立场、纯文学立场和消费主义立场都能接受的文学对象,麦家是罕见地能将三者兼容的作家。

四、余论:从"典型环境中的典型人物"到"特殊环境中的特殊人物"

《暗算》给我们带来的理论冲击还在于,这是一种以写实逻辑来结构的小说,却又明显超越了现实主义一贯的设定。比如,在古典现实主义作品中,对人物的要求在于形象性和丰富性;在经典马克思主义文艺作品中,则要求要写出"典型环境中的典型人物";在20世纪50—70年代的文学中,对人物的要求则是"三突出"和"高大全"。不同的设定反映了不同的文学诉求。要求人物的形象性、丰富性,是要求必须建立一种基于细节的真实的艺术可信性;要求塑造"典型环境中的典型人物",则是要求文学通过人物去建立跟时代的关系,要求文学处理好特殊和一般的关系,通过个别对象提炼时代的普遍性;至于"三突出"和"高大全",则是要求文学通过理想人物的塑造为读者提供一种具有社会动员和精神召唤功能的想象性符号。《暗算》人物塑造遵循的原则已经从"典型环境中的典型人物"变成了"特殊环境中的特殊人物",该如何在理论上解释现实主义当代化过程中这种新变化,构成了当代文学研究的新课题。

如果说典型是要在特殊和一般之间建立联系的话,《暗算》里这些有缺陷的英雄并不具有典型性,因此无法带来普遍性的启示。无论阿炳、黄依依还是陈二湖,他们都是难得一遇的天才,他们的遭际和命运也是不可复制的。那么,这种以绝对的特殊性为基础的人物的文学意义何在?这是麦家抛给当代文学研究的问题,值得从不同角度去回答。我以为麦家创造的这类新的文学人物并不像很多人理解的那样,更多地从属于消费性,麦家笔下的"弱的天才"的特殊性中隐含了某种通过极限而打开可能性的潜能。换言之,麦家笔下人物的"特殊"是一种极致的"特殊",因而是一种在消费性之外另有意义的"特殊"。阿炳和黄依依等人以某方面的天才而被某种特殊生活所选择,从而使某种极致的人性景观获得了呈现的可能。因此,如果说"典型环境中的典型人物"是要求文学通过特殊去抵达一般,麦家这些"特殊环境中的特殊人物"却通过特殊而打开了可能。这也是中国文学现实主义当代化过程中的新路径，其文学经验的理论意义还有待进一步提炼和总结。

注释：

[1]　仲余：《第七届茅盾文学奖授奖辞及获奖作家感言》，《中学语文》2008年第32期。

[2]　李敬泽：《偏执、正果、写作——麦家印象》，《山花》2003年第5期。

[3]　麦家：《代跋:〈暗算〉版本说明》，《暗算》，北京十月文艺出版社，2014，第295页。

[4]　同上，第296页

[5]　麦家：《形式也是内容》，《暗算》，浙江文艺出版社，2009，第284页。

[6]　同上，第285页

[7]　麦家：《代跋:〈暗算〉版本说明》，《暗算》，北京十月文艺出版社，2014，第297页。

[8]　同上，第299页。

[9]　同上，第300页。

[10]　洪子诚：《不要忘记他是人》，《花城文艺丛刊》1979年第2期。

[11]　麦家：《人生中途》，浙江文艺出版社，2009，第204页。

麦家小说的"奇"与"正"

——以《暗算》为例

韩松刚　江苏省作家协会

这是我第一次读麦家的作品。《暗算》的"序曲",让我想起苏童在一次会议上的发言。他说:对于每一个人的写作来说,我只能说有时候是意外、偶然、错误。麦家在"序曲"中就写道:"本书就源自我的一次奇特的邂逅。"

密码可以被破译,但命运无法破解。这几乎就是麦家《暗算》的小说暗道与暗语。在这个符号化的空间里,麦家通过时间的裁剪,让一个个鲜活的人物重新返回历史的舞台,演绎他们爱与欲、善与恶、情与义的黑暗世界,而在这博弈与较量背后,是"迷宫"里的人性之光在动情摇曳。

对麦家小说的第一印象,是奇。"奇"几乎覆盖和贯穿了整部小说。无奇不有,无所不奇。福斯特说:"好奇心是人类最原始的能力。"[1] 麦家就是抓住了这一密钥,将读者一次次带入他营造的奇异而陌生的"黑暗"空间。

"奇"其实也意味着"怪",奇怪、怪诞,而小说最早的本质之一就是"怪"。魏晋南北朝时期的志怪小说,就是以叙事为本,追求奇特故事,这也直接导致了唐代传奇小说的演进。可以说,唐代传奇小说的出现,宣告了小说作为一个独特文体的诞生。石昌渝在《中国小说源流论》一书中说:"欧洲小说起源于神话,它的发展有分明的轨迹：神话—史诗—传奇—小说。中国小说在它与神话之间缺少一个文学的中介，中国没有产生像欧洲那样的史诗和传奇，但中国却有叙事水平很高的史传，史传生育了小说。"[2] 因此，一定意义上，《春秋》《左传》《史记》《汉书》《三国志》等史传著作，都是可以当作小说来读的。

对于"奇"的青睐，实际上就是对小说初始阶段"娱乐"功能的确定。这也基本划清了史传和小说的界限。史传终究不是小说。小说最早就是以愉悦为目的，就是追求新奇有趣。但这时的小说仍然属于上层文士的雅文学，因此，"它的趣味并不停留在奇异的故事性上，它有更高于故事层面的追求，不管是感情的寄托还是道德的劝惩，不管是哲理的玩味还是毁谤的用心，总之，它在故事中总是有所寄意"[3]。从这个角度看，传奇小说实际上已经初具现代小说的艺术手段。而这一特点，中外小说几乎是一致的。昆德拉说："伟大的欧洲小说从娱乐起家，每一个真正的小说家都怀念它。事实上，那些了不起的娱乐的主题，都非常严肃——想想塞万提斯！"[4]

不管是在故事中有所寄意，还是娱乐主题的严肃性，表现出的都是对于"正"的思考和探索，而决定小说艺术品质的，是从"奇"到"正"的飞跃，以及"奇""正"之间的互补和互生。这种飞跃和互生，扩大了小说世界的空间。张光芒说："阅读麦家需要有一种游戏精神，而理解麦家也许还需要有一种抽象的冲动。游戏精神是说麦家小说的叙事总是善于营造难度系数极高的技术动作，在智性领域、特情场景、神秘地界煞有介事地给你讲着奇妙的故事，这些故事虽然不乏扣人心弦的紧张和刺激，但它既非以感性叙事或欲望叙事来进入，又不能单凭理性的心智就可以解释，非常接近席勒意义上的游戏精神。在这种游戏中，天才的荣光与盲点，命运的离奇和荒诞，心智的强大与脆弱，人性的自由和枷锁，总是如影随形地纠缠在一起，冥冥之中有一种神秘的法则在支配着一切。因此，我们还需要有一种以抽象冲动为经纬的阅读准备，需要有一种形式感。"[5]在这里，游戏精神就是"奇"，抽象的冲动就是"正"。

我对于"奇"和"正"的关注和思考，源于郜元宝《中国小说的"奇正相生"》这篇文章的启发，作者在文章中说："看中国小说，就像坐跷跷板，一端是'奇'，一端是'正'，颠个没完。不会看的浑身酸痛，会看的却很舒服，一边颠着，一边就解开了许多纠结。"[6]"你必须时时刻刻给读者一点新奇的东西来刺激他们的胃口，但你也必须准备着为此付出代价，因为一味好奇，固然抓住了读者，却很可能偏离你心中的那个正道，得不偿失。"[7]他在文中也提到了麦家的写作："比如麦家把记忆力、数学和密电码写得奇而又奇，但只要始终瞄准历史、社会、制度、人心、人性之类永恒的问题，就还是奇中有正，跷跷板大体平衡。"[8]

中国人好"奇"，古代志怪小说、唐传奇自不必说，明清时期的《聊斋志异》《西游记》《红楼梦》，哪一部作品不是奇之又奇？可以说，没有奇，小说的生命力就会黯淡；没有奇，小说的存在感就会消亡。但中国人更尚"正"，所谓"文以载道"，道即是正，"正"是教化，也即梁启超所谓"小说有不可思议之力支配人道"。"正道捐弃，而邪事日长"，"正"消"奇"长，"正"就显得更重要。

"奇正"，是中国古代兵法的一个战术术语。刘勰借用"兵谋无方，而奇正有象"的兵法思想，阐明奇正相生如何体现于文学，他认为"执正以驭奇"才是文学的正路和正道。我觉得麦家走的就是这样一条道路。

《暗算》是麦家的代表作,曾获茅盾文学奖。这部小说没有一贯到底的人物,叙事也没有前后的必然连贯性,由五个故事组成,每个故事都相对独立,各自成篇,由"暗算"这一主题统摄,构成一个多声调的叙事文本。

据说,这部作品当时有很大的争议。我猜测,争议的主要原因:一是题材,二是结构,三是写法。但也正是这些争议,让《暗算》具备了意味深长的文学可能性。题材的涉密,决定了小说的"神奇"色彩;结构的松散,可以从更多的视角来透视这一小说叙事背后的多面性;而写法,一种小说通俗化的目标,意味着将获得更多的读者。麦家说:"读者越来越不爱看小说,责任该由作家来承担,是我们的小说太无趣、太生硬、太粗糙、太没有教养,连最基本层面的真实性都不能做到。文艺作品本来是要把假的变成真的,你现在反而把真的变成了假的。这不是个别现象,而是通病。真实感的缺失是我们的小说失去读者的头号毛病。"[9]

把假的写成真的,就是要化腐朽为神奇,化神奇为现实,而现实就是"正"。比如,麦家写出了阿炳的奇异、奇怪、奇特,写出了那种说不清道不明的神秘和诡异,这是小说的"奇"之迷人;同时,他也写出了阿炳作为一个"大人物"的正气、正义、正道,并以一个"小人物"尊严的被践踏匆匆结束了其短暂而耀眼的一生,可谓令人感动、令人惊叹的"正"之震撼。这个"正"代表着尊严。

比如,麦家赋予了黄依依半人半魔的"怪物"形象,她的天才、乖张、邪乎、野性,处处充满了奇幻色彩,但也不得不承认,这是一个立体、丰满而个性十足的人物,她的周身洋溢着一种动人的激情,一种反抗的勇气,她的桀骜不驯,与那个氛围中大多数"正确"的人相比,其实是再正当、正常不过了。这个"正"代表着自由。

比如,陈二湖也是一个神奇人物,是破译局从无到有、从小到大、从里到外的见证人,掌握着破译局大半的秘密。不过,麦家在这个人物身上所倾注的不是"奇"的迷恋,而是"正"的反省。这个"正"代表着信仰和责任。"呵,母亲,现在我知道了,你和父亲其实是一种人,你们都是一种不要自己的人,你们沉浸在各自的信念和理想中,让血一滴一滴地流出、流出,流光了,你们也满意了。"这个"正"也代表着美德和品格。不抢功,谦让,当荣誉的桂冠戴在自己头上时,感到内疚和不安,并时时宽慰被抢了头功的徒弟。

麦家认为:"小说有三种写法:一种用头发写,一种是用心,还有一种是用脑。用头发写的人叫天才,写出来的东西叫天赋之作。"[10]按我的理解,"奇"要用脑,"正"要用心,所谓奇正相生,就是心脑一致。麦家穿着华丽的貂皮大衣,但内里还保持着一个朴素的自我。麦家小说的本质是对人性的探求,是关于生命的诗学。因此,他的小说都是围绕人物展开,瞎子阿炳、有问题的天使、陈二湖的影子、韦夫的灵魂说、刀尖上的步履,五个故事,五个主要人物,虽然是小人物,但关涉的却是最大的命题:关于人性和命运的展现及探索。

这个世界是神秘的,充斥着各种不可思议。"奇"便应运而来。但人类终归有可以考量的人性旨归,有社会秩序建构的宏图。"正"也不可或缺。"奇"与"正",既相互压迫,也相互解放。"麦家巧妙地把明与暗之间的裂隙用'解密'来填充。明与暗、真与假、内与外、可言说与不可言说、可以示人与难言之隐,解密的过程成为了窥视和我们世界相连、却孤悬在我们世界之外的那个隐秘世界,成为揭破假面,直抵人心真相的探索之旅。"[11]

麦家在谈到自己的写作立场时说:"我相信文学的价值最终不是揭露,而是激励、温暖人心。人都是孤独的,需要偶像,需要精神伴侣,我们有欧阳海、黄继光等一大批正面的英雄在陪伴我们成长。现在许多作品是无病呻吟、唉声叹气、全面否定,这肯定有问题,事实上,你要驱散黑暗,引入光明可能有更好的效果,一味地展示黑暗会更黑暗。"[12]

孤独是人类共同的命运。黑暗是人生旅途的常态。麦家的笔下,时时透着孤独的体验,透着对黑夜的迷恋,也时时透着他对于孤独的怜悯和抚慰。比如写瞎子阿炳的母亲,"她是村上公认的最好的裁缝,同时也是全村公认的最可怜的女人,一辈子跟自己又瞎又傻的儿子相依为命,从没有真正笑过。在她重叠着悲伤和无奈的脸上,我看到了命运对一个人夜以继日的打击和磨难"。对于从事破译工作的人来说,孤独注定是缠绕一生的。小说中有一段关于陈二湖退休后的描写:"我透过窗玻璃看出去,几乎很容易就可以想象出他此刻的神情,那是一种我最熟悉不过的神情:绷紧的脸上有深刻的额纹,两只眼睛痴痴的,是不会转动的,嵌在松弛的眼眶里,仿佛随时都会滚出来,无声地落地。但是注视这张面具一样的面孔,透过表面的那层死气,你又可以发现底下藏着的是迷乱,是不安,是期望,是绝望。"对于习惯了在黑夜中离群索居的人来说，太阳底下的生活已经变得不可捉摸。

麦家笔下的主人公，都有着异乎常人的特异功能，但他们也有和常人相同的生命体温。他们也要接受命运的荒诞和无常。自杀是瞎子阿炳的命运，被误杀是黄依依的命运，死亡和破译密码一样，总有点听天由命的无奈。"就像我在陆家堰发现了阿炳并改变了他的人生一样，我成功的做媒再次改变了阿炳的生活和命运。"这不确定，也是小说的魅力。

麦家十分推崇的外国作家有两位：一位是卡夫卡，一位是博尔赫斯。这两位无疑都是"奇""正"博弈的顶尖高手。麦家在《博尔赫斯和我》一文中，曾经十分生动地描述了第一次阅读博尔赫斯时的惊叹和赞叹。

当时我对博尔赫斯一无所知，所以开初的阅读是漫不经心的，似乎只是想往目中塞点什么，以打发独自客居他屋的无聊。但没看完一页，我就感到了震惊，感到了它的珍贵和神奇，心血像漂泊者刚眺见陆岸一样激动起来。……我很快就得出结论，捧在我手上的不是一个作品或作家，而是一个神秘又精致，遥远又真切的世界。这个世界是水做的，但又是火做的，因而也是无限的、复杂的，它由一切过去的、现在的和将来的事物交织而成，而我仿佛就是交织的网中的一个点、一根线、一眼孔。阅读中，我不止一次地深深感到，我被这个框在黑框框里的陌生人扯进了一个无限神秘怪诞的，充满虚幻又不乏真实的，既像地狱又像天堂的迷宫中。[13]

博尔赫斯改变了麦家，改变了他对文学的认知。如果说博尔赫斯的影响更多是在文学观念上，那么卡夫卡的影响则较多体现为写作状态和创作个性。和卡夫卡一样，麦家从小到大一直处于一种压抑的环境中，对外部世界有一种持续而紧张的戒备。卡夫卡主张回到自己的内心生活，麦家也认为文学和心灵相关，生活的最好方式就是写作，沉思冥想的内心写作。

这种观念体现在创作上，即是艺术手法的变化。麦家的小说具有很强的实验性。其一，是暴露叙述。即作者部分地充当了叙述者。"暴露叙述的介入是纯粹停留在形式层面的干预，叙述者放弃了相对于受众而言的优越感，把自己还原成一个普通的写作者，这无疑是精神的后撤和隐匿。因此，暴露叙述以其形式的介入衬出道德评价的不介入。"[14]《暗算》中的故事都是作者听来的，但作者不回避听这一事实，因此增强了故事的真实感和可信度。然后重组，再进行艺术的叙事，构建虚构王国。

其二，是现代手法的运用。比如意识流、精神分析等技法的使用，有着明显的现代感。麦家是以现实写幻象，以平常写不俗，真可谓"执正以驭奇"。"伪装褪去，我的秘密的任务成了白纸黑字，醒目而庄严地看着书记同志，看得书记神情陡然变得庄重十分。"这样的艺术变形几乎能触摸到卡夫卡小说的痕迹。

其三，是迷宫的建造。迷宫是博尔赫斯十分迷恋的意象，比如《交叉小径的花园》基本就是一个关于时间的迷宫的故事。《暗算》中，破译密码其实就是解密、破谜，就是在时间的迷宫中进行突围。"破译密码啊，就是在黑暗中挣扎啊，就是在死人身上听心跳声啊。"

博尔赫斯的小说以幻想而著称，麦家的小说也有强烈的幻想特质。这正是"奇"的本质所在。但"其实博尔赫斯写的往往不是纯粹的幻想小说，他更擅长于把幻想因素编织在真实的处境之中，从而在小说中致力于营造一种真实的氛围"[15]。麦家小说也注重真实感，正如李欧梵所说："我的经验，写这类小说第一个要求是：它的世界虽然很神秘，但必须可信，怎么把人物、场景和故事写得可信，让读者觉得可信。其次，还有一个难度或者要求就是，作者必须懂得一点基本的数学知识，否则免谈密码。我发现麦家小说中有关西方科学家的资料，基本上是符合真实的，他没有故意乱造假。"[16] 为了追求这种真实感，麦家甚至刻意压制住不羁的幻想，比如对于黄依依这个人物的塑造，作者似乎抱有一种十分犹疑的态度，尤其是最后对于其死亡真相的揭露，体现出了一种复杂的情感。

昆德拉说，小说的精神是复杂性的精神。麦家小说的"奇"与"正"，十分巧妙地实现了这种复杂性的愿景。正是这种复杂性，使得麦家的小说有了其他同类题材作品所不具备的生成性和开放性。麦家的小说，写的是历史，最终的指向却是现实，表象是通俗的外衣，写的却是现代的内核。因此，读麦家的小说，你不会仅仅停留在好看的层面，也不会仅仅满足于愉悦的体验，而会沿着历史的隧道和人物的命运，去勘探人性的秘密。

这种复杂性是个人制造的，也是时代赋予的。虽然麦家多次强调写作的内在性，但事实上，任何作品都无法摆脱时代的纠缠。"麦家的小说是植根在一个具体的时代。只有把麦家的小说放在近现代中国的历史场景中，我们才能理解比悬疑推理更多的东西。"[17]《暗算》中的人物，只有在那个特殊的年代，才纷纷被涂抹上了一种独特而奇异的色彩。离开了那个时代，他们或许碌碌无为、一事无成。

阅读麦家的作品，不禁会对当下的文学写作进行思考。当下的写作正在走向严重的分化,"奇"的更奇,"正"的更正。"奇"的毫无真实可言,"正"的毫无趣味可感。"一味守正,毫无生气,读者自然寥寥。一味尚奇,装神弄鬼,却颇易被蛊惑。时人不察,一见'悬疑',一听'穿越',一看'盗墓',一睹'僵尸',一遇刻意的搞怪、失控的夸张、做作的异端、卖弄的'先锋',就五体投地,匍匐在文化垃圾制造者脚下,怂恿得他们益发恣肆起来,最后一同堕入魔道。"[18]新颖的领域,新奇的经验,新鲜的感受,成为时代潮流。

麦家的写作似乎可以列入通俗文学的行列。我们每每提到通俗文学,最大的诟病之一即是语言的粗糙。但麦家的小说语言够"正",也很"奇"。"正"指的是叙述的准确、到位。比如写到阿炳村里的祠堂:"祠堂是陆家堰村古老和富足的象征,飞檐走角的,檐柱上还雕刻着逢双成对的龙凤和虎狮。古人为美刻下它们,如今它们为岁月刻下了沧桑。从随处可见的斑驳中,不难想象它已年久失修,但气度依然,绝无破落之感,只是闲人太多,显得有些杂乱。闲人主要是老人和一些带娃娃的妇女,还有个别残疾人。看得出,现在这里成了村里闲散人聚集的公共场所。"这段描写朴素自然,但自然背后其实已经预设了下文。个别残疾人,其中就有瞎子阿炳。"奇"指的是鬼斧神工的象征和比喻。比如在形容瞎子阿炳的声音时,他描述道:"他的声音闷闷的,像从木箱里滚出来的。"真的是让人拍手称赞,多么奇妙而诗意的语言。好的语言,是奇正相生的,只有"奇",就显得荒诞乖张,只有"正",就显得索然无味,奇正相生才能让语言风生水起,才能让小说神采飞扬。

《暗算》之后,麦家又创作了大量的小说,有新的尝试,更多的是自我风格的坚守。限于精力，还未能一一读完。因此，我还不能轻易断言说麦家的写作进入了什么样的境界，抑或达到了某种高峰。但是，毫无疑问，他的小说为中国当代文学开拓了新的艺术空间。已故评论家雷达先生评价说："他已经形成了独有的切入历史和把握世界的方法，他用破密的眼光，打开一个个实际存在却久被遗忘的绝密而悲壮的人生空间，他把超强的意志力，惊人的智商，宗教般的忠诚赋予他的谍报英雄或解密英雄，而这样的英雄在中国革命史上是实际存在的。当然，这无疑经过了麦家的加工、提升、渲染、夸张和神秘化。因此，我认为，麦家的创作给当下的文学格局增添了新的元素，提升了当下文学的想象力、重构力和创新力水准，丰富了当今文学认识世界、认识历史乃至认识人的手段。"[19]

我们谈论《暗算》，其实是谈论一种异质的经验，思考一种写作的开放和可能。这就是麦家的意义。

麦家曾三谈《暗算》(《失去也是得到——创作谈》《形式也是内容——再版跋》《得奖也是中彩——答谢辞》)，我想，对于麦家来说，"奇"意味着失去，"正"代表着得到，"奇"是形式，"正"是内容，"奇"赢得了读者，"正"获得了人心，而奇正相生让《暗算》大放异彩，成为当代文学史上不能忽视的重要文本和特别现象。

注释：

[1] 福斯特：《小说面面观》，苏炳文译，花城出版社，1987，第71页。

[2] 石昌渝：《中国小说源流论》，生活·读书·新知三联书店，

2015，第55页。

[3] 同上，第185页。

[4] 美国《巴黎评论》编辑部编:《巴黎评论·作家访谈1》，黄昱宁等译，上海文艺出版社，2015，第99页。

[5] 张光芒:《麦家小说的游戏精神与抽象冲动》，《当代文坛》2007年第4期。

[6] 郜元宝:《中国小说的"奇正相生"》，《扬子江评论》2015年第5期。

[7] 同上。

[8] 同上。

[9] 麦家、季亚娅:《麦家之"密"——自不可言说处聆听》，《芙蓉》2008年第5期。

[10] 麦家:《非虚构的我》，花城出版社，2013，第122页。

[11] 何平:《黑暗传，或者捕风者说》，《当代作家评论》2008年第4期。

[12] 麦家、季亚娅:《麦家之"密"——自不可言说处聆听》，《芙蓉》2008年第5期。

[13] 麦家:《人生中途》，浙江文艺出版社，2009，第5—6页。

[14] 黄发有:《准个体时代的写作——20世纪90年代中国小说研究》，上海三联书店，2002，第357页。

[15] 吴晓东:《废墟的忧伤——西方现代文学导读》，北京大学出版社，2018，第115页。

[16] 李欧梵:《中国现代文学的传统和创新——以麦家的间谍小说为例》，《中国现代文学研究丛刊》2017年第2期。

[17]　何平:《黑暗传，或者捕风者说》,《当代作家评论》2008 年第 4 期。

[18]　郜元宝:《中国小说的"奇正相生"》,《扬子江评论》2015 年第 5 期。

[19]　雷达:《麦家的意义与相关问题》,《南方文坛》2008 年第 3 期。

《风声》与中国当代小说的可能性

谢有顺　中山大学

近年来，我对中国当代小说一直存着复杂的感情。一方面，在这样一个大时代里，理应对作家的创造激情有新的期待；另一方面，我也注意到，中国小说仍然普遍沉迷于一己之私、一己之悲欢，还没有从一种小情绪、小格局里走出来，进而关注更大的精神母题。文学固然关乎个人，但是当个人泛滥成千人一面的、公共话语中的个人，当欲望和身体成为新一代作家写作的主题词，小说很可能会面临着新一轮的精神专制：从过去的被权力思想所奴役，发展到现在的被身体和欲望所奴役——二者的内容虽不一样，思想路径却有着高度的一致性。

从这个意义上说，当代小说要面对多方面的困境：作家如何从一种苍白的纸上虚构中走出来，重建写作与当下生活的真实关系？小说如何处理好欲望的书写和欲望的升华之间的关系？又如何在作品中重新发现人的价值，重新肯定灵魂叙事的重要意义？我把这些问题用一种比喻的方式归结为：在"闺房写作"之外，如何才能建立起"旷野写作"的精神维度？闺房写作固然有其存在的理由，它使作家的个人经验获得了合法的书写地位，只是，这个世界除了闺房里的秘史之外，还有一个广大的、沉默的区域，它同样需要作家去观察和省悟。中国作家经过多年闺房生活的写作训练之后，现在或许到了重申旷野写作的价值的时候了；正如中国文学经过多年的"怎么写"的探索之后,"写什么"的问题近年又被重新提出来一样。

何谓闺房写作？我想,它喻指的无非是作家的观察尺度是有限的,内向的,细碎的,它书写的是以个人经验为中心的人事和生活,代表的是一种私人的、自我的眼界;而旷野写作呢,是指在自我的尺度之外,承认这个世界还有天空和大地,人不仅在闺房里生活,还在大地上行走,需要接受天道人心的规约和审问。这也是张爱玲的写作和鲁迅的写作的重要区别。张爱玲对世俗生活细节的偏爱(她说,"我喜欢听市声",如她喜欢听胡琴的声音,"远兜远转,依然回到人间"),以及她对苍茫人生的个人叹息(她说,"这世上没有一样感情不是千疮百孔的","短的是生命,长的是磨难"),可以看作是她的闺房写作的经典意象,她确是一个能在细微处发现奇迹的出色作家。比起张爱玲来,鲁迅所看到的世界,显然要宽阔、深透得多。尤其是在《野草》里,鲁迅把人放逐到存在的荒原,让人在天地间思考、行动、追问,即便知道前面可能没有路,也不愿停下进发的步伐——这样一个存在的勘探者的姿态,正是旷野写作的核心意象。20世纪的中国文学一直以鲁迅为顶峰,而非由张爱玲来代表,我想大家所推崇的正是鲁迅身上这种宽广和重量。从细小到精致,终归是不如从宽阔到沉重。关于这点,王安忆有一段精到的论述,她说:"张爱玲的人生观是走在了两个极端之上,一头是现时现刻中的具体可感,另一头则是人生奈何的虚无。在此之间,其实还有着漫长的过程,就是现实的理想与争取。而张爱玲就如那骑车在菜场脏地上的小孩,'放松了扶手,摇摆着,轻情地掠过'。这一'掠过',自然是轻松的了。当她略一眺望到人生的虚无,便回缩到俗世之中,而终于放过了人生的更宽阔和深厚的蕴含。从俗世的细致描绘，直接跳入一个苍茫的结论，到底是简单了。于是，很容易地，又回落到了低俗无聊之中。所以，我更加尊敬现实主义的鲁迅，因他是从现实的步骤上，结结实实地走来，所以，他就有了走向虚无的立足点，也有了勇敢。就如那个'过客'，一直向前走，并不知道要到哪里去，并不知道前边是什么。孩子说是鲜花，老人说是坟墓，可他依然要向前去看个明白，带着孩子给他裹伤的布片，人世的好意，走向不知名的前面。"[1]中国小说推重张爱玲多年，从她身上一度获得了很好的个人写作的资源，但相比之下，鲁迅所开创的在天地间、在旷野里、在现实中关怀人的道路，如今却有逐渐被忽视的倾向。这也是很多人对当代小说感到不满的原因之一。

因此，从闺房写作到旷野写作的精神位移，其实是要中国作家反思：除了写身体的悲欢，我还关注灵魂的衰退吗？除了写私人经验，我还注视"他人的痛苦"吗？除了写欲望的细节，我还承认存在着一种欲望的升华机制吗？也就是说，一个小说家，在一己之私之外，还需要看到有一个更广大的世界值得关注——假如没有这种健全的精神视野，他写出的小说终归是残缺的。尤其是经过了这十几年激进的欲望实践之后，中国作家应该看到，写作的精神气息可能正在发生微妙的流转。

正是在这个意义上，我肯定麦家这些年的写作。他的小说，在中国可谓独树一帜；他那种写法，别的人写不出来——这也是他的写作日益风格化的标志。他的小说尽管都是依靠丰盛的想象所写的，但其作品内部有着坚实的物质感、逻辑性，以及人物性格演进的严密线索。王安忆称赞麦家的小说："在尽可能小的范围内，将条件尽可能简化，压缩成抽象的逻辑，但并不因此而损失事物的生动性，因为逻辑自有其形象感，就看你如何认识和呈现，麦家就正向着目标一步一步走近——这是一条狭路，也是被他自己限制的，但正因为狭，于是直向纵深处，就像刀锋。"[2]这是一种准确的评价。从《解密》到《暗算》，再到《风声》，麦家坚持书写一种别人难以想象的密室生活，坚持塑造一种强悍有力、同时具有理想光芒的人格。他在论证这种生活和人格的过程中所显示出来的绵密的叙事耐心和叙事才华，在这个浮躁的时代都是不可多得的写作品质。

麦家小说中这种强大的逻辑性和事实感，也是根据小说改编的同名影视作品《风声》能够风靡大江南北的秘密所在。在一个以虚构和编造为主要生产动力的年代，他这种以实证精神为叙事基础的写作，为读者的文学想象提供了牢固的基础和清晰的边界。之前麦家的小说，比如《解密》，写的是一种天才人格，是数学里的奥秘和人生，多少有点超现实的色彩，因此，人物的独特性格、命运转换，都可求助于一种奇异的想象来解决。《风声》不同，它写的是现实意义上的历史、人事，是在极度封闭的空间里的人性较量。"从情节设计上，这是一次生存脱险的斗争，命牵一线而又悬崖决斗。感情与智力必会用到极致，人格与道义必会殊死拼争。加上故事地点与时间的局限，《风声》很符合西洋戏剧里的'三一律'，环境独立，时间集中，情节有突变，故事有逆转，主题有拓展。"[3]而且，叙写日伪时期谍报人员之间的斗智斗勇，除了要对每一个人的心理线索有精准的把握以外，还要具备对那个年代谍报知识的专业了解，唯有如此，小说在材料、用语的选择上，以及人物在命悬生死一念间如何行动等方面，才能获得足够的叙事说服力。

在这方面,《风声》提供了很好的范例。为了探测那隐藏在人心深处的坚固壁垒,麦家把几个被怀疑的泄密者安置在和外界完全隔绝的楼里,这样一来,每一个被怀疑者的内心就变成了实际的战场,作战的武器是各人的言语和行动,甚至一个不经意的眼神,都可能泄露内心的秘密。与这种内在的紧张感相对的,是麦家从容、沉着的叙事风度。谜底的揭晓一直延宕,谁是那个被怀疑的"老鬼"?每个人都像,又都不像。这正是《风声》所布下的迷局的核心要素。"洞察人心城墙的主要武器,不是刑具,而是怀疑。只有怀疑,才能全方位调动对峙的不同力量。只有怀疑,才有能量既折磨对方又折磨自己。只有怀疑,才能让内心的撒旦现形。'吴金李顾四,你们谁是匪?'怀疑发挥到极致,但肥原等人最终都没有找到老鬼。面对怀疑,人究竟可以坚强到什么地步,人又可以绝望到什么地步。生与死,都是答案。"[4]

在这样一个封闭空间里推动小说的叙事,光有空洞的想象是远远不够的;想象必须找到现实的根据、坚固的逻辑,才能说服读者相信,这里所发生的一切是真实的。为了建立起这种真实感,麦家不厌其烦地花许多笔墨去描述关押人物的环境,交代每一个人的身份背景,找寻历史上与之相对应的时间、事件、人物,还常常在紧张的心理对抗中,穿插关于密码和破译方面的知识背景。他这样做的目的,其实就是为了使小说的虚构获得一个更加真实的专业外表。我很看重小说写作中的这种专业精神,它是想象力得以落实的关键所在。这令我想起博尔赫斯的写作(麦家的小说显然受到了博尔赫斯的影响)。博尔赫斯的小说多是玄想,但他的玄想不是毫无根据的胡编乱造,而是以历史、典故、神话、传说等为元素和背景——玄想成了有事实根据的知识论证和思想分析。正是因为博尔赫斯的玄想进入了历史或哲学的领域,他的迷宫叙事才具有仿真的效果。因此,一个作家为自己的想象下专业、绵密的注脚,是不可忽视的一种写作才能。关于这一点,我还想起李安拍摄完电影《色,戒》之后说的话。他说,《色,戒》里的东西,"所有的尺寸都是真的,包括三轮车的牌照和牌照上面的号码",街上两排法国梧桐,是一棵一棵种下去的,易先生办公室里那张桌子也是民国时代的桌子,桌上所有的文具,包括一只杯子,都费了很大的功夫才找到的——这就是专业精神。这样的努力是值得赞赏的。比起《色,戒》来,像《无极》《太阳照常升起》这样的电影在叙事上就显得太过任意、武断、随心所欲了;而《色,戒》是有事实感的,李安拒绝天马行空,他自觉接受物质材料的限制,遵循历史和生活的情理——这正是《色,戒》能够获得成功的重要依据。

其实,比起电影叙事来,小说界更加忽视物质外壳的建构,特别是在讲述历史的小说中,在器物、世情和生活样貌的书写上漏洞百出,大家也早已见怪不怪了。材料的虚假,细节的虚浮,正在瓦解当代小说的真实感——多数的中国小说,在进入历史叙事和家族叙事时,由于缺乏符合历史情境的可信任的材料,往往把真的写成了假的,所谓的虚构,也就成了一种语言的造假。虚假导致小说成了无关痛痒的纸上游戏而日益退出公众生活——今日的读者中间,到处都弥漫着一种不信任小说的精神风气。

在我看来,这是小说真正面临的悲剧,也是小说影响力日益沦丧的致命因素之一。一种以分享别人的人生经验为主要目的的阅读,一旦被作家苍白的虚构所颠覆,它所昭示的必将是小说的穷途。麦家显然想改变这种状况。他试图通过小说实证能力的恢复,通过对真实人格的建立,来重新唤醒读者对它的信任。因此,他不滥用虚构的权力,而是把自己的人物放在一个有限的空间里,用坚固的细节、严密的逻辑、迷宫般的叙事来为一种人生敞开丰富的可能性。他写的是敌特工作,是捕风者(密码破译者)的神秘生活,这种生活,因为一般读者不熟悉,本来具有很大的编造空间,然而,麦家没有放纵一个小说家的虚构自由,而是迫使自己跟着人物和事件的情理逻辑一步一步地往前推进——他笔下的人物和事件都具有强大的自我生长能力,因此,真正推动麦家小说向前发展的,不是作者的写作意图,而是洋溢在人性和事件里的那种深刻的情理。

通过这种情理逻辑的严密论证,麦家所建构起来的小说宫殿才获得了可靠的真实感。《风声》尤其如此。一个人在险恶、闭抑的环境里,要将生死攸关的情报传送出去,他(她)如何掩护自己?如何传送情报?如何转败为胜?如何把不可能变成可能?如何既坚强如铁又狡猾似蛇?《风声》借由潘教授的讲述、"我"的推理、顾小梦的抗辩、靳老等人的回忆,以及"老鬼"本人潜在的自我陈述,步步为营,小心求证,每一个事实都可能被另一个事实所推翻,每一种说法都可能受到另一种说法的质疑——麦家正是在各种事实和说法的互相驳难中,使人物丰富的内心获得了强有力的塑造。因此,《风声》被人称为密室小说,也可称为侦探小说,只不过,麦家所侦测的是一个个诡秘的内心。这种侦探小说式的推进方式,使得一场看起来毫无头绪的谍报斗争,一直沿着一道清晰的潜流往前走。就麦家笔下的人物和事件的进展而言,侦探小说显然是最为合身的叙事形式。博尔赫斯说:"我们所处的时代,是如此的混乱如麻。但有一样东西倒是谦恭地维持着它的经典美,那就是侦探小说……我要说:侦探小说在遭到蔑视之后,它现在正在拯救一个乱世的秩序。这证明,我们应该感激它,侦探小说是立下功劳的。"[5]中国缺乏侦探小说的写作传统,能应用好侦探小说这一形式的作家很少,即便偶尔有人写作此类小说,也容易陷入一种单一的智力游戏之中。麦家的独特之处在于,他用怀疑和侦探的叙事方式,不仅让读者猜谜,而且在小说中建立起一种人格,并让我们重温一种阔别已久的英雄哲学。

这也是我欣赏麦家小说的另一个理由:他的小说是有真正的人物的,他笔下的人生是可以站立起来的;他的小说是在为一种有力量的人生、一种雄浑的精神存在做证。

中国小说迷恋凡俗人生、小事时代多年了,这种写作潮流起源于对一种宏大叙事的反抗,然而,反抗的同时,伴随而生的是一种精神的溃退。如前面所说,小说被日益简化为欲望的旗帜,缩小为一己之私,它的直接代价是把人格的光辉抹平,人生开始匍匐在地面上,逐渐失去了站立起来的精神脊梁。20世纪以来,小说多写黑暗、绝望和恶,并且写得惊心动魄,这种来自人性深渊的力量同时也粉碎了作家对世界的信心——他似乎已无力肯定一种健全、有信念、充满力量的人生了。这些年的中国小说重复了西方文学的这条写作道路,再加上近年消费文化的隐秘介入,平庸人生更是成了大多数小说的主角。很多人都觉察到了,这样的阅读令人意志消沉、精神颓废。

《风声》的出现是一个信号。它似乎在告诉我们,这个世界尽管令人悲伤,但仍有获救的希望;一种贵重的人格、一种庄严的人生并非已经死灭，而是仍然活跃于广阔的世界之中，问题在于，作家有没有能力使之站立起来。麦家自己也说："我笔下的人物都是心怀理想，敢于承担自己的责任和命运，逆流而行，从弱到强。文学要去温暖、校正人心，而不是一味顺从、迎合。"[6]把凡俗的人生和雄浑的人生对接，让渺小的人物置身于理想的悲歌之中，从而去温暖、校正人心，疲软的小说就会由此获得一种重要的、肯定的力量。《风声》中"老鬼"的成功塑造，就为麦家进行一种肯定性的写作提供了生动的例证。

在这个一切价值都被颠倒、践踏的时代，展示欲望细节、书写身体经验、玩味一种窃窃私语的人生，早已不再是写作勇气的象征；相反，那些能在废墟中将溃败的人性重新建立起来的写作，才是有灵魂的、值得敬重的写作。"身体从来都不是隐私，理想才是。对那些把理想埋在心底，用身体的湮灭去成全理想却不曾有过一句辩白的人，政客和看客不敢直视，无法理解，也不会去宣扬。国人，是常遗忘的。"[7]诚哉斯言。《风声》中"老鬼"式的人生何尝不是被国人遗忘的？这样的遗忘，映照出的其实是当下文学中触目惊心的精神残缺：没有希望，绝望是没有力量的；没有光，你写的黑暗可能是假的；没有理想，甚至连幻灭的表达也显得空洞而轻飘。因此，今日的文学，急需向我们展示更多的肯定和确信。

或许，《风声》在这个时间出现在中国并不是偶然的，它恰恰暗合了中国文学的某种精神转型：无论是在文学中，还是在现实中，在一些滚烫的、坚定的身体较量背后，都可能隐藏着一种令人尊敬的痛苦、一种庄严高贵的人生；懂得辨识、体认这种人生的民族，才堪称是一个精神已经成人的民族。因此，尽管《风声》

的一些情节还存在漏洞，个别地方的语言显得笨拙，甚至不少细节和麦家过去的小说也有重复，他本可以在艺术上把这部小说打磨得更加精致——匆促的出手，有时难免会带来许多遗憾，但我仍然乐意把《风声》看作是一个新的、肯定性的文学起点，因为它写的虽然是房间里发生的事，探讨的却是一个人如何在信念的重压下，在自己内心的旷野里，有所行动，有所承担，有所牺牲。写出了《风声》的麦家，的确是一个值得信任的作家，他有权写作。

注释：

[1] 王安忆：《世俗的张爱玲》，刘绍铭、梁秉钧、许子东编：《再读张爱玲》，山东画报出版社，2004。

[2] 这是写在长篇小说《风声》（南海出版公司2007年版）封底的文字。

[3] 阎晶明：《间谍小说的严肃历史意义——读麦家〈风声〉》，《文学报》2007年12月13日。

[4] 胡传吉：《有一种折磨叫怀疑——评麦家新作〈风声〉》，《南方日报》2007年11月18日。

[5] 博尔赫斯：《谈侦探小说》，《作家们的作家》，云南人民出版社，1995。

[6] 舒晋瑜：《麦家：文学要去温暖、校正人心》，《中华读书报》2007年12月26日。

[7] 米格：《身体从来都不是隐私，理想才是》，《南方都市报》2007年10月6日。

麦家的"越界"写作：《风声》与侦探小说

王　敏　浙江外国语学院

2020年3月，素有"英国最佳独立出版社"之称的"宙斯之首"（Head of Zeus）面向全球发行《风声》的英译本，这是汉学家米欧敏（Olivia Milburn）继《解密》和《暗算》之后翻译的第三本麦家小说。《解密》在海外的巨大成功固然离不开"包括译者、出版商、媒体在内的一系列非文本因素的市场运作"[1]，根本原因还在于作品本身的价值，即"叙述视角、叙述主体、叙事过程以及艺术形象等多个层面的独特创造"[2]，以及"中西文学元素的共鸣"[3]，这一点已为越来越多的学者所认可。吴越评价《解密》得以顺利进入海外市场的关键乃在于"世界性的畅销题材加上恰到好处的中国特色"[4]，一定程度上《风声》亦是如此。"具备世界性元素"是"宙斯之首"决定争取《风声》英译本版权代理的主要原因之一。而米欧敏则进一步将此"世界性元素"指认为类似西方侦探小说的谜题设置，她认为尽管小说涉及对英国读者而言稍嫌陌生的历史背景描写，然而一旦他们"沉浸于解谜"，便不会感到阅读的滞涩。[5]

从小说对解谜过程、悬疑效果与逻辑推理等浓墨重彩的描述来看，《风声》确实比麦家的其他作品都更接近侦探小说的叙事结构，更有人因故事中对"裘庄"这一封闭空间的地点描写进一步将其定义为"密室小说"[6]。不可否认，麦家在《风声》中巧妙地使用了西方侦探小说的叙事技巧，故事的精彩程度即使同阿加莎·克里斯蒂或者迪克森·卡尔笔下最经典的谜题相比也毫不逊色。但《风声》终究不是一部严格意义上的侦探小说，后者看似随意的行文中隐藏着一种"确定的风格类型"[7]，包括作为核心叙事线索的真相推理与富于象征意义的人物塑造等等；前者却相反，在"间谍小说""特情小说""新智性小说"等多种标签的背后，恰恰是类型的模糊与暧昧不明，而这正是作者不拘一格跨界写作形成的独特艺术风格。

本文以《风声》为例，通过分析该文本同西方侦探小说之间貌合神离的相似性，阐释麦家融合西方类型文学与中国正统文学，并试图革新当代文学创作气象的野心与决心。《风声》通过对侦探小说的戏仿，以圆熟的叙事技巧打破类型书写的限制，并借与之相悖的"真相不白"的结局隐喻类型文学的模糊性与可塑性。麦家的创作是对所谓正统文学观的纠偏，他从类型文学出发，在不断跨界甚至"越界"的尝试中最终突破了固有的局限，为当代文学的书写注入了新的生机。

一、真相之谜：侦探故事与历史话语

在侦探小说中，谜底几乎总是明确地由侦探向读者揭晓，或者在极为罕见的情况下，读者根据侦探留下的明确线索自己完成最后一步推理，就像东野奎吾在《谁杀了她？》中所做的那样[8]。无论如何，作为通俗性的故事文本，推理小说最重要的叙事线索便是还原真相，再现包括作案动机与手法在内的犯罪过程。从情节结构上看，《风声》的上部《东风》是一个完整的侦探故事，旨在破解"老鬼"的身份之谜，然而故事中的侦探——日本特务机关长肥原龙川并没有成功破解谜题，答案是由作者/叙述者揭晓的。在该部分的后记中，"我"向读者交代了那些"悬而未决"的疑问，在揭开真相的同时也力证故事的真实。

这个故事是真的吗？作者在交代之前又抛出了一个新问题，叙述由此忽跃向故事的由来与写作的缘起。元叙事的使用令整个故事在一定层面上获得了可信性与真实性。第一位讲述者潘教授的故事"离奇"而"完美"，为了更全面地了解这个故事，"我"又向五位当事人求证，他们的讲述"相似的程度犹同己出"，让"我""对这个故事的真实性有了足够的信任和坦然"。[9]这一严谨求真的实证主义态度即是侦探小说奉为圭臬的理性精神。

在理性分析与逻辑演绎的原则之下，侦探通过对犯罪现场所留下的蛛丝马迹以及真假证词的甄别与验证，将被撕裂的现实碎片重新拼凑成篇。这个"重构关联"的过程看似是客观的情景再现，却在语言的转译中被赋予了无法估量的虚构性。克拉考尔将其置于20世纪的哲学体系中进行考察，对这一特殊文学类型的审美内涵进行了历史哲学和形而上学的阐释。他指出，推理小说试图用纯粹理性破译犯罪激情背后无法解释的"魔性"：

推理获胜的同时是恐慌的止步，在侦探小说中，一个神秘事件就可以将人们投入恐慌。让人透不过气的不是事件的威力，而是决定事件的因果链条未被识破——不是经由剧院火灾或是梦中景象——在由理性主宰的地区，恐慌恰恰由所有实在的缺席制造，事实本身全无引发恐慌的效果亦要归结于这缺席。[10]

当故事在倒叙的文本中被刻意切割成语言的碎片，而真相也在作为理性化身的侦探口中以"合理"推测的形式被重述之时，便给了谎言与假象可乘之机。在推理小说中，真相的叙述遵循着相似的准则，即"将它们全体捆绑又铸上印记的是它们所证明的以及它们由之产生的理念：全盘理性化的文明社会的理念，对这个社会，它们进行极端片面的把握，风格化地将之体现在审美折射当中"[11]。克拉考尔敏锐地指出了理性在呈现文明图景时的片面性，它的目的在于强调后者的智性特征，而非真实地再现事件的始末。因此，在事实与被叙述的真相之间，是一面由权力话语所竖起的变形镜，将那"被人为阻断的现实怪相"确认为实在的真相。

可以说，侦探小说从诞生之初就孕育着这一悖论性的命题。当阿加莎和塞耶斯等人专注于塑造理性神话时，约瑟芬·铁伊已经开始敏锐地洞悉了理性话语的局限与伪装，在她最优秀的两部作品——《法兰柴思事件》和《时间的女儿》中，铁伊对这一主题进行了深刻的批判性思索。前者是一部兼具推理故事与社会小说双重特征的佳作，作者成功地将社会批判意识融入侦探故事之中，无可争议地提升了后者的文学内涵，大胆新奇的故事情节更令其成为推理小说中别树一帜的作品。后者对"理查三世弑侄篡位案"中的不合理之处展开了调查，通过追溯真相，揭露了所谓历史真实与权力话语之间的复杂关系。铁伊甚至提出了著名的"汤尼潘帝"（Tonypandy）概念，来指代那些由于"在场的每个人"都参与虚构，将一个"完全不真实的故事"逐渐"变成传说"的被"创作的历史"。[12]如果说塞耶斯在类型文学的内部提升了侦探小说的艺术价值，那么铁伊则进一步打破了类型文学与严肃文学的界限，从外部指认了侦探小说的叙事张力。一定层面上，这也正是麦家之于中国当代文学史的意义，即利用类型小说的形式恢复文学"讲故事"的传统，然而就像贺绍俊评价的那样，尽管麦家使用了侦探小说或悬疑小说的外壳,"其内在结构仍是以独立的精英思想为骨骼的"[13]。

《风声》用精巧的叙事手法讲述了一个迷宫般复杂的间谍故事,而这座迷宫的建造者,正是历史话语的诉说者。侦探故事与历史事件并置,互为镜像,以虚构的真相为"序言"进入历史真实的核心场域,既隐喻了历史话语的不可靠,同时也暗示着侦探故事在一定层面上被忽视与误解的现实意义。和黄金时期的西方侦探小说家直接反映现实内容的写作方式不同,麦家的间谍小说以文类本身影射历史叙事的虚构性,因而更接近克拉考尔在哲学层面对侦探小说现实意义的肯定,即作为审美的产物,"去现实社会的侦探小说对这个社会本来面目的展现比这个社会通常能发现的更加纯粹"[14]。麦家在"东风""西风"与"静风"的交互视角中以复调手法再现皮埃尔·诺拉所谓的历史的"记忆之场",和《解密》一样,《风声》也在一定层面上致力于复活被历史叙述"有意或无意消声的群体及其边缘性记忆"[15]。

当作者使用"真正讲故事的高手是生活本身"这一观点时,并不仅仅是在回应由亚里士多德奠定的艺术模仿论,而是为后文解构代表"生活本身"的父辈传奇经历的绝对真实性铺设伏笔。如果说顾小梦的讲述令"我"得以从一个不同的视角重新审视已完成的历史叙事——这里既指代历史本身,又包含讲述历史经历的"我"的小说文本,那么潘教授对前面两位叙述者真正身份的揭露迫使"我"再次回到原先的叙事轨道,并在叙述者的情感纠葛中暗示了历史真实不可避免的主观色彩。真相与谎言不断交叠,历史之真被话语之刃割裂,"我"试图弥合这缝隙,却只是找到更多新的裂痕。故而"静风"绝非真正的静止与客观,它早已深陷历史话语的暴力漩涡,在一片令人目眩神迷的语词碎片中徒劳地拼凑真相。

《风声》也正是在这一意义上颠覆了侦探小说固有的类型特征,即"理性无可争议的胜利"[16],作者展现的是世间万物那万般神秘的逻辑,而个人由于自身的"局限与恐惧"无法洞悉历史的全部秘密,所有的述说归根结底都只是自言自语,与历史/真相的对话也不过是臆想,是梦呓般的独白。小说看似在解谜,实际上却在不断设置新的谜题,反复地自我确认。在顾小梦对李宁玉的妥协中,作者向读者呈现了这一命题的美学意味:顾小梦将自己的行为归因于同情,她的儿子潘教授对此表示质疑,因为他的母亲属于"一群不相信眼泪的人",即以家国情怀隐匿个人情感的理性化身。潘教授因对母亲片面的认知而狭隘地将"同情"理解为对他人苦难的情感反应,由此产生了误解。但顾小梦所谓的"同情"其实更接近于亚里士多德对"怜悯"的定义,换言之,是李宁玉只身与命运对抗的悲剧精神震撼了她,前者戏剧性的表演中有一种惊世骇俗之美,她完全被打动了,迷住了。一定意义上,顾小梦对李宁玉的"示弱"以及后来对丈夫"不可理喻"的"固执"与"绝情"既隐喻着美学力量对理性逻辑的胜利,同时也在某种程度上暗示着作者对作品价值的指认。

二、英雄之争:《风声》中的性别叙事

西方侦探小说因其对逻辑推理能力的强调和暴力行凶场面的描写,被认为具有明显的"男性特征",在早期男性小说家创作的侦探故事中,女性往往只是从属性的边缘人物。[17]这一状况直到战后才发生了根本性的转变。英国古典长篇侦探小说迎来了它的

黄金时期，不仅出现了多位优秀的女性侦探小说家，同时也成功塑造了一系列个性独特的女侦探形象。但在波伏娃发表那部皇皇巨著（《第二性》）提出一切所谓的女性气质都是"后天形成而非天生"的著名论断之前，欧洲的女性主义作家们尚未能意识到赞美女性气质的局限之所在，这一局限在20世纪50年代之前的推理小说中体现得尤其鲜明。阿加莎和塞耶斯等人从未试图挑战女性"天生了解人性"的传统观点，其笔下的女侦探们正是倚靠"女性天生的直觉和生活经验"而非严密的逻辑演绎来破案，[18]这种巧妙的策略性的示弱方式一定程度上也成功瓦解了侦探小说所缔造的理性神话。与此同时，推理小说作为消遣性的大众文化形式本身甚至就构成了女性写作行为的完美譬喻，而前者向严肃文学类型的成功蜕变，恰好象征了女性边缘化地位的提升。

麦家在这里使用了相同的写作策略，而作者的男性身份之所以并未破坏通俗小说形式完美的隐喻空间，主要归功于故事中铺设的性别叙事线索。在这个复调的侦探故事中，作者呈现沉默的女性、主动言说的男性以及被迫发声的幽灵三者对历史的塑造，在性别建构中反观文学史书写，并最终从意识形态与文学象征两个层面颠覆了父权神话。在西方侦探小说里，侦探即是现代英雄的化身，而在《风声》最核心的解谜故事中，侦探则以侵略者和叛国者的面目出现，英雄变成了破坏既定秩序的"元凶"。在这个被赋予了讽喻意味的故事中，英雄从一开始就被剥夺了身份，甚至到最后都未被成功指认，而那位妄自尊大的侦探不得不以一场丧心病狂的集体屠杀来确认最终的胜利，并戴着一张小丑面具仓促谢幕。

在这场角色颠倒的猫鼠游戏中，李宁玉和顾小梦以共同的抗日理想辨识彼此的民族身份，并借助女性神话曾使用的古老语言密谋反叛，最终谱写了包含多重身份象征的英雄传奇。被指认和怀疑的"吴金李顾"，性别身份和敌我阵营一开始就泾渭分明，尽管前者曾一度被后者遮蔽。李顾二人以弱势性别与弱势种族的双重身份出现在以国族叙事为主线的话语场中，而肥原则以男性侵略者的双重优越感进行自我确认和角色构建，甚至在第一回合的失败交锋中，他依然对胜利坚信不疑，以"结局是预期的，乐趣在于赢的过程，而不在于赢的结果"自我安慰。这显然是对古典侦探小说中那些以理性之神自居的现代英雄们的戏仿，不同的是，以福尔摩斯为代表的理性象征尽管无意维护正义，至少也会避免作恶，保持在中性的游戏地带，而肥原却不过是一个装腔作势的恶魔，在他用暴力建构起来的新话语体系中，真正的英雄被剥夺了身份的合法性。

　　侦探小说中的英雄形象是对传统英雄的颠覆，甚至在一定程度上契合于现代主义的反英雄叙事——就像《解密》中的容金珍，他对工作的投入并非源自爱国主义情怀，更多是对纯粹智力活动的狂热，而通过对李顾二人的刻画，麦家成功颠覆了侦探小说的英雄叙事，在某种层面上得以重返传统英雄叙事的轨道。但他并未因此落入传统英雄故事的窠臼，而是以人性的光辉温暖冷硬的理性主义精神，还原英雄神话背后血肉丰满的真实维度。《风声》的独特价值在于，它从性别话语、民族叙事和文本实验三重视角出发，照映出由菲勒斯中心主义话语讲述的人类文明中那被迫沉默的女性群像。即使单纯地将其置于侦探小说自 20 世纪 40 年代以来一度热烈而后逐渐沉寂的性别叙事脉络中来考察，《风声》也是一部相当精彩且颇具深度的作品。作者以李顾二人狡黠高明的

"犯罪能力"映衬肥原自以为是的"破案天才",为整个故事奠定了反讽基调,而在这个充满象征意味的故事中,女性奏响了内在生命的协奏曲。

如果我们从女性完整而未遭损害的生命特征来看待李宁玉和顾小梦的关系,无疑可以更好地厘清小说中隐藏的性别叙事线索。李宁玉与肥原的斗智斗法是整个故事最精彩的核心,她一反父权话语对女性"情绪化"属性的界定,以及传统女性侦探在破案过程中更多倚靠"女性天生的直觉和生活经验"而非严密的逻辑演绎的描述,以超凡的冷静姿态、令人叹为观止的逻辑推理和大胆的实践能力,最终战胜了狡猾的对手,挫败了他以男性特征为基础所建立起的双重优越感。在这个层面上,李宁玉看似被抹去了性别特征,实际上却不过是唤醒了女性在沦为"第二性"之前尚未被剥夺的完整记忆。值得一提的是,《风声》的时代背景正是英国侦探小说的黄金时期,后者对女性侦探形象的塑造为我们从性别叙事视角解读麦家的创作提供了有趣的参照。尽管两次世界大战的爆发为欧洲女性提供了前所未有的工作机会,甚至得以跻身伦敦警察厅,但警界的性别歧视一直存在,不仅没有因女警队伍的扩大而消除,相反,她们的荣誉与成就始终建立在性别差异的事实之上,女警其实很享受由性别界限所带来的成功光环,她们的行为依然带有谦卑的女性特征。

麦家的深刻之处在于,他从后果主义的角度诠释了女性生命可能抵达的完满程度,同时又以新历史主义的批判姿态嘲弄了历史话语的虚构性,令文本充满叙事张力。如果说李宁玉对逻辑演绎的熟稔旨在男性叙述之外重建女性被损害的生命空间,那么顾小梦则象征着情欲及孩童般的任性无知等典型的女性特征,以混乱无序的语言向男性的话语秩序发起挑战。李宁玉用献祭般的自我牺牲在新历史话语的叙事中获得一席之地，而顾小梦则因为不被驯服的"背叛"行为遭到摒弃。在这段被篡改的历史中，她们都是惨遭忒修斯英雄叙事遮蔽的阿里阿德涅，其聪明才智不过是"父辈传奇"的一个和音。真相在历史的重述中不断被挖掘，此时，昔日的主旋律沦为一章序曲，作者让顾小梦再次进入历史叙事内部，揭露谎言的同时也将自己为权力话语所暴力鞭笞的精神创伤暴露于世人眼前。

在一定意义上，李宁玉代表了民族性的历史伤痕，其抗争之中从未出现过属于她个人的声音，顾小梦则更多地隐喻着被压迫被损害的女性个体的反抗。从她一开始拒绝父亲的保护选择加入军统，成为"父亲的搭档"，到发现丈夫的欺骗之后愤然"抛夫弃子"，孤身一人辗转几千里逃去了台湾；从买凶暗杀侮辱自己的肥原，到愤然指责前夫与儿子对历史真相的扭曲，顾小梦演绎了和李宁玉迥然相异的斗士精神，并完成了由女儿、妻子、母亲到自我的主体建构之路。但这一切，都建立在李宁玉为之奋斗的民族独立的愿景之上。而无论从传送情报的故事层面还是意指女性在历史叙事中进行身份确认及主体建构的象征层面来看，顾小梦都是李宁玉英雄事业的继任者，因此她的"西风之音"不单单是对那一段历史真相的钩沉，也是沉默女性的一声集体呐喊，更是作者决心挑战当代文学书写范式的革新之举。尽管此举导致它同主流话语产生了可见的裂隙，但又因作者在这里回应了五四以来现代文学书写史上新女性与国族叙事的隐喻关系，使他的另类写作成为当代文学本身的一次自我纠偏。

三、类型之辩：严肃主旨与游戏趣味的融合

在《风声》中，国族话语遭遇了智性叙事的冲击，令小说具有极强的可读性，并明显带有古典侦探小说的游戏旨趣。自十九世纪中期爱伦·坡创作《莫格街谋杀案》以来，一直到鼎盛的黄金时期，侦探小说都因偏重纯粹的解谜过程和游戏旨趣而呈现出令后世批评家褒贬不一的"闲适"风格，即使在塞耶斯和铁伊野心勃勃地赋予侦探小说以严肃文学主旨之时也仍旧竭力维持这一风格不遭损害。麦家以轻松诙谐的语言回避了事件背后的历史沉重性，将一段水深火热的民族斗争压缩进两个个体间的博弈，在游戏场中展开故事的叙述。

小说以激烈的戏剧性冲突开场，叙述节奏紧凑，高潮迭起。由于作者的巧妙安排，故事背景中所包含的那一段沉痛血腥的民族苦难史被肥原与李宁玉间的个人冲突所掩盖，而看似游戏般的智力较量则淡化了战争的刀光血影。正因如此，和《刀尖》系列相比，《风声》的可读性在一定层面上要更强。指认"老鬼"的间谍身份本该是迫在眉睫十万火急之事，当王田香等人为对手的狡猾着急慌乱时，肥原却"慢条斯理"地宽慰前者，"狡猾好啊，狡猾才有意思嘛"，为了获取心理上的"成就感"，他暂时搁置了现实身份进入游戏场域，为任务的受阻而兴致勃勃，"乐在其中"。其后，他精心布下一个又一个彰显智慧的陷阱，设下一条又一条让人防不胜防的毒计引诱对手露出破绽，不料却被对方一次次见招拆招，化险为夷。最精彩的场景之一当然是两人在后院山坡的那番对话，肥原企图利用吴志国的诈死迫使李宁玉就范，然而一番较量之后，肥原再次败北，他非但没有恼怒，反而对她大加赞

赏,"我喜欢你,你的智力不俗,你的心理素质很好。但是我更喜欢抓住你,抓住你这种共党会让我有一种成功感"。由此可见,肥原真正追逐的是挫败一个势均力敌的对手所带来的满足感。

麦家将宏大的国族叙事撕裂开来,为通俗文本"讲故事"的"本能冲动"留出了空间。为此他不厌其烦地描述逻辑链条上的每一处细节,吸引读者在智性游戏的场域之中感受类型文学丰富的表达空间。麦家从一开始就非常注重小说的故事性,他曾在访谈中强调"小说归根结底是不能抛开故事的",现代作家更应该"理直气壮地讲故事"。[19]然而麦家的故事毕竟不同于古典笔记小说与传记小说中的记叙,张光芒认为他的创作中饱含席勒所谓的"游戏精神",其小说叙事"总是善于营造难度系数极高的技术动作,在智性领域、特情场景、神秘地界煞有介事地给你讲着奇妙的故事,这些故事虽然不乏扣人心弦的紧张和刺激,但它既非以感性叙事或欲望叙事来进入,又不能单凭理性的心智就可以解释",[20]可谓一语中的。

尽管麦家非常重视讲故事的技巧,却从未止步于一个"讲故事的人",在其故事旨趣的背后,细心的读者总能发现作者深刻而严肃的人文关怀。正如作者所说,写作《风声》不只是为了在技巧层面呈现一个"惊险的逃逸魔术",还要借此丈量一个人的智力深度以及信仰的力量,"在一种惊心动魄的心智较量中,为人性那无法度量的边界下一个'我'的注脚"。[21]对人性的挖掘是颇受侦探小说家青睐的主题之一,但他们往往更侧重于描写人性与罪恶之间的关系,贪婪、冷漠、虚伪等等犯罪动机中所呈现出人性的阴暗与软弱。麦家却着意于摹写人性中坚韧而纯粹的强大力量,及其如何在一个倾圮的世界中构建希望与秩序。

195

另外，侦探小说（尤其是传统侦探小说）惯常侧重于抒发侦探形象中近乎神性的色彩，而刻意忽略他们作为人类生命个体的脆弱与极限，呈现出去人性化的生命特征。很大程度上，侦探只是理性而非正义的化身，理性是不折不扣的至高准则，理性之上，必须空无一物。在克拉考尔看来，侦探之所以徒有英雄之表，是因为他拯救和维护的只是他自身。为了完成理性的客观指令，他必须免去同世俗熙攘的纠缠，以便能够随时全力以赴，而作为智性的化身，他注定孤绝。麦家却着意于表现生命的浓墨重彩，刻画人性中真实而复杂的冲突。他笔下的人物，诸如李宁玉、顾小梦、容金珍和上校，都有着各自的缺陷甚至污点，作者非但没有将他们神化，反而突出了他们比普通人更加脆弱的特征，赋予了笔下人物温暖人心的力量和精神。正如作者自己在访谈中所说，当代文学早该从对庸俗人生和欲望叙事的沉迷中振奋起来，重建"一种健全、有信念、充满力量的人生"，[22]因为小说并非只是一场热闹的文字游戏而已。这是《风声》以模仿侦探小说始并以超越类型书写终的重要原因之一。

注释：

[1] 季进、臧晴：《论海外"〈解密〉热"现象》，《南方文坛》2016年第4期。

[2] 王迅：《文学输出的潜在因素及对策与前景——以麦家小说海外译介与传播为个案》，《文艺评论》2015年第11期。

[3] 时贵仁：《古筝与小提琴的协奏曲——麦家文学作品走向海外的启示》，《当代作家评论》2017年第2期。

[4] 吴越：《"麦氏悬疑"拓展西方读者群》，《文汇报》2014

年2月25日。

[5] 郭恋东:《跨语言及跨文化视角下的〈风声〉英译本研究》,《小说评论》2020年第4期。

[6] 谢有顺:《〈风声〉与中国当代小说的可能性》,《文艺争鸣》2008年第2期。

[7] 西格弗里德·克拉考尔:《侦探小说》,黎静译,北京大学出版社,2017,第19页。

[8] 作者在这本小说的结尾并未明确揭露凶手的名字,而是在对所有的细节进行了分析了之后将最终的悬念留给了读者自己去解答。

[9] 麦家:《风声》,北京十月文艺出版社,2018。后文中凡出自该书的引文不再一一注释。

[10] 西格弗里德·克拉考尔:《侦探小说》,黎静译,北京大学出版社,2017,第112—113页。

[11] 同上,第20—21页。

[12] 约瑟芬·铁伊:《时间的女儿》,王星译,新星出版社,2012,第119—120页。

[13] 贺绍俊:《麦家的密码意象与密码思维》,《当代文坛》2007年第4期。

[14] 西格弗里德·克拉考尔:《侦探小说》,黎静译,北京大学出版社,2017,第38—39页。

[15] 秦烨:《麦家与世界文学中的符码叙事》,《中国现代文学研究丛刊》2019年第10期。

[16] 西格弗里德·克拉考尔:《侦探小说》,黎静译,北京大学出版社,2017,第171页。

[17] Carla Therese Kungl, *Women writers and detectives: Creating Authority in British Women's Detective Fiction 1890-1940*, Diss. Case Western Reserve University, 2000, p.9.

[18] Ibid., p.34.

[19] 麦家、季亚娅:《麦家:文学的价值最终是温暖人心》,《文艺报》2012年12月12日。

[20] 张光芒:《麦家小说的游戏精神与抽象冲动》,《当代文坛》2007年第4期。

[21] 麦家:《孤独和单纯的写作》,《大众电影》2009年第22期。

[22] 麦家:《〈暗算〉是一部"档案柜"小说》,《江南》2009年第1期。

耻之重与归家的解脱

陈晓明　北京大学

麦家养气静心数年，读书、思考、写作，近期出版《人生海海》，风格与品性与他过往的作品有所不同。但是，麦家是一位风格标识非常鲜明的作家，当然还是有他一以贯之的个性气质。多年前的《解密》《暗算》《风声》就以他自己独有的从军经历所体验到的某种人生经验，进入幽暗的通道写作。他擅长在特殊的境遇中，甚至在军事的氛围中，准确把握一种生存事相，在黑暗中写作使他获得了一种形而上的意识，或许还带有一种忧患意识，那是常人所不能轻易洞察、洞悉、领悟的复杂性和神秘性。所以他的作品总是触及生存世界和命运的幽暗之处。这是麦家小说最为独特和吸引人的地方。

当然，作家能够写敞亮的方面，始终追求敞亮，即使写再阴郁失败的人生，也能写敞亮，写得特别地透彻，总有明亮的气质不断跃动出来，这是一种作家。例如，苏童和阿来，无疑他们的作品和风格是极有魅力的。另有一种作家能够写出幽暗，能够把人生推到一条狭窄的道路上去，让他们在命运的绳索上行走，甚至在刀锋上行走，那种阴郁、幽暗惊心动魄。余华曾盛赞麦克尤恩说，他是在刀锋上行走的人。实际上余华何尝不是在刀锋上行走的人呢？那是惺惺相惜。麦家又何尝不是在刀锋上行走？麦家有一部小说名字干脆就叫《刀尖》，此外还有《风声》《风语》，在刀锋上行走，耳边只有风声风语。麦家的小说沉入幽暗，他的小说是用来听的，他总是引导你去听，在黑暗中听到这个世界发出的低语。麦家在他的小说道路上孤军深入，走得很远，仿佛他的每次写作都要绷紧自己的神经。他把自己逼到悬崖上，抵达黑暗处，写作才落下来，小说才会呈现出那种内在往里走的幽暗和那种细腻的东西，而且能够拧成一根线。

这就像古希腊神话里的阿里阿德涅，她用那根线把雅典王子忒修斯从迷宫里面引出来。读麦家的作品，你会感到有一根线，把你引向迷宫的深处，但是他不负责把你引出来。这次我读到他的新作《人生海海》，我感到麦家要用一根线把大家从幽暗里带出来。这是让我惊异的地方，这就是他的《人生海海》和过去的作品不一样之处。在过去的作品中，可以看到麦家会利用一种氛围、一个事件或一个圈套来建立起谜一样的故事的整体性，人物被放在结构里面才起作用。《人生海海》角度调整了，是以人物来带结构，而且带得这么自由，甚至带得有点轻松和放任。例如，小说的后半部写得特别放松，有一种回归，是一种归家的感觉。这让我非常惊异，他过去的小说不是这样的，他是一直把你逼到绝路上。但是这次，麦家突然间要出来，他要归家。

《人生海海》是一部很丰富的作品，这篇短文可能不一定能把握得那么准确，但是这部小说很明显要回到人本身，紧紧抓住人，抓住生命，抓住生命本身。麦家这次通过一个人一生的遭遇来展开故事，他要去探究生命、人和家的归宿的关系，这是让我感到《人生海海》值得重视之处。

麦家这次落笔处在他的家乡（当然只是类似的家乡），叫双家村，小说开篇笔头就对准了全村最出奇古怪的人。这个人当过国民党，理所当然是反革命分子，理所当然是革命群众要斗争的对象，但是，群众一边斗争他，一边巴结讨好他，甚至尊重他。谁家生什么事，村里出了什么乱子，都会去找他商量，请他拿主意。当然，最奇怪的是他是"太监"，据说那地方少了东西，但是，小孩子们经常偷看那个地方，好像还是满满当当的，有模有样的。大家叫他"太监"，但"太监"另一个绰号是"上校"，这又是他的经历留下的人生印记。小说的叙述人"我"是一个孩子，从孩子到长大成人，我不断地回忆、观看、讲述"太监"或"上校"的故事。但是，这个故事并不是那么容易讲明白，"我"的视点有局限性和不可靠性，很多靠臆想推测，当然也有不少的蛛丝马迹，这就回到了麦家讲故事的方法。不过，这回却是放在明面上，"我"是根据那些在明面上的事情来讲"太监"／"上校"的故事。

这部小说探究了一个乡村青年如何卷入了20世纪动荡不宁的拼杀的历史，既成就了他的传奇生涯，又在他身上刻写了耻辱的印记，最终唯有归乡的爱才是生之安放的处所。小说题名"人生海海"，来自闽南方言，形容人生复杂多变，像大海一样宽广，什么事都要容得下，人生是要去活，而不是去死。

麦家说，这本书献给父亲，更准确地说是献给父辈。他看父辈那代人，身上也是刻满了耻辱，他们心中有爱，也有恨，但他们都挺过来了，活下去的信念是他们能够穿过时代的精神源泉。

麦家是一个内省意识很强的作家，对于他来说，这一切都源自他的内心经验。在他表示这本书要献给父亲时，他的写作一定有作为儿子的心理经验，作为儿子的"负罪感"。在一个对话场合，我首次听到麦家说起他的儿童时期的心理经验。10岁以前连续四五年他反复做一个梦,梦中总是飞来一只大黑鸟把他叼走,把他从村庄里带走。显然,他想逃离这个村庄。但这样的逃离之路并不容易,更不美好,一定是伴随着惊险和恐惧。小时候因为爷爷是基督徒,外公是地主,他觉得自己"天生有罪",但是要逃离这个村庄,就要有英雄的力量。法国的作家莫迪亚诺说,他是一个躲在影子里的人,麦家则像是要逃出那只大鸟的阴影。把童年的经历和内化的经验转变成文学,并且烙上印记,这也是麦家的独特之处。他是一个有内心生活、有内心深度的作家。所以他的英雄都是要在黑暗里开辟出自己的道路的人,原来那是摆脱命运的逃亡之路。他早先作品里的人物容金珍、黄依依、瞎子阿炳等,都是这样的人物。现在轮到这个"太监"/"上校"。

  这部小说用两个支点——"上校""太监"来推动叙事进行。小说很少提到"上校"的原名,全书只出现两次,一次是出现在批斗会的黑板上,用红白双色粉笔写着一排大字:"蒋正南批斗会"。另一次是公安局来村里张贴的公告上。两次都是出现在政治斗争的语境中,作为一个被斗争的对象,他才获得一个真名。而对于村民来说,他并没有真名,他是"上校"或"太监"。这两个绰号带有玩笑性质,一开始是用开玩笑的方式,到后来却变得越来越严肃,越来越认真。"上校"代表一种历史,代表一种英雄的身份;"太监"代表个人,这是历史刻写在英雄身上的耻辱。小说开篇这个人是"反革命",接下去才是"上校",有点像玩魔术翻牌一样,"太监"其实藏在"上校"里面,是"上校"最不堪的耻辱,连"上校"自己都不敢面对的耻辱,他一直在隐瞒,害怕被别人看到。仅仅是怀疑小瞎子看到,"上校"就要弄死小瞎子。麦家在写一个人深重的耻辱时,有意用玩笑的笔法,甚至不惜用粗俗的玩笑的笔法来写：怎么就没有了家伙，或者据说刻了字在肚脐下。看上去一向严肃的麦家，这回要对人的痛点开玩笑，小说里面的玩笑开得有点让你觉得受不了，但是你可以看到麦家就是这么来一手把小说逼到绝路上。他要把20世纪的大历史中一个人的耻辱装在粗俗的玩笑里。

小说越往前推进，"太监"的悬念越是起到了推动的作用，准确地说是破解刺在肚皮上的几个字成为小说叙述的推动力。麦家的小说叙述可以归结为牵引出一根线索，就在于他能在小说步步深入中聚焦于某个看似简单的事相，把它抓住，反复掂量。麦家写小说的特点在于此，直至抓住很简单、很质朴的东西，他也就自由了，他可以让它来引路，它把故事带到哪里都可以。对他来说就是那种烙印的东西，它们是路标。《解密》《暗算》《风声》《刀尖》等，他都在一大堆障眼法之后抓住一种基本的东西，而后去行走，在黑暗中行走。因为他看不清道路，他的小说不给你看清道路，道路就在脚下，行走便形成了道路。当然，很大气的小说是另外一种做法，这里没有孰高孰低，只是风格上或者形式方法上的差异。像《白鹿原》《丰乳肥臀》那种小说是大路通天，画卷般展开背后的历史。但是麦家的小说是要抓住很小的东西，他在很小的路上行走。而且，他要摸黑行走。可以说《人生海海》在某种意义上还是秉承了他早期受博尔赫斯影响的讲故事方式，但是史蒂芬·金的阴郁和诡异已经完全去除了。同时也可以看到麦家把小说的叙述视角放得更平、更近，也可以说放下了，放得更轻松了，不像原来拎得很高。

《人生海海》里的故事曲里拐弯，明暗交替，若隐若现。小说一边讲述"上校"打日本鬼子的英雄传奇，另一边又写他在国民党特务机关左右逢源，在女人堆里眠花宿柳，正是后者，让他身上留下耻辱印记。小说通过林阿姨的讲述，写"上校"被解放军俘虏，作为外科医生被解放军留用，他出生入死抢救伤员，在朝鲜战场上奋不顾身，还救了林阿姨一命。按说"上校"是立下了赫赫战功的，但他后来的命运却是被打成反革命，被推到斗争现场会上，公开羞辱，或者五花大绑关到黑房子里。这个叫作蒋正南的人，名字早已被人遗忘，开始还有人称他为"上校"，后来只剩下"太监"。所有的人只对他隐秘的、耻辱的历史感兴趣，都想揭开耻辱的真相。结果他打断看守他的小瞎子的筋骨，带着老母亲东躲西藏，被公安部门四处通缉，没有安身之处。最后当然难逃法网，母亲被判三年徒刑，"上校"则被公判大会宣判。然而，就在这个关键时候，老瞎子领着小瞎子一伙人要扒开"上校"的裤子看刻在他身上的字，"上校"疯了一样跑下台。从此"上校"疯了。

　　在那样的年代，人们不惮把最大的恶意表现出来，"上校"身上竟然藏着罪与耻的印记，这使很多人都想目睹真相。可怜的"上校"还想掩盖罪与耻。麦家在写"上校"的罪与耻时，让我想起库切的《耻》。库切的《耻》是个人的耻，是个人在生命经验中遭遇的一种破碎。在麦家的《人生海海》里，我们看到是20世纪的历史怎么镌刻在一个人的身体上，所以把它打开来是那么困难，因为那里面太幽暗了。这样的历史难以书写下去，麦家也不愿意再去书写惨烈的故事。麦家笔锋一转，一年后，一个女人来认疯掉的"上校"，她就是和"上校"在战争中一起战斗的女军医，"上校"管她叫"小上海"。二人出生入死，上校救过"小上海"的命。"小上海"历经磨难，竟然在这个时候找到"上校"，要与"上校"成婚。"上校"与"小上海"的故事，散发着短暂的英雄主义光芒，"上校"的英雄豪情对他后来的遭遇是一个讽刺。"上校"的人生在他疯掉的日子里有了转机，爱降临到他身上。"小上海"就是故事的讲述人林阿姨。毫无疑问，林阿姨就是观世音重现。

小说出现如此的转机，如何理解？当然，麦家高超的叙述技巧会让讲述在不经意间出现转机，转得自然而然，不知不觉。爱和光亮是一点点渗透出来的，是从里面、从黑暗的中心透出来的。

不如此，又如何呢？蒋正南的上校史、太监史都是耻辱史，那样的历史只能被隐瞒，不能见天光。他因此只能打光棍，不能有婚姻，他的一生只能与爱无缘。这样的人生怎么办呢？他如果要活下去，只能深藏历史，不去面对。也只有那一天，他疯掉了，爱才会降临。只有等他疯掉，不知世事，他才回归平静，爱来到他的身边，但于他有多少意义呢？

如此的人生，总要有一个解决方案，总要有一种放下。小说的后半部分或者小说的结尾部分，归家和爱的到来的处理多少有些令我意外。这与麦家过去的小说手法有点不同，他过去并不寻求明朗的解决，甚至一直硬到底。现在，麦家开始放松了，他也寻求归家、和解和爱，用爱来和解。因为20世纪的历史刻写在一个人身上的耻辱太重了，他不能面对，甚至都不能让别人看到，任何人都不能看到，他愿意就此终结自己的人生。那怎么办？唯一能够救赎的就是爱与和解，也没有其他的办法去面对了。20世纪充斥了太多的战争和动乱，生长于这样的历史中，每个生命都经历了冲击和磨难。对于"上校"或"太监"来说，他是没有办法将生命再展开的，他的生命已经被历史终结了。所以他最后退化成一个儿童，林阿姨说，你把他当成五六岁的儿童就行了。他已经没有办法面对他的历史。很显然，麦家还是想给上校一点最后的温暖。"林阿姨"出现了，都是劫后归来，同病相怜，相濡以沫。林阿姨用文身技术抹去了让他屈辱的几个字，她在上面文了一幅画，那是一棵树，树上垂着四盏灯笼。林阿姨用树和灯笼的形象遮盖了历史的耻辱。不管这是否有效，历史需要遮蔽，不是为了遗忘，而是无法面对。

《人生海海》昭示的爱会是我们生存的基础吗？人心之恶与人心之爱，是人的主体生发出来的主动性，还是被历史和生活情境激发出来的能量？确实很难回答。不管历史给人多重、多深的耻辱，最终只能由爱来拯救。这部小说提出了一个新的命题。不管今天我们怎么看待生活，怎么看待我们过去的历史，《人生海海》的结局昭示：唯有归家和爱，才有身体和灵魂安放的处所。这种爱是什么样的一种爱？托尔斯泰说，幸福的家庭都是相似的，只有不幸的家庭才有各自的不幸。套用这种句法，或许可以说：恨其实只有一种，所有的恨的类型都是一样的，都是至死的恨；恨只有一个面向，面对死亡的向度。而爱是千变万化的，爱是无穷无尽的，任何一种爱都可以是不一样的，这个小说最终还是写出了一种爱。

也许20世纪并不像巴迪欧所表述的那样——"短20世纪"，或许历史会传奇般地重新被激活，更恰当的表述可能是"漫长的20世纪"。那样的话，"爱与和解"如何面对这样的"漫长"呢？这是未来麦家需要面对的问题。

丰盈的人生与极致的叙事

——论《人生海海》

季 进 苏州大学

一

麦家新作的出版，距其上一部长篇《刀尖》（2011）的出版已经有八年之久。这八年或许在不少人眼中算不得是一种蛰伏。这期间英文版《解密》（2014）入选"企鹅经典文库"，又被《经济学人》评为年度全球十佳小说，以此为契机，麦家作品在欧美世界风行一时，洛阳纸贵。如此可遇而不可求的荣光，不仅让麦家本人风头大盛，更成为中国当代文学走向世界的里程碑式的见证。麦家也因此获得了2018年度"人民文学奖"的"海外影响力奖"。从《解密》到《暗算》，从《风声》到《风语》，再到《刀尖》，麦家在谍战或密码世界中埋头深耕，以一种冷静精细又饱含力量的叙述姿态，不断书写缜密的情热、疲惫的亢奋、隐秘的伟大，把这类故事演绎到了极致。这些如雷贯耳的书名，也与麦家其人形成了一种彼此建构、黏着成长的状态。

对于猝不及防、风涌而来的声名，麦家当然是感恩与感叹的，毕竟他的写作曾经伴随了太多的坎坷与周折，现在功成名就，怎能不感慨万千！但是，巨大的声名也衍生出一个尴尬的局面，不少阅读者与研究者都轻忽地将其作品归到了类型小说的定式想象之中，却忽略了作者更为用心的小说文本的深层意蕴——人性的解码。小说中的谍战迷宫或密码世界，确实充分显示了麦家对故事本身与叙事行为所具有的强大的掌控力，但也让我们感知到了他对刻画与成全一种孤独、崇高、悲怆的精神力的执着。麦家笔下的容金珍（《解密》）、安在天（《暗算》）、顾晓梦（《风声》）等诸多英雄，多半有着超人的智慧或过人的胆识，阴差阳错走进了神秘的非人行业，从事着抽离出正常人际关系的地下工作。不论是解密、听风还是捕风，似乎都并置了有法可循的数理逻辑与失控玄奥的自然规律，在杂糅了国族、战争、权力、生命、感情的宏大背景下，观照主人公内在的面向如何实现与外互动，如何呈现出一种奇诡的状态。他们身处具有象征意义的小房间或封闭的环境中，却又亲身经历并制造着外面的一切，甚至被激发出某种超人的精神，与外面的世界实现遥远的共鸣，悄然扭转外面的现实。麦家作品中的能量与野心，不断地将我们引向对人性、对生命、对信仰、对精神的思考。那些对他作品的简单分类，让我们感到了深深的不安。

细读麦家的小说，我们可以隐约勾勒出文本背后一个淡到透光但纹理鲜明的麦家的影子。正如所有严肃作家一样，麦家的写作姿态是一贯的，在如何写作以及通过写作传达什么的问题上，他始终保持着自己锲而不舍的追求。这一追求的边界或许模糊多变，但它的内核始终是明确清晰的，那就是人性的解码与追问。用麦家自己的话说，他小说中的密码只是噱头，真正的密码是人的内心。正是这种内在的品质，使得麦家小说获得欧美读者的追捧，在世界文学的意义上让西方读者进入了遥远中国的历史空间，折射出中国文学的独特光芒。几十年的生活、写作与思想经验让麦家可以更高效、更坦诚、更深刻地表达他对世界、对历史、对人生的思考。麦家这八年不是在冬眠，而是在蛰伏，在延续一种内在的力量，酝酿一种全新的呈现。果然，麦家刚刚推出的长篇新作《人生海海》不负众望，惊艳登场，以细密的叙事，讲述了一个让人欲罢不能的传奇故事，人性与命运、偶然与必然、记忆与铭记，构成了一个独一无二的文本世界。这部新作与此前的作品既有联系，更有突破。破而后立，是需要很大的勇气的。对于一些读者来说，脱离了谍战或密码题材的麦家新作，就像一本掩去了作家姓名的小说，然而，捧读之下，可以发现这部新作依然闪耀着文学的光芒，麦家小说的内核一以贯之。这或许也再次证明了麦家此前的作品不应该简单地视为类型小说，某种意义上，麦家以自己的新作，把自己从过去简单化的分类中"救赎"了出来。

二

《人生海海》由三个部分构成，彼此照应，环环相扣，细密精致，自成一体。三个部分以叙述者"我"从孩童到中年人的浮沉成长加以串联，叙述了上校跌宕起伏的一生，以及周围人各不相同的命运。小说塑造了上校、爷爷、父亲、老保长、小瞎子等独具个性的人物，也折射出了中国社会从抗战到"文革"到改革开放再到当下的历史纵深。每个人都是大历史中的小人物，神秘的命运之手提着线，牢牢牵引所有人的命运。即使强悍、传奇如上校，也难逃历史的播弄、人生的无常、命运的操纵，最终复归孩童，一切清零。

小说的叙事结构、叙事视角与叙事声音都是作者用心用力之处。麦家的设计与处理似乎可以假借本雅明"讲故事的人"的观点来加以解读。本雅明把"讲故事"视为自史诗时代以来就一直存在的经验与记忆的塑造方式。讲故事者与听故事者，通过记忆中的相似经验被整合到了一个"讲故事"的话语实践之中。"讲故事的人取材于自己亲历或道听途说的经验，然后把这些经验转化为听故事人的经验。"[1]小说中不论是叙述者"我"，还是老保长或林阿姨，都承担了讲述一个时间跨度颇大的故事的艰巨任务，而"我"以外的人所讲述的故事，最后不但变成"我"与诸位听者共有的人生经验，也成为故事的语料，从而使得"我"可以不断地复述故事，于是每个人所讲的故事都成为"我"所讲的故事（也是这部长篇小说）的有机组成部分。借用本雅明的话来说，小说中的"我"，具有"回溯整个人生的禀赋"，"他的天资是能叙述他的一生，他的独特之处是能铺陈他的整个生命。讲故事者是一个让其生命之灯芯由他的故事的柔和烛光徐徐燃尽的人。这就是环绕于讲故事者的无可比拟的气息的底蕴，……在讲故事人的形象中，正直的人遇见他自己"。[2]

小说颇为大胆地采用了第一人称的叙事视角，但小说叙事其实是多声部的"我"的接力与故事的接力。麦家在处理第一人称叙事上颇为老到，干净清晰的指示词与叙事者的串联使得小说有着全局性的视野，一环套一环，张力丰沛，层层起伏。小说的三个部分以叙述者"我"的成长为线，共二十章、一百节，按时间顺序排列。在交代"我"的年纪时，文本模仿记忆，呈现出一种由模糊至清晰的变化。第八节时"我"五岁，而在通往第九节的两页纸中，文本提示上校的奇人奇事和与"我"家的羁绊，"我"见证了上校如何救下吃农药寻死的小爷爷，也见证了小爷爷如何一步步恢复健康，自己也从五岁到七岁再变成了十一岁。而在十一节中，叙述者"我"又回溯到了九岁，到了十八节，又跟着时间流转过上了十四周岁生日，十四岁第一次失眠之后，记忆叙事中的"我"便一年一年地顺序成长。这样的处理可见作家一番苦心。正是因为在回忆时，有了理性的指导与照顾读者的考量，"我"这样抱有"讲故事"的目标的叙述者才会尽量理出一条好懂的故事线，故而须得在记忆中重建逻辑，在故事的连贯与事件的真实之间调停，同时，又流露出一些孩童回忆的模糊与跳跃。随着故事的推进，叙述者日益长大，记忆模式也更为清晰可靠，也就鲜少再以直接提及具体年岁辅助叙事。

　　听故事的人终要成为讲故事的人，而换了一张嘴说出来的故事并非简单的经验累积与传递，讲故事的人的复述，已经整合叠加了记忆中的相似经验，从而改造了故事，在故事中留下了自己的痕迹。小说中几个讲故事的角色，年纪、背景、思维模式不一，各有一套语言系统，择取的视角、策略也大不相同。一个故事在众人间口口相传，转为下一个说故事的人的经验，用新的语言模式再说出来，效果、意味、影响也自有变化。麦家在各具个性的讲故事的人之间不断切换口吻、更改说话习惯，这些讲故事的人，又相互补充，颇为出彩。小说第一部和第二部关联颇大，却也见证了孩童与少年的分野。第一部分正如"我"对自己的形容一样，像"一只黄嘴鸟，藏不住话"，尤以短句居多，甚至有定论的意味，直率坦诚，充满表达欲，抓住人一股脑地说个不停，还有些孩子气的霸道。"我"列举与描述时往往不吝篇幅，二字、三字、四字短语从来是成群出没，节律感十足，读来格外爽辣。不过短句与短章节的设计，容易使得文本节奏偏快，此时麦家显出了技巧上的敏锐掌控，往往以写长时段的事件加以平衡。到第二部时，"我"已是少年，所以文本不但在排篇布局上愈加醇熟，"我"的感官也越发敏感，对感官的关注与描述的渴望也愈发强烈、自觉，思考也趋向深入。

三

麦家在《人生海海》中并未"为破而破"，那些不可揣摩的人性与命运仍是他关注的重心，那种环环相扣、紧张揪心的悬疑设置依然得心应手，甚至有的地方与《日本佬》《汉泉耶稣》等旧作也是声气相通，不论单读或是并置都十分好看。为了证明上校的清白，老保长选择对爷爷说出一段惊悚的上海往事，也解答了为何他不像大家所想的那样痛恨上校，反倒在其被迫害时挺身而出，为其辩白。老保长讲故事的安排，不单添置了悬疑元素，也让老保长带领听者亲身重现"讲故事"的话语实践。老保长讲述的思路屡次被打断，故事游离时反复被拨正，偷听的"我"和直面讲述者的听者（爷爷）都充满着对故事的渴望。正是这种渴望与老保长被回忆调动起的兴奋的共同作用，使老保长这个"讲故事的人"的形象在这段酝酿良久的叙事中获得呈现，烘托气氛，制造悬念，几乎是驾轻就熟。老保长重温着身临其境的感官挑逗，讲述了一段自己如何卷入上校的人生世界的故事。上校为了完成任务，与"女鬼佬"（日本女人）们进行情色交易，在阴鸷浮夸的情欲里咬住高尚光明的意念，也指向了肉体欢愉背后被悬吊的身份痛苦。

此前叙述者"我"偷听小瞎子逼供上校，虽然没有听到关键部分便险被发现，仓皇溜走，但在忘情的状态下无限想象了听到的部分，化归为自身的经验，或者说一种并未得到却有了基点以供想象的经验，从而唤起了少年的欲念。"即使他不赶我觉得也该走了，因为蚊虫实在太多，咬得我浑身痒。刚才我不敢挠，回家的路上我使劲挠，越挠越痒，越痒越挠，挠得手臂上、脚关上都是红疱子和血印子。睡觉时爷爷发现我身上这些红疙瘩，连忙拿来杨梅酒给我擦身子，一边数，总共数出二十七块红疙瘩，简直是遍体鳞伤啊。"麦家此节的处理十分有味道，少年不懂得被唤起欲念的感受，态度模糊而羞赧，拒绝直面欲念，却又沉溺诱惑，只好给自己找借口，将红肿与瘙痒归咎于讨厌的蚊虫。在麦家有意无意的叙述中，蚊虫伤肿不妨视为一种自我对外界的裸露，也是少年欲念经验想象的表征，而这些成为借口的伤口很快便引出了"强加"在父亲与上校之间的情欲。

上校的腹部被疑似川岛芳子的日本女人文了一行字，这行字是串联起上校、上校的妻子林阿姨、小瞎子、"我"一家命运沉浮、荣辱悲欢的重要线索，也是读者跟随叙述者不断追索、欲罢不能的悬念，此处不宜揭晓。小瞎子没有看清这行字，却以此造谣上校是鸡奸犯，并直指父亲是上校的秘密情人。父亲"雌老虎"的外号与两人从小到大的亲密行径，使得所有人对此都深信不疑（母亲似乎很少提及，一方面确实反映了乡村女性话语上的沉默，另一方面也使二人关系更显暧昧），爷爷也因此险与父亲决裂。尽管小瞎子造谣的根据被爷爷设计破坏，但"雌老虎"与"太监"之间仍有一种说不清的隐秘狎情。在小说最后，学会上网的小瞎子声称与"我"父亲有过性关系，父亲的报复仿佛是在完成对上校未完成的爱恋，确实拖了一条悬念的尾巴。

那行刺在上校肚皮上的字作为其一生无处诉说的屈辱的源

头,在被刺上的同时便已挑衅、反转了上校的自尊。"女鬼佬"在他的肚皮上用针刺字,以精细的针头,讽刺着上校的男性力量和自尊。上校的肉身体会的痛苦是卑微的、复杂的,要靠意志和理想的支撑才能忍辱负重,暂且忘记创伤。但是,时间并没有冲淡上校的屈辱,相反,上校的记忆却不可思议地变得明晰与深刻。刺字的记忆,成为上校必须承受的精准的羞辱,这又与上校高超的医疗能力相映照,上校正是凭借着精准的手法成就了自己的事业。无论是小瞎子的造谣、上校为了封口对小瞎子的惩罚,还是爷爷对小瞎子"以毒攻毒"的炮制,无一不是"精准作案",越是要消解掩饰那行字,却越是让那行字变得无比扎眼。麦家几乎没有对上校的心理世界进行正面的揭示,而这行字却让整个小说变得惊心动魄,实在是深谙讲述故事之道,"使一个故事能深刻嵌入记忆的,莫过于拒斥心理分析的简洁凝练。讲故事者越是自然地放弃心理层面的幽冥,故事就越能占据听者的记忆,越能充分与听者的经验融为一体,听者也越是愿意日后某时向别人重述这故事"[3]。

  刺在肉体上的字和它所裹挟的痛楚、羞辱是上校无法忘却的,而这些来路即是罪孽的字所引起的轩然大波,又将"我"的整个家族的生活搅得天翻地覆,带来了根植于心的耻辱,制造了无法忘却的记忆。"大哥是去了秦坞,一个偏僻小山村,做了倒插门女婿。在生死面前他躲过一劫,但在荣辱面前,丢尽了脸面。长兄如父,再穷困潦倒的人家也不会把长子拱手出让,这是一个破掉底线的苟且,形同卖国求荣,卖淫求生。这是生不如死,是跪下来讨饶,趴下来偷生。我忽然明白,即使村里人已原谅我们家,但我们家却无法原谅自己,甘愿认罚赎罪。爷爷寻死是认罚，大哥认辱是认罚，二哥年纪轻轻抱病而死和我奔波在逃命路上，亡命天涯，又何尝不是认罚？"叙述者"我"的经历与父亲被打为"右派"的童年麦家颇为相似，在此意义上，麦家似乎成为距离文本最近的那个"讲故事的人"，以文本外的个人记忆创造了文本内的个人记忆，从而使个人记忆在文本中经他人之口繁衍更新与自我和解。当然，小说并不满足于讲述个人记忆，也并不是想炮制一部家族秘史，其野心在于借由个人记忆直抵国家记忆，展现人性晦暗、人生多舛与命运背后的力量。从抗日战争到新中国成立，从"文革"再到改革开放，麦家的纵向用笔映出了20世纪中国历史的记忆与呈现，而第三部分叙述者"我"作为海外华人归来，又带来了从本土延伸至海外再反观本土的新视角。

四

麦家紧扣"记忆"，深挖"记忆"的两大面向——精准与含糊，这种对立是麦家的叙事策略，也是个人记忆与国家记忆的互动呈现。二者之间存在着许多暧昧的中间地带，有着多重的切换与拉扯，从而将"记忆"推向更深入的"铭记"的层面。在第一部与第二部中，读者可以极为直观地感受到"我"的情感的波折。"我"的情感及其表现非常鲜明，非爱即恨，夸张爽直，不加掩饰，在大哭与大笑之间切换，起伏巨大。但与此同时，"我"的情感又颇为混沌，混沌之处在于，"我"无法厘清情绪的缘由，也无法很好地将其描述和传达。于是，在无法厘清自我感情变化的来龙去脉的状态下，"我"反而更受情绪支配，呈现出一种任其自然的"尽情"的孩童状态。"我"的情感表现的精准与含糊的状态，似乎也存在于"我"的处世立场上，"我"对待一切事物总是立场鲜明，而缘由又稀里糊涂。小说有相当篇幅的故事发生于"文革"期间，"我"对于事态的看法总是深受他人影响，一旦受到挑唆，便全情投入地支持。也正因为如此，在反复更新的事实面前，一次又一次地被操纵、被颠覆；同时，外部与内部夹击的错位的震撼不断强化了"我"的羞耻感。"我"在第一、二部分中面对羞耻，哀号着不知如何忘却羞耻的记忆，却也无法与之和解。记忆同时保有着精准与含糊的特质，仿佛滑动在光谱之上无法捕捉，无法忘却也无法厘清。文本内的人显得无能为力，不断叩问命运变化背后的隐秘力量，文本外的人又何尝不是如此？

为了贯通文本内外，麦家讲述故事时有意安排了两股声音的接力，面向历史纵深的同时又聚焦当下，传达了作家对当下现实的焦虑与思考。第一、二部充满了"爷爷说"，这当然是麦家有意为之的写作策略，"我"作为一个"稀里糊涂"地在特殊环境里成长的乡村孩童，自然无法精准地传达出作家想适时点拨的评论性话语，故而需要一位知识结构复杂、生活经历丰富、占据家庭高地的老者出面。"爷爷说"不仅强化了"我"易受影响的这一面，而且与第三部代替"爷爷说"的"报纸上说"形成了有趣的对照。报纸作为一种新的信息源代替了传统的"爷爷"，而信息的获得仿佛愈加权威，也更为规训化了。叙述者"我"从认知朦胧、价值摇摆、感情鲜明的乡村童年来到大城市里的中年，却遇到了成人/城人危机。此时我们或许可以说，麦家在有意识地塑造一个"我"，巧妙隐晦地诉说"我们"，纪录片似的再现（按此思路去象征地理解文本，记忆精准的含糊也可理解为摄影技术如实呈现低清晰度的画质）那个特殊年代"我们"如何失去自我、如何被左右，也疑惑着新中国从赤着脚的乡村童年到而今的成人/城人时代,又该如何处理当下。这未尝不是一种更为宏阔的、更为广义的"人生海海"。

"人生海海"作为小说的标题,直到第三部分才浮出水面。这个闽南词语的语意及其用意到底所指何为?这个悬置一直到小说快结束时,才得到彻底的揭晓。"人生海海"一直被有意压抑的意义——或者说以"叙事"方式不断诠释的意义,不是由上校、爷爷、父亲、老保长点明的,而是由次要人物"我"的前妻说出来的。由这个与他人关系最游离的人物提出"人生海海",麦家似乎在寻找一道遥远而亲密的边界,从那里包抄,借由"我"来勾连遍布全书的各式人物命运沉浮的众声部。小说看似在追寻上校一生的踪迹,进行着非谍战式的暗算与解密,讲述一个忍辱负重的英雄的传奇故事,其实也可说是以"我"(或是上文提出的"我们")为中心的回忆与反思。"我"把上校、老保长、林阿姨、"我们"家的故事凝成了长篇回忆,创作的过程就是累积个体的故事,又通过那道遥远而亲密的边界将故事交织,将"回忆"上升为"铭记",把人生的丰盈繁复推向了极致。而读者在一气呵成的阅读过程中,与这些故事歌哭与共,不断体验着灵魂震颤苏醒的感觉。诚如斯坦纳所说,"阅读是行动方式。我们参与在场。我们参与书中的声音。我们允许书中的声音进入我们的内心深处,尽管不是完全不设防。一首伟大诗歌,一部经典小说,挤压在我们身上,它们攻击、占有我们意识的稳固高地。它们对我们的想象和欲望产生作用,对我们的抱负和最秘密的梦想施加影响;这是一种让我们受伤的奇怪主宰"[4]。

最后,值得一提的是,麦家在描写"我"的童年遭遇时倾注了不少私人情感,比较集中地引入了故乡与童年记忆。相似的经历与记忆的有机安排，并非暴露秘辛，而是通过小说书写这个时真时假、亦真亦假的机会卸下过往的光环或负累，自我剖白，以环环相扣的故事，与广大的读者一起，进行一场治愈表演的自我和解。"人活一世，总要经历很多事，有些事情像空气，随风飘散，不留痕迹；有些事情像水印子，留得了一时留不久；而有些事情则像木刻，刻上去了，消不失的。我觉得自己经历的一些事，像烙铁烙穿肉、伤到筋的疤，不但消不失，还会在阴雨天隐隐疼。"经历了这一切，却依然热爱生活，勇敢地活下去，这才是真正的英雄，也才是"人生海海"的真谛之所在。帕慕克说，"每个作者写的每一本书，都代表着他自己发展的某个阶段。一个人的小说，可以看做他精神发展史上的一块里程碑"[5]。从这个意义来说，无论麦家以后的小说创作走向何方，我相信，这部《人生海海》终将成为麦家创作历程中的一块重要的里程碑。

注释：

[1] 本雅明：《讲故事的人》，汉娜·阿伦特：《启迪：本雅明文选》，张旭东、王斑译，三联书店，2008，第99页。

[2] 同上，第118页。

[3] 同上，第102页。

[4] 乔治·斯坦纳：《人文素养》，《语言与沉默：论语言、文学与非人道》，李小均译，上海人民出版社，2013，第17页。

[5] 《奥尔罕·帕慕克》，方柏林译，《巴黎评论·作家访谈Ⅰ》，人民文学出版社，2012，第307页。

回去，寻找属于你的"亲人"

——评麦家长篇新作《人生海海》

何 平 南京师范大学

一

《人生海海》（北京十月文艺出版社2019年版）一共三部二十章一百小节，可以把这些部、章、节理解成小说结构意义的大小叙事单元。如果从简单的数目看，章和节并不是平均到三个部分。其中，第一部有九章，四十二节；第二部有七章，三十五节；第三部只有四章，三十三节。具体到节的分配，一般每一章四到六节。最后一章第二十章最多，一共八节。

因为麦家既往之作对于数字的迷恋，我曾经把这些部、章、节的数目列出来，希望找到里面的结构规律，也就此问题问过麦家，麦家回答我，并无刻意的排列。回到小说三个部分的内容，第一部分和第二部分都是结束于逃离双家村：第一部分是上校的逃离，第二部分则是"我"亡命天涯偷渡到西班牙；第三部分两个逃亡者上校和"我"在桑村汇合已经是二十二年以后，一个了却余生，一个回望人世沧桑。至此，两个人的命运道路形成基于"我"的自我反思的交集和对照。就小说结构而言，也由花开两头各表一枝的开放走向闭合。

麦家在许多场合谈到小说和故事的关系，《人生海海》也不例外，是一个"故事"的小说。小说的所谓"故事"说白了其实是给人物作传。《人生海海》是给"上校"/"太监"作传，这个人物按

照麦家所说自有来处。他在和小说家骆以军的对谈里曾经说过少年时代参加集体劳动看到的一个人:

> ……一大人,四十来岁,挑一担粪桶,在百十米外的田埂上向山脚下走去,阳光下他浑身发亮的,腰杆笔挺,步子雄健。我不认识他,多数同学也不认识,因为他是隔壁村的。有个高年级同学,似乎很了解他,向我们兜了他不光彩的底:是个光棍。为什么光棍?因为,他的"棍子"坏了;为什么"棍子"坏了?因为他当过志愿军,打过仗,"棍子"在战场上受了伤,只剩下半截。
>
> 以后我再没有见过这人,但他也再没有走出我记忆,那个浑身发亮、腰杆笔挺的黑影一直盘在我心头,给了我无数猜测和想象。[1]

对勘《人生海海》里的上校,此人的形容身姿、性器隐疾以及志愿军从军经历确实都成了重要构件。值得注意的是,麦家近些年写作"回去"系列小说,这个系列有《一生世》《畜生》《日本佬》《汉泉耶稣》《双黄蛋》等等,《人生海海》应该是这个系列的。关于"回去",麦家在2016年接受《小说月报》采访时,曾经说过:

> 所谓"回去"有两层意图:一是内容上回到我记忆的最初——童年、少年、乡村;二是写法上回到传统,回到日常,回到平淡。小说不会老,但小说家会老的。我像所有年长者一样,开始欣赏老老实实的人生,白粥、咸菜、白天、黑夜。

《人生海海》问世以后,国内媒体报道时频频提到了"八年"。因为在"八年"之前的2011年,麦家出版了上一部长篇小说《刀尖》。此后,再没有长篇小说面世。现在回头看,麦家这八年应该都在经营他的这个"回去"系列。

有人认为《人生海海》的叙述采用"童年视角"。如果只看小说的第一、二部分，这种说法大致成立。因为小说有一个一以贯之的叙述者"我"，小说的第一、二部分，是"我"从十岁到十六岁的"看"和"听"。但是需要指出的是，小说的第三部分，叙述者"我"一下子就到了三十九岁。小说结束于2014年上校去世。是年，叙述者"我"已经六十二岁。因此，说第三部分是童年视角很难说得通。

指出小说第三部分"我"从三十九岁到六十二岁的年龄跨度，其实想说明的是，说《人生海海》采用成长（或者变动）视角更准确。换句话说，小说叙述者"我"对人、事的看与听，对世界的理解，既是随着年龄生长的，也隐含着生长中不同年龄的"我"对人、事和整个世界的理解，以及不同叙述声音的对话和反思。而且，小说叙述采用了限制视角"我"，自然就存在"我"的在场和不在场。虽然小说借助"我"的偷窥和偷听来维持"我"的尽可能"在场"，但依然有大量的"故事"需要别人的转述来填充。这些需要填充的部分，不仅仅是"我"十岁之前和"我"逃亡到西班牙之后的不在场，同一时间不同空间，"我"只能占有其中一个空间，其他空间发生的事，"我"只能依靠转述来获得讯息。除了"我"看到的部分，上校的故事主要由上校自己、爸爸、爷爷、老保长、林阿姨、"四小门神"等来转述。"我"的看和听，以及不同转述者的选择和重组，关涉小说的意义和技术，其中的歧义和争辩亦是小说叙事结构的张力所在。

二

　　研究者普遍认为，且麦家自己也认同，他的创作谱系有"特情"和"小人物"两个系列。但是相当长的时间里，"小人物"系列只有短制，并无长篇，研究界也关注不多，直到《人生海海》出版。如果进一步细分，"回去"系列可以看作从"小人物"系列分支出来的。这个系列开始甚早，但成系列相对较晚。2003年的《两个富阳姑娘》虽然出现故乡"富阳"，但这篇小说并不是小说人物在乡村的"在地"写作。不过，应该注意到，与《两个富阳姑娘》写于同一年的《一生世》却是地道的乡村故事，且和"回去"系列一脉相承，是关于非常时期、特殊年代的落难和受辱的故事。等到了2007年的《杀人》，麦家隔一两年就有一篇"回去"的短篇小说，前面提到的《畜生》《日本佬》《汉泉耶稣》《双黄蛋》等都是当年度重要的汉语短篇小说。正是这些短制，慢慢生长出更大体量的长篇小说《人生海海》，甚至它们是共同生长的。

　　类似的由短制而长篇的情况，中国当代作家多有实践，比如贾平凹、迟子建、阎连科等，但麦家表现得更为明显。其实，麦家的"特情"系列小说几乎每一部也都有这样的一个孕育生长过程，有的前后时间跨度一二十年，比如从《紫密黑密》《陈华南笔记本》中生长出《解密》，从《让蒙面人说话》中生长出《暗算》，从《密码》中生长出《风声》等。麦家自己认为形成这种写作习惯是因为从小生活在政治地位特别低的家庭里，养成了一种很自卑的性格，同时这也给了他保持沉静和坚持的能力，开始时做小一点，先写一个片段看看，写好了，再来放大它。不仅如此，对麦家来说，重写意味着忘不掉，丢不下。

麦家接受记者采访时说过:"我之前的作品是关于一个特殊职业人群的命运和故事,……在这个小说里,首先你可以闻到乡村的泥土气,也有乡村的肮脏、驳杂和混乱。……《人生海海》里,每个人都是朝夕相处的,它更有日常生活的一面,有人与人相互纠缠的部分,有亲情和爱情,也有相互的仇恨和斗争。这种鸡犬不宁的生活图景,在我以前的小说中是很少见的。"那么,《人生海海》能不能归入有着深厚传统的中国乡土小说或者乡村小说?依笔者之见,确定无疑的,可以归入。而且也正是通过这种文学史的认祖归宗,能够发现《人生海海》和传统之间的差异。

事实上,如果仅仅读小说的开篇,《人生海海》从双家村地理起笔,从山形、祠堂,写到弄堂,你几乎要认为它是一部纯正的乡土小说,下面应该写双家村的风习,进而在"一方山水养一方人"地域文化和人的关系上展开小说的想象和虚构。这是绝大多数中国乡土小说的"正格"。麦家的"狡猾"在于小说开头双家村的地理书写只是虚晃一枪,其实是要在写地理之后写双家村的四季流转。这也是现代乡土小说的套路,早的像《边城》《呼兰河传》,晚的像《笨花》等,都是这样。但麦家写四季流转带动的不是乡村四时风习,而是季节和人物命运,以及乡村世道人心的关系,尤其是夏天作为一种隐蔽的破坏力量在小说第一、二部分发生意义:"每到夏天,村子就像得了疾病,把人折磨得死去活来。""这个夏天留下了一个血腥时间,也留下了一堆问题。""这个夏天像这只香炉一样盛着神秘的力量,弥漫着令人好奇又迷惘的气息。""去年夏天,上校失踪后,整个村子都在谈论他,真真假假,犄角旮旯都在浅吟低唱,蘑菇一样的,见风就长。他在'蛇虫夜夜生'的盛夏出事,注定是要被人大张旗鼓地嚼舌,嚼得遍体鳞伤。"顺便指出，小说第三部分将上校和林阿姨的离世安放在冬天，这是一个清冷、安静和素雅的季节。基于小说将谣言、暴力、侮辱和伤害等的发生几乎都设置在夏天，小说结束在冬天，对于上校和林阿姨的命运和归宿恰如其分。

三

对照《解密》《暗算》《风声》《刀尖》等"特情"小说，《人生海海》无疑有其不容忽视的特殊性。尽管《人生海海》依旧围绕的是极端条件背景下生命个体的辗转浮沉，但其更像是《解密》《暗算》《风声》的"后传"，且这部"后传"试图跳出自己在以往"特情"小说当中对于密闭空间以及相应智性结构的迷恋。英雄的"被毁"不只存在于他们作为英雄创造奇迹的历史时刻，而且这种"被毁"一直绵延和延宕到他们的生命全过程，像《人生海海》的上校已经褪去英雄的光环做一个普通人以后。

《人生海海》的主线集中于上校扑朔迷离的身份、经历，以及他肚皮上刺的那行神秘文字。在爷爷、父亲、老保长、林阿姨等人的叙述中，上校是个智勇兼备的"奇人"，在战争年代功勋卓著。他所表现出的异禀天赋让熟悉麦家小说的读者旋即便会联想到《暗算》中的黄依依与瞎子阿炳、《解密》中的容金珍、《风声》中的李宁玉。需要指出的是，世俗观念下的"奇人""奇事""奇遇"在麦家一系列长篇作品内往往表现为"正"的应有之义，这也是其小说情节加以铺陈的逻辑前提。不过《人生海海》与《解密》《暗算》《风声》这些作品的区别之处在于，上校前半生的"奇"是交错且矛盾的多人回忆组成的过去式形象，"我"看到的则是上校受挫发疯的后半生，是一个曾被视作国民英雄的"奇人"不断遭受外界贬抑、继而精神分裂的过程。

《人生海海》中上校被放逐回故乡，背负"太监"之名登场，他作为一个乡村的医者，是"上校"；而作为乡村的谈资和流言则是"太监"。上校是全村最出奇古怪的人，"村里所有人的怪古加起来也顶不上太监一个人"。在"我"爷爷的故事里上校是个聪明绝顶的人，从小两只眼睛像玻璃球一样闪闪亮，什么事都比旁人学得快。比如学木匠，第二年，已经学会箍脚桶，做脸盆，一等的手艺不比师傅少一厘。但对"我"爷爷而言，"不管父亲跟上校怎么好，爷爷都不喜欢他进我们家，为什么？因为他是太监嘛，断子绝孙的。村里有讲究，老人有讲法，断后的人前世都作过孽，身上晦气重，恶意深"。爷爷老是担惊受怕，怕霉运随时落到我家，认为上校"是个怪胎，像前山，深山老林，什么都有"。爷爷甚至认为这种怪异是与生俱来的，上校生来就是个怪胎，胎位不正。

上校当兵是民国廿四年，他十七岁。出门后第四年，上校第一次返乡，已是堂堂大营长。民国二十九年，他当军医，救了军统女特务。一年后去上海做了女特务的手下，"以开诊所作掩护，埋名隐姓，杀奸除鬼，刺探情报，过上了一种恐怖又滑稽的生活：一边纸醉金迷，一边随时丢命"。"这一年是民国三十年，即一九四一年，时值秋天"。虽然《人生海海》中上校的上海和北平往事可以对接麦家的"特情"故事序列，但和《解密》《暗算》《风声》不同，上校的行为是"正义"的，却又是"肮脏"和"不可告人"的，即便"解密"以后也没有光明地言说的合法性。上校的悲剧性是多重的，既有以国家之名被毁，又有不得不为之的不正义不道德。

上校是一个带着隐疾和隐痛活下来的英雄。因此,《人生海海》既是一部英雄成为英雄时代悲剧的历史,也是一部英雄末路沦落江湖被伤害的历史。他被批斗,逃亡被抓后,因为他肚皮上有字,法官的判词证明他曾做过女鬼佬和女汉奸的"床上走狗"。当这一切发生的时候,上校是无法申辩的。

上校是乡村的异者、怪胎和孤独者。难能可贵的,《人生海海》写出了上校孤独中的倔强和反抗,他挑断小瞎子的手筋,割掉他的舌头,逃亡,隐没江湖的孤寺。尤其值得注意的是,上校爱憎分明,他对弱者的怜惜,是和对施暴者的反击并行不悖的。他第一次被红卫兵抓住就是因为舍不得两只猫。还不仅仅是这一次,他生命中的数次坎坷都是和舍不得他的猫相关。需要指出,我们不能因为上校最后发疯和失忆,就把上校想象成一个弱者。虽然他的后半生看上去是英雄末路,但和普通人相比,他身上依然闪烁着英雄的光亮。因为如此,我们才能理解,上校为什么一直想把肚皮上的字抠掉,一直到他生命最后,用图画遮盖肚皮上的字,他"要把那些脏东西抹掉";也因为如此,他去世后,林阿姨给他文身:一幅画,一棵树,一棵垂挂着四盏红灯笼的树。

麦家认可小说家莫言对《人生海海》的评价:

《人生海海》,其实讲的是一个人的故事。这个人既被人尊称为"上校",又被人贬损为"太监";他当过白军,当过红军,当过木匠,当过军医,当过军统特务;经历过新中国成立前的所有战争,又参加过抗美援朝。他是个弹无虚发的神枪手,又是个妙手回春救人无数的神医。他不仅各方面技艺超群,还有超出常人的性能力,而这伟大的性能力,酿就了他的喜剧也铸就了他的悲剧。这部小说的密码，就藏在这位神奇人物的身上：在一个最不可描述的地方，却暗藏着极荒唐、极屈辱的内核和刻骨铭心的沉痛，以及对国对人的忠诚。这样的人物，在现实生活中存在过吗？但这样的追究没有意义，因为小说的迷人之处就在于它能把不存在的人物写得仿佛是我们的朋友。[2]

用麦家自己的说法，他的小说是在"寻找你的'亲人'"。[3]《人生海海》的上校就是麦家的"亲人"，也是读者的"亲人"，他有他的强梁和软弱，他的无畏和恐惧，他的爱意和仇恨，却下不了手把给自己带来耻辱和恐惧的字抠掉。其实，当麦家刚刚以他的"特情"故事赢得声誉的时候，就谈到他的特情小说："本质上，暗地里，是统一的，都是在诉述一个主题：琐碎的日常生活对人的摧残，哪怕是天才也难逃这个巨大的、隐蔽的陷阱。说到底，我笔下的那些天才、英雄最终都毁灭于'日常'。日常像时间一样遮天蔽日，天衣无缝，无坚不摧，无所不包，包括人世间最深渊的罪恶和最永恒的杀伤力，正如水滴石穿，其实是一种残忍。"[4]

四

就像前面我们指出的，如果有心对麦家近年的创作情况作一个梳理，其实应该能够意识到《人生海海》绝不是横空出世的。在发表于《人民文学》2015年第3期的短篇小说《日本佬》中，麦家显然已经有意识地设立人物之间某种对应关系的"密码"："父亲"之于"上校""林阿姨"，"关金"之于"胡司令""小瞎子"，包括"爷爷"最终自戕的方式与原因。《人生海海》与《日本佬》都涉及"被污名化"的"个人史"对于个体与家庭带来的毁灭性伤害。不仅是《日本佬》，《畜生》《汉泉耶稣》也有着类似的主题。在相类似的"痕迹"比较中，同样应该注意到由于长篇小说与短篇小说的显性差异，《日本佬》实质上提供的是一种截面式的特定时空场景，而《人生海海》则以此进行叙述生长，表现所谓的"极端化场景"是在怎样的条件下生成，普通村民怎样通过对谣言的追逐满足自我幽微的心理诉求，以及在《日本佬》中并未得到彰显的英雄主义的光芒如何引导那些形同蝼蚁的受辱者去抵挡来自集体意志的曲解与敌意。

在接受媒体采访时，麦家隐隐约约透露了他的家族史。父亲是右派，外公是地主，爷爷是基督徒。他也说过，我的大伯是国民党时候的一个保长。麦家有一篇很少被人注意到的散文《致父信》。如果《人生海海》的写作时间确实是五年，那么，这篇散文完成的时间差不多就是《人生海海》开始写作的时间。麦家自少年时代开始对父亲生恨，然后逃离、疏远和隔阂，在为人父之后，试图向父亲忏悔、道歉，和父亲和解，却因为父亲晚年失忆，无法接受麦家的忏悔和道歉，一直到父亲去世，父子也没有达成和解。这种人生的创痛在父亲去世一年的祭日，被麦家用书信的形式写出来。这封无法送达的信，不能简单地理解为只是一篇哀痛的祭父文。事实上，它是通向麦家内心的秘径，也是通向《人生海海》的秘径。

当然，我们不能认为《人生海海》的"我"就是麦家，小说里的父亲也不是《致父信》的"父"。虽然"我"不等于麦家，但麦家也像"我"一样有一个屈辱的少年时代。《致父信》中，麦家和同学打架，就是因为同学骂父亲是"反革命""牛鬼蛇神""四类分子""美帝国主义的老走狗"，麦家则被骂作"狗崽子""小黑鬼""美帝国主义的跟屁虫"。麦家和同学血战一场，却没有得到父亲的支援，反而被父亲痛打一顿。少年的麦家无法理解父亲的隐忍，多年以后，当麦家在《人生海海》中写上校的污名被游斗和宣判固定，上校所面对的敌手不只是庞大的国家机器，还有红卫兵、小瞎子之流，相信此刻麦家一定能理解父亲为什么选择了隐忍。

爷爷帮助上校逃跑，他不能不算一个善良的人。小瞎子一生下来就被母亲抛弃，他的阴暗自有原因。不只是在双家村，甚至在整个中国的村庄，他们都是寂寂无声的普通人，但在这场家族声誉的保卫战中，爷爷成了告密者，爷爷和小瞎子的相互伤害，牵扯到三代人，以至于最后，父亲跪在祠堂门口替爷爷认错、讨饶，十六岁的"我"背负沉重的心理阴影亡命天涯。

需要指出的是，就像小说所写的，"双家村是一个好村"，虽然这里有造谣者和"敌人"，但小说写到双家村的其他群众，麦家释放的依然是爱与善意。在红卫兵进入双家村之前，上校虽然顶着"太监"的污名，却过着一份村人无法企及的优裕生活。当红卫兵进入双家村，上校成为落难者，揭发上校罪行的，只有肉钳子、野路子、小瞎子和我表哥等少数人，其他人装聋作哑。上校的公判大会，大家出于对上校的尊敬，不想去看他洋相。老保长更是把批斗会开成了给上校辩诬摆好的大会，且赢得群众的一致支持。林阿姨和上校离开村子，村里出动几百人，男女老少，成群结队，送他们到富春江边。

五

进而言之，《人生海海》讲述的还是罪与罚、罪与赎罪。爷爷告密被发现后，小爷爷带来上校从杭州给他捎来的耶稣像，要爷爷对着耶稣跪下认罪。父亲被严酷的事实吓怕了，丢了魂，犯了强迫症。而即使村里人已原谅我们家，但我们家却无法原谅自己，甘愿认罚赎罪，爷爷寻死是认罚，大哥认辱是认罚，二哥年纪轻轻抱病而死和我奔波在逃命路上，亡命天涯，又何尝不是认罚？

吊诡的是，作恶多端的小瞎子最终没有赎罪，也没有得到更进一步的惩罚。《人生海海》不像一般的小说在简单的罪与罚、罪与赎罪的摆动中获得和解，提供一个光亮的结局，而是提醒着：有一部分作恶者获得应得之罚，或者踏上赎罪之旅，另有一部分作恶者依然以作恶为生，以作恶获得人生的快意。在小说中，这些作恶者，可能是小瞎子这样不思悔改的，可能是爷爷这样为保护自己私利而伤害别人的，也可能是像林阿姨这样无心之恶。每一个作恶者，《人生海海》都给了他们各自的人生选择和归途，小瞎子在互联网时代绝处逢生，爷爷上吊自杀，林阿姨成为上校暮年不离不弃的陪伴者。也许对于爷爷和林阿姨这样的人物形象，我们并不意外，而小瞎子恰恰是麦家直面的现实和正视的问题："从前，我们个人是没有权利，没有声音的，我们的欲望也是没有地位的。那时候我们都穷，生活不过是为了生计，我们只剩下一个生的权利。但现在的人，欲望被打开后，满足欲望成了他的权利。……这个时候，他人就是地狱，陌生人就是敌人，因为彼此不信任啊，害怕啊。同时，面对自己的利益、欲望，现在的人深信这是他的权利，他活着就是来得到他想要的东西。他觉得应该得到，失去是他的耻辱。他不知道，或者不在乎，人和人之间除了这种得失关系之外，还有一种相互信任和体谅这样一种道义道德的需求。"[5] 小瞎子正是在一个欲望化的时代绝处逢生。明乎此就能理解麦家借爷爷之口说出的："人生海海"可能是"世间海大，但都在老天爷眼里，如来佛手里，凡人凡事都逃不出报应的锁链子，善有善报，恶有恶果"；可"人生海海"又未尝不是"人世间就这样，池塘大了，水就深了，水深了，鱼就多了，大鱼小鱼，泥鳅黄鳝，乌龟王八，螃蟹龙虾，鲜的腥的，臊的臭的，什么货色都有"。

不能忽视小说中的"我"，他不只是一个看者和听者，不只是一个冷峻的故事叙述者。经历了漫长的海上逃生之旅，年少的"我"已变得像一个老人一样懂得感天谢地。《人生海海》中"上校"与"我"都被挤压在极端化的时空内，但两人所遭遇的极端情境却是建立在迥异的写作策略基础之上。"上校"的九死一生与爱恨情仇是为了能够更好地呼应"上校"本身的"奇"，这实质上也接续了麦家一以贯之的跌宕笔法。"我"年少时因家庭受"上校"出逃影响而被学校老师同学欺辱，之后为躲避村民伤害偷渡至巴塞罗那并饱受折磨苦楚，这些极端的事件却是某一类群体在某个历史阶段有迹可循的普遍经历。"上校"与"我"迥异的极端生存状况形成了奇异的交叠。"我"对"上校"的态度在这一过程中发生转变，由最初的排斥、鄙夷，直至怜悯、理解。"上校"的过往岁月如同拼图般展现在"我"的面前，成为"我"与"我"的家庭需要隐藏（但同时又屡屡试图揭开）的秘密，"我"也逐渐将"上校"极力维护的秘密内嵌为自我生命历程的构成部分。

"世上只有一种英雄主义，就是在认清了生活真相后依然热爱生活。"这句话在《人生海海》中被麦家反复引用。毋庸置疑，包括《暗算》《解密》《风声》《刀尖》，麦家一直以来都在强调人物的异质性与偶然性，强调"特殊情境下的特殊天才"。他们在破译形形色色密码的同时，本身已然构成了一种难以言明的历史密码。《人生海海》中"我"对于"上校"身世经历的持续探寻，正是在试图"解密"个体与时空之间纠缠难断的关联。但颇具意味的是，在小说的第三部，我们可以看到一段残缺不全的"英雄秘史"是如何影响着同样在极端环境中苦苦挣扎的青年人。甚至可以说，瞎子阿炳、黄依依、容金珍、李宁玉，这些出自麦家各个阶段小说作品中的"奇人"以及他们各自的理念信仰，都以一种微妙的方式投射进了"我"在马德里本将停滞不前的生活。《人生海海》可看作《解密》《暗算》《风声》的"后传"，这部小说不同于单纯的"异闻录""奇人志"，有着更为广阔的延展轨迹。《人生海海》不仅要宣扬传奇人物的英雄行为与英雄主义，而且要探索英雄行为、英雄主义怎样感召那些受困于残酷环境的寻常个体，使得他们即使被黑暗包裹依旧能够从中获取支撑自我信念的依靠。这也随之内化为属于他们的破解人性之"暗"的秘密。事实上，这或许也是麦家最初进行写作的秘密的起点。几乎所有伟大的文学经典，本身首先是个人秘密的经典，亦即个体生命跌宕流转的秘史——如果所见之文字是一个作家的阳面，另有一个阴面则是作家成长史，而秘密之中，童年常常是最深邃幽微之处，这也正是《人生海海》之阴面。

所以，一定意义上，《人生海海》又是一部"我"的成长小说，是麦家个人成长史和精神史的秘密经典。

注释：

[1] 麦家、骆以军:《当一个人爱上自己的苦难时，他是无敌的》,《印刻》2019年第5期。

[2] 莫言:《抖搂家底的麦家》,《读书》2019 年第 8 期。

[3] 参见麦家:《去寻找你的"亲人"》,《散文选刊》2011 年第 1 期。

[4] 麦家、季亚娅:《麦家之"密"——自不可言说处聆听》,《芙蓉》2008 年第 5 期。

[5] 同上。

"解密"的另一种途径
——读麦家长篇《人生海海》

程德培 同济大学

一

麦家因其《解密》和《暗算》而名扬天下。就其文类而言，被归于"谍战小说"一档。其实在这些长篇之前，麦家也写过不少中短篇，这些与"记忆"有关的作品被人称之为"小人物系列"。《刀尖》之后，麦家曾表示要"抽身而去，开辟新的'阵地'"。这不，差不多十年过去了，我们等来了长篇新作《人生海海》。起先，我不懂"人生海海"何意，只是读到小说最后一章才得知，这是"一句闽南话，是形容人生复杂多变，但不止这意思，它的意思像大海一样宽广，但总的说是教人好好活着而不是去死的意思"。[1]小说的主旨和作者的追求变数由此可以想象。

《人生海海》试图告别过去的"谍战""特情"或"密码"之类的称谓，但要做到脱胎换骨谈何容易。比如讲故事，那可是麦家的立身之本。《人生海海》中，故事不只卷土重来，而且变本加厉。故事总是社群的生活，离乡的奔波和返乡的旅途总是其常见的形态，其中有着可以传递经验的"忠告"，专注于无名的畏惧，关注于并不靠谱的闲话和传说。于是，我们跟随众说纷纭的故事，来到了一个老式江南村落：一个前靠海龙山，后有老虎山的双家村,那里有着无尽无止的言说,"爷爷和老保长在祠堂门口享太阳,嚼舌头。"就古老村落而言,故事总是有空的,总是在场,总是在身边,它一刻不停地看护着我们,为我们打发闲暇的时光,既为我们排忧解难又挑逗我们的好奇心,使我们沉迷于恐惧的焦虑之中。于是,村里的怪人怪事,上校的鬼屋及其传说便随风而至,随声而落。

麦家在谈到《风声》时曾说道:"为什么我取名为《风声》?风声这个词就蕴含着一些不确定性,'风声'是指远处传来的消息,这个消息是真是假我不知道。从某种意义上说,历史就像风声一样飘忽不定,真假难辨。至于谁的说法是真,你自己去判断吧。所谓历史就是一些不同的讲述,我们永远无法抵达它的真相。"[2]这段话对《人生海海》来说依然有效。随着太监之谜,上校传奇的军旅人生的降临,我们的阅读始终徘徊在寻找真相的旅途中。上校即太监,他无疑是小说的中心人物。就像古老的英雄传奇陷于世俗的人云亦云,以讹传讹的言辞,涉足于各种不同之人层叠交错的讲述一样。奇怪的是,上校并不直接和我们照面,他也从不自我讲述和袒露心声。他的故事、秘密和人生都是被爷爷说、老保长说、小瞎子说、阿姨说,以及那个叙事者的"我"说所包围。《人生海海》充斥着不同的故事、传说和猜疑想象,不同的人讲的故事都是背面和侧面,都是片段和碎片,故事一个接一个,东一个眼见,西一个耳闻,讲有讲者的情感判断,听有听者的想法和阐释。甚至每个人讲故事的方式也不同,比如,"老保长讲故事的样式跟爷爷比,有两多一少,多的是废话和脏话,少的是具体年份";而阿姨"总是一个表情:没有表情的表情,波澜不惊的样子,一个腔调:风平浪静落雪无声的样子,事不关己

235

高高挂起的腔调"。

上校作为一个完整形象的曲折人生,在无数的故事和传说中逐渐成形并完成拼图,而小说的叙述者"我"则在叙述中完成自己的成长故事。从这个意义上说,这是一部复调结构的作品,它是由说者和听者共同完成的小说,它让两个陌生的人在绝对亲近的地方中相遇。尽管他们的相遇总是阴差阳错,当其中一个成熟长大时,另一个则心智尚未成熟;而当后者成熟长大时,前者则早已疯癫,心智又回到了幼年。

二

解密的动力来自秘密,而围绕秘密讲故事一直是麦家难以摆脱的叙事冲动。太监之谜对少校而言是个不能揭示的秘密,为了保住秘密他"甘愿当太监、当光棍、当罪犯"。围绕着这个秘密,各种传言、猜测、胡编乱造和确有实证的目睹此起彼伏,时而汹涌,时而沉默,它构筑着上校的人生传奇和坎坷命运。当一个不知道自己是谁的时候,自然而然也就会寻找他所归属的群体。莎士比亚提出过,"存在或不存在的问题"。普鲁斯特则提出"属于或不属于"的问题,也就是归属问题。对于无法回答自己是谁的人,归属可以让他找回意义、交流和存在。而现在为了守住这个秘密,回归故乡的上校,不仅身份成了问题,归属则更无法寻求。太监之称成了阉割的焦虑,鬼子留下的脏东西成了恐惧的符号,成了众人好奇之源,待解的密码。他唯一相伴只是被人称之为"活菩萨"的母亲和那两只相依为命的猫。

上校的传奇生涯成就了村落的故事之源。他是那么与众不同,故乡之人成了参与分享故事的局外人,而他呢,则是进入生活的被放逐者。上校既是英雄又是恶魔般的鬼怪之人，他既是圣人又是个"疯子"或罪人，无论如何都是个有疑问、有秘密的人物。在一个随波逐流和服从惯例的世界里，这个人物的真实身份被淹没；而在那个黑白颠倒的疯狂岁月，真相成了个千古之谜成了奇谈怪论。正如本雅明所说的那样，命运其实就是生者与罪过之间的关联。了解善与恶的命运，即通过恶来了解善的命运。一个时代误解了另一个时代，一个卑鄙的时代用它自己的方式误解了所有其他的时代。

太监之谜固然重要，围绕着它的揭秘过程贯穿全书，也规定了叙事时间。但伴随着揭秘的进程，我们也能感受到世态炎凉的"鬼气"和时代变迁的暴力和张力。上校的故事是那么动人，"有时间有地点有人物有事件，情节起伏，波波折折，听起来津津有味，诱得蟋蟀都闭不拢嘴不叫，默默地流口水"。上校如此，其他人的故事又何尝不是如此呢？比如直到第三部才登场的林阿姨那与上校爱恨情仇的故事，还有作为一个"民间思想家、哲学家、评论家，是我课外的同学和老师"的爷爷，因一时轻信的出卖行为，最终只能自杀身亡，包括那个大喇叭"老保长"的上海历险等等。总之太监之谜发酵了一系列事件，它是一系列次生故事的创造者，它也同时成就讲故事的一些要素：奇迹、壮观、魔法、魅力，甚至是鬼迷心窍。

随着故事的进展，我们渐渐明白，太监之说的来由并非男人的那东西存在与否，而是它特别巨大，神奇到了可以成为军统打入日伪内部的"利器"。问题出在川岛芳子刻在其小腹上的字，成为终身的禁忌，是不能大白于天下的。那些字形同阉割一般，让上校过上了太监的生活，失去了男子的武功，无法面对爱情。尽管那硕大的阳具依然存在,但已名存实亡,成了令人害怕的东西。

总之,这个故事太曲折离奇,太匪夷所思。将一个与众不同的英雄之奇特人生安放在太普通不过的村落,让一个疯狂的时代去撬动千年沉淀的道德伦理和良心底线,结果只能是不可思议。我们想要简单地概括它或许是件冒险的事。虽然小说最终对叙事的疑点有所交代,对离奇之处有所解释,特别是临近结局抖搂出太监之谜的全部真相,但对上校之悲剧性人生我们依然无法释怀,对上校之命运所引起的困惑和茫然依然无法消除。太监之谜被解密,但上校之人生命运还远未解读。作为人物形象,上校是离我们那么远,又那么近。要理解自尊的幽暗和深不可测,要想安放一颗漂泊的心,我们或许还不如那两只与上校相依为命的黑猫白猫。

秘密的本质在于,无论如何也不能"揭示"它,就不能揭示它而言,它仍然是秘密。但秘密之所以吸引我们,就在于它催生了揭开它的欲望,这种欲望的持续正是叙事的时间。我们通常把秘密当作一种揭示,另一方面,也存在着一种真正的秘密,绝不能通过任何一种方式揭示出来。太监之谜似乎是解了,但少校的人生之谜依然存在,它以一种悲剧性的方式超越了我似曾相识的历史阶段,又以不同的方式暗算着我们各自的人生,以一种不完美的方式去想象一种完美。

三

双重秘密突显了上校的不凡之处。这位出生时因胎位不正而大费周折来到了人世的奇才,十七岁参军,从打红军到打鬼子、打解放军、打蒋介石、打美国佬，半辈子在前线战场上，是位神枪手，更多的时间是一位天才的神奇军医，被他救过命的人也多了去。杀戮与拯救构筑了上校的英雄传奇，也是其人生秘密的锁和钥匙。一方面，在昔日的背后隐藏着某种结构性的东西，它抗拒着我们；另一方面，一种结构化的东西又隐藏在我们自己的成见或现实意愿里。"现在"总是驱逐着"过去"，并欲取而代之。"过去"总是有令人不安的熟悉的身影，死者总是挥之不去，悔恨不已又是一种暗自不断的咬噬。恰如弗洛依德在《一个幻觉的未来》中指出的："生命，如同强加在我们身上的命运，对我们来说太过艰难，它为我们带来太多的痛苦、失望，以及无法解决的问题。"[3]

在一个极端疯狂的年代，上校的命运不是死亡就是发疯。发疯是死的另一种形式。于个人而言，选择发疯是避免永久的牢狱之灾或枪毙，对叙事而言，发疯才使得故事得以延续，唯其如此，麦家理想中的爱情故事才得以浮出水面。《人生海海》全书三部二十章一百节。到了第三部，时间好像汹涌澎湃，用迅猛的力量，将人和事快速推向各个方面。自从"我"逃往海外，经历了各种磨难，以20世纪90年代和2014年为回归故乡的两个时间点，自身的情感故事和奋斗史与上校的人生落幕和秘密的最终揭晓互为映衬、相互补充。就像小说中所提醒的，"我有两个时间。我必须有两个时间，因为我被切成两半，一半在马德里，一半在中国。我已经六十二岁"，"我已经等了二十二年，每天我用记忆抵抗漫无边际的思念，用当牛作马的辛劳编织回来的梦"。

回乡之路的讲述古已有之。历史上奥德赛是一个最终成功的受苦受难的形象，而正因为如此，他才遭到了柏拉图主义者，但丁以及大多数蔑视"大团圆结局"的现代人之诟病和修正，认为他的漫游就是可能的神圣完美的征兆，而应该间接地看到"西西弗斯的幸福生活"。"人生的意义不是对某个问题的解答，而是关于某种生活。它不是形而上的，而是伦理性的。它并不是脱离生活，相反，它使生命值得度过——也就是说，它使人生具有一种品质、深度、丰富性和强度。"[4]我以为，特里·伊格尔顿这段回应是值得我们思考的。

上校和"我"都经历了回乡，前者的传奇成了一种秘密，而后者多少有点荣归故里的味道；前者成就了人生的意义虽不乏悲剧性，后者虽经历坎坷还是多少有点大团圆之嫌疑。不过"我"的还乡还担负着"视角"的功能，不但两次返乡完成了小说的结尾，而且故乡的变化，从经济发展污染到治理污染的变化虽有点浮光掠影，我们也是感同身受的。这段历史离我们太近，无法以超然的态度重新讲述，这段历史又包含太多的变故，身临其境的复述很难呈现其客观性。相信麦家一定在书写中能感受到其难度，但习惯在尖刀上行走又是其写作的秉性，要其不写还真不行。

《人生海海》的结尾依然承担着解密的重任，太监之谜终于得到了揭示，小腹上所刻之字也终于在"我"的见证之下以修正的方式大白于天下。但这个天才是有限的，它局限于故事的天下，存活于说与听的世界之内，诞生于某人在某种场合对一个侧面的供述。随着阿姨的最后陈述，随着上校的妻子，"作为一个前麻醉师，阿姨以最为职业的方法结束了自己，追随爱人而去"，一个凄美的爱情故事随之诞生，差不多活了一个世纪的老人也终于离开了我们阅读的视线。人究其实质而言就是我们关于他人的记忆。我们称之为生命的东西，归根结底就是一张由他人的记忆编成的织锦。死之到来，这织锦便散开了，人们面对的便仅有一些偶然松散的片段、一些碎片。弗兰克·克默德在《结尾的意义》中有一个著名的论断："结尾"是一个象征着我们自己的死亡的形象，所以，它是可怕的，然而我们内心深处也有着对各种"可理解的结尾"的需求。虽然我们不愿意面对自己的死亡，但对克默德来说，"结尾既是生命中的事实，也是想象中的事实。"太监之谜对双家村的人来说，曾是众口不一的传说和猜测，对有过共同经历的见证者来说，又是部分的讲述，不同侧面迂回的故事，《人生海海》不只是故事，还需要结构的组合。结构还是不同叙述的组织者，所以那个叙述者"我"的成长故事、海外经历、"我"的所见所闻、"我"的说和听或转述才得以成为不可或缺的存在。可惜的是，那些曾经太想知道结尾的同村人都以不同的方式共同的宿命过早地离开了我们，剩下的只是那一座座的坟地。爷爷、父亲、母亲与老保长、老瞎子都走了，他们都带着各自的部分知晓，各自既同又异的认知方式、道德评判，甚至各自的忏悔和想象过早地离开了结尾。

四

麦家曾经说过，"我笔下的英雄都是悲剧性、不完美、不成功，没有一个笑到最后的"。[5] 对此，小说家何大草这样评述："麦家的小说叙述到最后，几乎都是走向毁灭。无论是 N 大学数学系高才生陈华南，还是陆家堰村目不识丁的瞎子阿炳，一个是破译密码的天才，一个是搞监听的奇才，却被自己的天才戕害了，如同一个用矛刺穿自己的盾。陈华南可以看得太远，所以看不到脚下的陷阱；阿炳可以听到最细微的天外之音、地下之声，连带也就听到被欺骗的声音。悲剧为什么会发生？答案是一个死结。不然，怎么叫做天才的悲剧呢？"

《人生海海》也写英雄，但其处境已然不同。英雄的悲剧性书写难以摆脱，但其生存的难处始终和时代的风浪休戚与共，随普通人的"心灵法则"和"良知起伏"而波动。麦家的传奇也不乏古怪的故事和人物，谱写的是英雄诗和爱的传奇，它既古老又现实，我们则在迷茫和困惑中被震撼了，一种难以理解的动人心扉萦绕着我们。即便我们要求助于隐喻和象征也解决不了什么问题。一位生命的向导却被命运的悲剧乌云所笼罩；一种既爱又恨的心理情感让我们难以释怀，菩萨心肠不离不弃但魔鬼般的恶却又如影随形；生与死可能容易分清，但要善恶分离却没那么容易。传奇人生是那么不同一般，可他的悲剧人生却让我们触摸到了人人皆知的现实处境，包括脚踏实地的故土，清晰可辨的村落图景，以及无法忘却的疯狂年代。

英雄诗为人格撰写，人格外壳对我们是如此生死攸关，脱去它就要冒死亡或疯狂的危险，这也是为什么上校即使疯癫也不忘记抹去那刻在他小腹上的耻辱之字。人格是抵抗绝望的神经性的防御性机制，他无法承认真实的人之处境，无法忘记真正令人害怕的东西，他所经历的死亡与再生，正如帕尔斯所说："死而再生，谈何容易"。上校一生经历无数的枪林弹雨，经历失去自我的恐惧、囚禁与逃亡的轮替、疯狂的重影互为替身的幻想等，经历了九九八十一难，在爱神的眷顾下，那些耻辱之字"最终变成了一幅画，一棵树，褐色的树干粗壮，伞形的树冠墨绿得发黑，垂挂着四盏红灯笼"。具有象征意义的是，上校唯一的遗产便是那套用金子打制的医用手术刀具。

"我"终于讲完了他的故事,当然也同时裹挟了"我"的成长史、曲折难忘的奋斗史。麦家想通过这个复调式的故事来推进其小说的转型和升级。效果如何?各人自有评说。我的感觉是,作者为此付出诸多努力,比如语言和结构,除了将你说、我说、他说的故事片段如何融为一体之外,还有一个"报纸上说"不断穿插全书,每每读到这里我都回想起自己走过的那些岁月,那时什么"教育"也没有,除了"报纸上说"外还有什么?还比如如何将奇人奇事纳入当代生活的变化,如何借助故事的魅力拓展小说作为一种体裁所给予我们的帮助,那就是帮助我们理解人类生活的多样性和我们自身道德的偶然性……但是,我们也应该看到,再了不起的作家也是人,而不是神,某些与生俱来的才能要摆脱也难,就像那种近乎偏执的想象,又像对秘密和守护秘密的青睐等。想象或许是现实存在的反面图像,一个被灵感震撼的世界,一种认识官能有机的相互作用,一种意识与无意识相互渗透的解释图式,或是一种急于表达的被剥夺的方式。有个作家认为:"偏执狂式的想象是一种反叛和脱离社会的特殊方式,但不仅如此,他还将它比作一种迷幻药。他认为,它撕破了生活的陈腐而使人麻木的表层,使他接触到某种更深刻和更丰富的、但很不幸也可能是虚幻的事物。最为重要的是,它使他感到自己更充满活力,有一种比官方的理性文化所敢于承认的更加强烈和绝对的自我。它是一种'震颤性谵妄,是思想犁铧在震颤中填平畦沟'。它还近似于一种生存的强烈情感,这种情感具有某些宗教经验的特征:'用水也能点灯的圣人,其记忆差错代表上帝气息的远见卓识者,真正的偏执狂——对他来说,无论是在充满欢乐还是藏有威胁的领域中,一切都组织在他自己的中心脉搏周围……'"[6]

这个作家便是平钦,他在为自己的想象力特征所做的辩护中如是说。

《人生海海》讲究复调,它经常让两股不同的叙述力量在那里拉拉扯扯。麦家又是一个喜欢不断反复重写自己作品的作家:《密码》改写了十年,《刀尖》写于 2011 年,一直到 2015 年还在修订。不知《人生海海》会不会改写,如果会的话,不知将如何修订?

注释:

[1] 麦家:《人生海海》,北京十月文艺出版社,2019。后文中凡出自该书不再一一注释。

[2] 麦家、季亚娅:《麦家:小说写作之"密"》,《文艺报》2012 年 12 月 14 日。

[3] 西格蒙特·弗洛依德:《一个幻觉的未来》,杨韶钢译,华夏出版社,1999,第 87 页。

[4] 特里·伊格尔顿:《人生的意义》,朱新伟译,译林出版社,2012,第 93 页。

[5] 麦家、季亚娅:《麦家:文学的价值最终是温暖人心》,《文艺报》2012 年 12 月 12 日。

[6] 莫里斯·迪克斯坦:《伊甸园之门:六十年代的美国文化》,方晓光译,译林出版社,2007,第 133 页。

下编

文化传播篇

麦家"走出去"解密

白　烨　中国社会科学院

就中国当代文学的对外传播而言，2014年也许算得上是一个"麦家年"。

2月起，《纽约时报》《华尔街日报》《卫报》等欧美主流媒体，对中国作家麦家的创作成就及其作品《解密》的艺术特色，进行了密集报道，不惜笔墨，不掩惊喜。3月，《解密》英文版由美国FSG出版公司与英国的企鹅出版集团联手出版，并在多个英语国家同步上市，并被纳入著名的"企鹅经典文库"。之后，《解密》相继与西班牙、法国、俄罗斯等13个国家的17家出版社签约。

对于麦家其人其作在海外的走红，《纽约时报》在题为《一个中国谍战小说家笔下的秘密世界》的报道里认为，麦家在作品中所描述的秘密世界，大多数中国人并不熟悉，外国人更是一无所知。麦家向媒体坦陈："其中有巨大的偶然性。如果我的译者当初没有在机场书店看到我的书，她的爷爷没有从事情报工作，可能这些事情都不会发生了。"麦家特别强调个人的"运气"，但这些看似偶然，实则必然。因为，译者看了《解密》，觉得"好看"；出版商看到译稿，惊呼："没想到中国也有这样的作家。"这些都源于《解密》这部作品独特的艺术特色以及麦家小说创作的别有洞天。换句话说，出色而独特的麦家和他的小说文本本来就存在着，现在恰巧遇到合适的译者，又恰逢适当的时机。译者、出版者，包括媒体、读者，以接力的方式联袂发现了麦家，一个当代版的"伯乐相马"的故事便应运而生。

从一些英美媒体有关麦家文学创作的报道看，虽然不可避免地带有欧美主流媒体的特定视觉，但在阐说英美书业何以看重麦家、英美读者何以看好麦家的因由中折射出来的看法，却对我们重新认识麦家小说，理解麦家的创作个性，乃至揣摩"中国文学走出去"的脉动等，不无启发意义。

麦家从《解密》开始，到《暗算》和《风声》，都脱开常规写谍战，很受读者欢迎，但文学评论圈的评价始终不高，并不时伴有到底是严肃文学还是类型文学的种种争议。《解密》获第六届茅盾文学奖提名，《暗算》获第七届茅盾文学奖，才在一定程度上抬升了麦家的文学地位，使这个另类作家进入主流作家行列。与文学评论界的迟疑形成鲜明对比，英美的书业界与传媒界对于《解密》的肯定却极为果决，如《华尔街日报》的文章说道："《解密》一书的可读性和文学色彩兼容并包，从一种类似寓言的虚构故事延伸到对谍报和真实的猜测中，暗含诸如切斯特顿、博尔赫斯、意象派诗人、希伯来和基督教经文、纳博科夫和尼采的回声之感。"

《解密》在善于营构故事和精于叙述故事两个方面，都显现出了麦家在小说艺术上的造诣与气质。有着数学天赋的主人公容金珍，本可成为国际数学大师，但因国家安全急需解密人才，便倾心倾力地投入进来，在破解尖端密码的工作中与自己的老师——著名的数学大师与制密权威希伊斯暗中斗智角力。小说在悬疑丛生的叙事里，既写天才斗智，又写人才互耗；既写性格悲剧，又写命运悲剧；既蕴含了丰富的东西方文化内涵，又挖掘出潜藏于人性深处的灵性与魔性。在数学奇才献身国家解密事业的故事里，从正面看，个人命运交织着国家命运；从反面看，科技的进步常常构成对人性的钳制，智慧的释发往往会形成对文明的反制。这种以小见大的叙事，使作品在引人入胜的故事中，富含引人反省的深刻内蕴，从而具有多角度解读的可能。糅合了东方与西方，打通了雅与俗，辨识度高，个性鲜明，这种风格得到不少海外读者的认同，也开启了中国当代文学通往世界的一扇窗户。

《解密》的英国出版方、企鹅经典书系的总监在接受媒体采访时说："麦家先生颠覆了我们对中国作家的传统印象，他写作的题材和价值是世界性的。"还有一些要言不烦的评说，更直白也更有意味。如《纽约客》主笔说："麦家的成功源于他的某种能力，他的小说专注于故事，而不是把我们的注意力转移到政治上去。"要看好故事，看有关中国也有关世界的故事，是许多海外媒体在文章中显露出来的强烈的阅读期待，而麦家和他的《解密》，正好满足了这样的期待，这也是中国作家与海外读者在写作的供与阅读的需上，少有的达到高度契合的成功范例。

因为种种原因，作为中国文化核心构成的中国文学，在海外的传播与影响不仅差强人意，而且与日益崛起的大国地位不大相称。这种情形，连海外的汉学家也为之着急。英国的汉学家、剑桥大学的蓝诗玲就不无忧虑地指出："2009年全美国只出版了8本中国小说"，"在英国剑桥大学城最好的学术书店，中国文学古今所有的书籍也不过占据了书架的一层，其长度不足一米"。这种情形再清楚不过地表明，中国文学的对外输出与传播，委实任重而道远。

随着国家日益重视文化软实力在综合国力和对外影响上的

重要作用，近年来我们在中国文学与文化的对外传播与译介工作上增加了不少力度。但毋庸讳言，成效最为显著，影响更为巨大的，可能还是2012年荣获诺贝尔文学奖的莫言，以及2014年走红英美图书市场的麦家。"黑马"麦家无意中的"被发现"，同样对海外了解中国不无启迪。中国当代文学是丰富多彩的，也是与当下世界完全接轨的。值得了解的作家，值得欣赏的作品，不只莫言与麦家。只要不带成见，取下有色眼镜，将会看到一个与中国历史一样辉煌、与中国现实一样多彩的当代中国文学。

从"走出去"到"走进去":麦家小说的海外影响力

姜智芹　山东师范大学

当前,中国文学海外传播研究的一个重要变化是从关心"走出去",到强调"走进去",即关注作品翻译出去以后在海外的传播效果,能否"活跃地"存在于他国文学体系之中,从"中国文本"变成"世界文学"。在这方面,麦家小说在海外的成功传播提供了一个极好的范例。

麦家身披诸多当代文学走出去"之最":《解密》英文版2014年3月上市后赢得中国文学作品海外销售的最好成绩,入选"企鹅经典文库",发行不到一年就拿下中国当代文学译作海外馆藏量第一,麦家也成为西方媒体和出版界最为青睐的中国当代作家。借《解密》良好的传播之势,《暗算》英文版2015年推出后也取得不俗的销售业绩。是什么助推了麦家小说的海外传播?在海外传播过程中,有哪些文本质素和非文本因素在起作用?麦家小说在西方世界的成功传播对于中国文学更深更广地"走出去"和"走进去",提供了哪些启示和借鉴?这是本文着重探讨的。

一、麦家小说海外成功传播的文本质素

一部小说成功地"走出去"首先得益于它的内力,即文本质素。麦家小说的谍战题材,人物塑造上对有缺陷的英雄的聚焦,主题上对人性的深剖,渊源上与西方作家作品的互文,是其内力

的彰显。这些内在质素连通了东西方读者的阅读期待与共识，建构起东西方文学解读的共同体。

首先，欧美国家素有创作、阅读悬疑小说和谍战小说的传统，而麦家的小说有悬疑及谍战因素。麦家被誉为"中国的丹·布朗"，与约翰·勒卡雷和阿加莎·克里斯蒂相提并论，这也是欧美出版商斥巨资推广麦家作品的原因。谍战作为一种世界性现象，赋予麦家小说以题材的世界性，令麦家的作品契合了西方读者的阅读定势和审美趣味。麦家小说的题材选择奠定了其在西方世界被接受的基础。《卫报》刊文称《解密》是"一部有趣而迷人的中国谍战小说"；《金融时报》刊文认为《解密》是"一部不同寻常的谍战作品，充满了元小说的峰回路转和后现代意味"；《泰晤士报》刊文指出麦家已"成为当下全球炙手可热的作家"。这都说明谍战题材提高了麦家作品在西方的接受度。

其次，麦家小说中有缺陷的英雄是其小说引发西方读者共鸣的又一文本质素。不论在东方还是在西方，人们心目中都有英雄崇拜和英雄主义情结，英雄们坚定的信念、报效国家的赤诚、无私奉献的精神，给不同民族、不同肤色的人们带来力量。麦家说："我讲的是'英雄'的故事，而对英雄的崇拜是各个民族与生俱来的。"[1] "英雄主义是连通作家和读者的一条比较短的暗道"[2]。麦家笔下的容金珍、阿炳、黄依依、陈二湖的奉献型人格、爱国主义情怀，具有普适性和审美共通性，成为连通麦家与西方读者的"暗道"，开拓了麦家作品的西方受众群体。

并不是中国文学中的所有英雄都能为西方读者接受，英雄在中西方文学中有不同的意涵和表现。新中国成立后很长一段时间内文学创作中塑造的是高大全、红光亮的完美英雄，他们没有普通人会有的缺点和不足。而西方文学中的英雄通常具有人性的弱点，到了20世纪，西方文学中的"英雄"则走向了非英雄、反英雄。《太阳照常升起》中的亨利做了逃兵而心安理得，《第二十二条军规》中的尤索林全无传统英雄的崇高壮烈和出类拔萃。西方文学中的英雄大都有常人的一面，他们身上人性的弱点分明可感。中国文学作品中的完美英雄难以引起西方读者的共鸣，而麦家谍战小说中的英雄则契合了西方读者和评论者的审美喜好。《解密》中的容金珍是数学奇才，但自幼性格孤僻；《暗算》中的阿炳天赋异禀，有着超乎寻常的听力，但却是个瞎子，并且脆弱、不谙世事；黄依依数学能力超群，而且有报效祖国的一腔热情，但她个性桀骜不驯，思想不合时宜地开放。这些英雄人物性格上的缺憾使他们更贴近普通人，因而更能为西方读者所接受。麦家笔下的这些英雄与西方文学中英雄的人格化、人性化，产生了视域融合，造就了其作品的跨文化传播力。

不仅如此，麦家对英雄悲剧结局的安排也让习惯了悲剧美学的西方读者心有戚戚。西方的悲剧大都以悲怆的死亡带给人强烈震撼，起到净化读者心灵的作用。这一点与中国儒家思想讲求的"圆满"截然不同。麦家的小说没有采用中国文学中常见的大团圆、合家欢结局，而是让英雄猝然陨落。容金珍破译了高级密码紫密，却因丢失了一本记录黑密资料的笔记本而精神分裂；打败了密码和发报机的阿炳，却因老婆生下别人的孩子在绝望之中自杀身亡；破译了乌密的黄依依，因无法和钟情的人在一起而负气委身于有妇之夫，却落得个被情敌误杀、殒命厕所的悲惨结局。麦家小说在结局设置上与西方悲剧美学的切近，令西方读者感到一种来自东方陌生国度的熟悉感，他们更愿意亲近这类东方英雄，悲剧结局迸发出的残酷力量让人更加深刻地洞察世界，洞悉人生。

再次，麦家作品所突显的人性主题是最容易引起西方读者共鸣的文本质素。麦家的小说表现的是解开关乎国家命运的密码，实际仍是对人性的探索。他在接受采访时说道："间谍博弈只是表层，我写的是人。那些身陷军事异化中的人：他们的精神，他们的命运，他们内心的痛与爱——这是我所关心的。"[3]麦家认为"作家终归要破译人心和人性的密码"[4]，而人性是没有国界的，在终极意义上，麦家笔下的天才人物所要破译的，不是紫密，也非黑密，而是人性的深渊，是人类内心的秘密。所以，他叙述的重点是人性的复杂幽深和内心的激流险滩。人性在他笔下首先是高贵闪亮的。安在天、陈二湖、林英都是有坚定信仰的人，他们有着超强的意志力，对革命赤胆忠诚，体现出心甘情愿的奉献精神。麦家也表现了环境与职业对人性的压抑和扭曲。阿炳、黄依依在高度机密的国家情报部门工作，非常规手段的使用让人性中黑暗的一面暴露出来，这是对人性的摧残。正如麦家所言：人性总在跟日常赛跑，但怎么跑都将注定会失败。这是我最关注的创作主旨之一。《金融时报》刊文指出："麦家似乎更在意描写人性的复杂。"《泰晤士报文学副刊》的评论文章认为"《解密》中有很多引人入胜的叙述……但归根结底其永恒的魅力在于探索人性之复杂"。《出版者周刊》刊文评论说，《解密》是在"不断破译人这个最玄幻的密码"。《芝加哥论坛报》刊载的文章认为《解密》揭示了"人性是最大的谜，是唯一无法破解的密码"。破译人性复杂之谜这一世界性主题连通了东西方读者的跨文化解读与阐释。

最后，西方读者在麦家小说里看到了西方文学的影响。麦家曾坦言博尔赫斯对他产生了很大影响，称博尔赫斯是他生活中的太阳，阅读博尔赫斯的作品带给他美妙的享受，让他改变了对文学创作的认识。在他看来，博尔赫斯的《交叉小径的花园》是一篇谍战小说，他从博尔赫斯那里学会了如何更好地叙述故事。他曾这样说："我的写作一直执迷于迷宫叙事的幽暗和吊诡，藏头掖尾，真假难辨，时常有种秘中藏密的机关不露。"对《解密》的评论也充满了与西方作家作品的联系。《华尔街日报》刊文称"《解密》的可读性和文学色彩兼容并包……暗含诸如切斯特顿、博尔赫斯、意象派诗人、希伯来和基督教经文、纳博科夫和尼采的回声"。《金融时报》上发表的文章认为，读者可以从《解密》中看到博尔赫斯和纳博科夫作品的影子，也可以在可怜的容金珍不可思议的一生中寻觅赫尔曼·梅尔维尔作品中人物的映射。《经济学人》刊文声称西方读者在《解密》中能看到"马尔克斯的魔幻现实主义，也能读到像彼得·凯里的小说那样被完全带入一个全新世界的神秘主义"，而小说的主人公容金珍令人"联想到汤姆·麦卡锡的经典作品《C》"。联系、对应自身文学传统中熟悉的作家作品来解读中国当代文学是西方读者的一大阅读定势，西方读者通过这种方式，把不熟悉的变为熟悉的，把相对陌生的中国当代文学融进熟悉的西方文学框架之中，寻找一种熟悉感和认同感。

二、麦家小说海外成功传播的非文本因素

麦家作品在海外的成功传播除了文学维度的内力外，还得益于外力，即译者、版权代理人、海外出版商、评论者、多向度的宣传营销等一系列非文本因素的联动。

麦家的《解密》《暗算》走向英语世界，得益于其英文译者米

欧敏在上海候机时偶然发现这两本书。米欧敏拥有中国古代文学专业博士学位，爷爷因从事过秘密情报工作而对中国谍战小说十分感兴趣，她想让不懂中文的爷爷看看中国破译家的故事而翻译了《暗算》部分章节。译稿被企鹅出版集团看中，《解密》《暗算》英文版先后出版。米欧敏出色的译文，打开了这两部作品走俏英语世界的大门。

在促成麦家作品英文版面世的过程中，麦家的海外版权代理人谭光磊功不可没。谭光磊曾把《追风筝的人》《风之影》等引进国内，成为中文畅销书，在海外版权代理方面有着丰富的经验。他主动找到麦家，想做他的版权代理人。谭光磊熟悉西方读者的阅读期待和欣赏趣味，谙习西方出版机构的运营规则和手段。他联系企鹅出版公司，并将样稿送给与麦家有过一面之缘的著名汉学家蓝诗玲审读，不仅成功与企鹅出版公司签约，还让美国 FSG 出版公司对麦家作品产生了兴趣。米欧敏洋溢着古典美感的翻译与蓝诗玲、谭光磊的成功引荐是麦家作品走向世界的敲门砖，也是麦家作品海外传播节节高的开始。

《解密》的海外出版方——英国企鹅出版公司、美国 FSG 出版公司、西班牙行星出版集团、法国拉丰出版社等，为它带来了良好的声誉资本。企鹅出版集团堪称世界文学出版界的航母，是经典作品的诞生地，它以高版税签下《解密》《暗算》的版权，并把这两本书列入"企鹅现代经典"系列，这个书系以前仅收录过中国作家的两部作品——鲁迅的《阿 Q 正传》和钱锺书的《围城》。麦家的作品得以和乔伊斯的《尤利西斯》、马尔克斯的《百年孤独》、纳博科夫的《洛丽塔》等西方经典名作并列。美国 FSG 出版公司有"文学帝国的守护神"之称，出版过 20 多位诺贝尔文学奖得主的作品。麦家是该出版社推出的第一位中国作家，FSG以高版税签下他的两部作品。西班牙行星出版集团旗下的"命运"书库在文学作品出版方面享有盛誉，麦家是"命运"书库签约的首位中国当代作家。享有"法国出版界教父"美誉的拉丰出版社签下了《解密》《暗算》的法文版。权威出版社，口碑良好的丛书，为麦家作品的海外传播筑起一个优质的平台。

一系列营销措施伴随着麦家作品在海外的出版，名家名刊的评论、宣传片、广告投放、巧妙利用重大事件、作家亲身参与海外营销等，这一切环环相扣，让麦家的作品走进海外寻常百姓家。

图书出版流程，图书上市之前主流媒体会发表书评。据统计，《伦敦书评》《泰晤士报文学副刊》《纽约时报》《泰晤士报》《华盛顿邮报》《卫报》《华尔街日报》《芝加哥论坛报》《经济学人》《出版者周刊》《书单》等刊发了《解密》的相关书评或报道。名家的评论、主流刊物的推介，对于西方读者接受《解密》起到了重要的引领作用。

宣传片和广告投放是麦家作品海外宣传的另一项重要措施。《解密》从一开始就已进入了以畅销为目标的市场化运作。按照西方的出版惯例，新书上市一般要进行为期三四个月的推广，而《解密》的宣传期竟罕见地长达8个月。FSG出版公司签下版权后派摄影团队到杭州为麦家量身定制宣传片。在马德里，《解密》的宣传广告投放到18条公交线上，而且长达40天之久，这种待遇只给过丹·布朗等极少数作家。企鹅出版集团则聘请好莱坞专业团队为《解密》打造宣传片。这些铺垫激发了西方读者的阅读期待，燃起了书商的销售热情。国内的出版社、作家本人也参与了麦家作品的全球推广。浙江出版联合集团、浙江省作家协会与外方出版社合作，用一年的时间，在西班牙、墨西哥、阿根廷、英国、美国、德国、法国等国家进行了长达一年的巡回推广，麦家在各种文学沙龙、读者见面会上，与西方世界的读者、评论家、作家、记者进行面对面的交流。麦家作品在海外的宣传投入人力物力之巨、时间地理跨度之大，开创了中国图书对外推广的新纪录[5]。对麦家作品良好传播力的预测是海外出版商投入如此大之社会资本、经济资本、文化资本的原因所在。

重大政治事件在文学作品的海外传播中也起到一定作用。"斯诺登事件"在世界范围内的发酵和引起的广泛关注为西方读者接受《解密》提供了契机。监视、窃听、机密等是"斯诺登事件"的关键词，与《解密》在主题上存在关联之处。麦家在回答王德威教授提问时指出，《解密》的主人公容金珍与斯诺登是同一种人："都是为国家安全这份至高神职修行的，异化的人；不同的是，前者为此感到无上光荣，情愿为此自焚以示忠诚，后者恰恰相反。他们是一个硬币的两面，背靠背，注定要在两个心向背的世界里扮演着一半是英雄一半是死敌的角色。"[6]《解密》用文学想象诠释着人们对现实问题的担忧。《解密》的海外传播遇到了难得的历史机遇，从而在西方世界产生了更大的影响。

文学的对外传播也和国家发展有着密不可分的关系。对于《解密》在国外的热销，麦家曾表达过这样的认识：中国的发展是最大的动力，正是经济的高速发展，让外界对中国更加感兴趣。了解一个国家，最简单的方式就是阅读它的文学。中国经济的高速发展引起世界瞩目，为文学的海外传播赢得了良好的氛围。中国文学的海外传播又给中国带来更大的声誉，推动了经济发展。

麦家作品在海外的成功传播得益于译者、海外版权代理人、海外出版社、评论界及媒体的合力作用，各种非文本因素互相推进，层层叠加，将麦家作品的传播力、影响力最大限度地激发出来。

三、麦家小说海外成功传播的启示与借鉴

麦家作品在海外的成功传播得益于文学质素和非文学因素的有机结合，得益于文学思维和非文学思维的交互作用，给当代文学的创作与传播都带来一定的启示和借鉴。从文学创作层面来讲，要处理好文学性与可读性、主旋律与文化消费的辩证关系。麦家的作品是将纯文学理念和类型小说成功结合的典型范例。他用"俗"的表现形式传达"雅"的主题，通俗化的叙述中蕴含着对人生哲理的探寻和思考。麦家的作品注重故事性，他曾说："我觉得小说可以革命，但是怎么革都不能把故事革掉。小说有一些常用的元素，故事不能丢。"他力求让自己的作品有更多的读者，他笔下的人物都有异于常人之处，引起读者强烈的好奇心。他小说的叙事别出心裁，层叠回环，让读者享受到奇妙故事带来的阅读愉悦。

麦家不仅强调作品的故事性，还赋予故事深刻的主题。他说："要讲一个悬疑故事，藏一个谜底并不难，但给一个悬疑故事赋予一个人的情怀甚至是一种国家情怀，这是有点难的，我也迷恋于这种挑战"。他的悬疑故事外壳所包裹的是对神秘命运、复杂生命的探寻，是对人类心理极限的探测。麦家在《解密》《暗算》里面加入了大量心理分析，开掘心理探索的深度。他笔下的英雄们面临的是人性的深渊，他所要破译的，是人心的秘密。麦

家修复了纯文学和大众阅读之间的通道，使得文学的广泛和有效阅读重新成为可能。

麦家的小说也很好地处理了主旋律与文化消费的辩证关系，体现了核心价值观和畅销图书市场的高度融合。《解密》《暗算》等作品，将悬疑、谍战元素和爱国主义主题紧密结合在一起，诠释的是担当意识、牺牲精神，悲剧英雄身上既有实现自我的诉求，更有报效国家的情怀，展现的是个体悲剧的崇高与神圣。《解密》《暗算》是红色经典的延续和变奏，是主流意识形态积极认同的作品，同时又吸收了西方悬疑、谍战小说的精髓，兼具文学性和消费性，从而在西方世界形成一股"麦家热"。

除了创作上的启示外，麦家作品在传播方面也带来某些借鉴。其一，要与国际出版操作接轨，在宣传、评介等方面下足功夫。在西方，图书出版前后通常都会大张旗鼓地宣传造势，以赢得读者的注意。比如马德里的宣传广告："谁是麦家？你不可不读的世界上最成功的作家"。"世界上最成功的作家"就可能激发起之前不了解麦家的西方读者的阅读热忱，促进传播效果的产生。同时，我们也应借鉴国外图书市场的做法，健全文学经纪人与海外版权代理人制度。这二者在欧美已经非常普遍，而在国内还十分缺乏。目前来看，中国当代作家中在海外传播较广泛、较成功的，几乎都有海外版权代理人，比如莫言、余华。文学经纪人和海外版权代理人能促进作者与海外出版公司合作，推动多层次的宣传、推广，令作家作品从"养在深闺人未识"，走向"天下谁人不识君"。

其二，利用电子书、社交媒体等形式，促进作品传播。在网络信息时代，电子版先行是一种时代趋势，网络的快捷性、广泛性使得电子版图书能在第一时间走近读者，获得他们的反馈。现在很多图书都采取纸质版和电子版同步发行的方式。电子版不仅能扩大阅读量，而且能提高关注度。《解密》英文版纸质版和电子版兼有，不仅如此，出版社还跟美国最大的阅读社群网站Goodreads合作，推介《解密》英文版。麦家还利用微博和博客与中外读者互动，讲述《解密》的创作过程，令读者产生情感上的共鸣。

其三，麦家作品在海外的成功传播昭示了一种新的中国文学海外传播模式的诞生。这表现在两个方面：一是中国作家参与海外宣传，与国外媒体和读者进行良好的互动；二是国内外的出版社联合运作，优势互补。麦家作品海外传播的成功，转变了中国当代文学海外接受囿于高校和科研机构的小众局面，使其深入到西方社会的普通读者当中。国内外的出版社如何鼎力合作，在全球范围内推广中国作家作品，麦家作品的海外传播提供了一个良好借鉴。

英国学者贝克（Mona Baker）说，在任何社会，文学无疑都是传播公共叙述的强有力手段。为了讲好中国故事，传播好中国声音，塑造良好国家形象，中国文学在对外传播过程中，不仅要"走出去"，更要注重"走进去"，从而产生落地生根的良好效应。

注释：

[1] 冯源、章利新：《中国作家为何突然"走红"西方主流媒体》，《新华每日电讯》2014年5月1日。

[2] 麦家、季亚娅：《麦家之"密"——自不可言说处聆听》，《芙蓉》2008年第5期。

[3]　陈香、闻亦:《谍战风刮进欧美:破译中国文学走出去的"麦家现象"》,《中华读书报》2014年5月21日。

[4]　李晓晨:《麦家:作家终归要破译人心和人性的密码》,《文艺报》2018年1月29日。

[5]　季进、臧晴:《论海外"〈解密〉热"现象》,《南方文坛》2016年第4期。

[6]　麦家:《解密》,北京十月文艺出版社,2014,"前言:答王德威教授问",第2—3页。

译出之路与文本魅力

——解读《解密》在英语世界的成功

吴　赟　上海外国语大学

继莫言之后，麦家这个名字成为中国文学"走出去"的新热点。2014年3月，小说《解密》英文版由企鹅与FSG两大出版集团联手推出，并在多个英语国家同步上市。《纽约时报》《纽约客》《经济学人》等数十家英美主流媒体均对麦家的文学成就及其作品的艺术特色详加剖析，不吝赞美。同时，这部作品被收入企鹅经典文库，麦家成为被该文库收录的首位中国当代作家。

一部中国小说要在英语世界取得成功是异常艰难的。目前在西方已建立起文学名声的中国作家屈指可数。麦家以及《解密》成功地走向世界为中国文学"走出去"提供了宝贵的样本资源。译者、文学经纪人、出版公司的协作是推动《解密》享誉海外的重要动因，而作品自身的文学特质和艺术魅力则是核心元素。

一、译出之路：译者、文学经纪人与出版社的协作

一部优秀的译作是有机有序、环环相扣的生产链，需要翻译、版权代理、出版营销等各个环节的精密配合和优质运作。透视《解密》的译出之路，我们不难发现正是译者、文学经纪人和出版社的有效协作帮助麦家走进了西方视野，建立了卓著的文学声名。

从原作到译作的生产流程中，译者米欧敏扮演了一个至关重要的角色。米欧敏是英国人，精通中国文学与文化，且了解英语读者的阅读习惯和审美倾向，使得她在进行文学翻译的过程中，能采取有效的翻译策略，既忠实于原著，保留《解密》独特的文学个性和写作风格，又能跨越语言与文化层面的局限与障碍，使得原著中的陌生元素适应西方读者的认知能力和审美习惯。值得一提的是，米欧敏的祖父在二战时期是密码破译员，因此她在机场书店偶然看到《解密》和《暗算》这两本小说时，便想翻译给祖父看。由于家学渊源，米欧敏十分了解密码，因而具备了翻译这两本小说所要求的专业知识。一位具有专业素养的优秀译者是保证翻译质量不可或缺的重要元素。

麦家的文学经纪人谭光磊也是推动《解密》英译本进入英语文学场域的重要原因。在英美世界，出版经纪人制度已经十分成熟而健全，其主要的职责是发掘并包装作者、帮助作者寻找合适的出版社、签订出版协议、协助作品宣传，并负责作品的海外版权等业务。简而言之，出版经纪人是作家与出版社之间的纽带和桥梁。海外的出版机构大多不会直接和作者联系，而是通过出版经纪人来进行洽谈，这给中国文学"走出去"提出了一个十分重要的课题。谭光磊是目前中国最为成功的版权经纪人之一，凭借多年从事海外版权代理的经验，他已在作家和国内外出版社之间建立起了一个资源丰富、交流迅捷的信息平台。《解密》英译本的出版及热销，谭光磊功不可没。

译者、经纪人以及其他社会资本的多方合作使得《解密》英译本能够在翻译场域的博弈中占据优势，成功与西方主流出版社签订出版协议。英国的企鹅出版社是世界最著名的英语图书出版商，与美国兰登书屋合并之后成为全世界最大的图书出版公司。美国 FSG 出版公司则有"诺贝尔文学奖御用出版社"的美誉。一本中文小说的英译本进入出版环节之后，便从翻译场域进入了经济资本主导的商业场域。这些大型商业出版机构具有庞大的资金支持、丰富的营销手段和多样化的销售渠道，在看重作品本身文学价值的同时，也十分重视作品的经济效益，努力提高作品的传播与接受效果，这又反过来提升了作品的地位与声誉。因此，由大型优质出版社推出中国小说译本是目前能够在海外形成较大影响力、拥有较大数量读者群的出版模式。

　　欧美出版公司对一本新书的宣传大多在面市之前的三个月就启动，出版社制作样书送给各大媒体，并邀请相关书评人撰写书评。《纽约时报》《经济学人》等主流媒体的书评是大众读者获取图书信息的主要途径，一本书能否激发大众的阅读兴趣，相关书评十分重要。由于包括麦家在内的中国当代作家，企鹅和 FSG 这两家出版社对《解密》英文版的宣传从 2013 年 8 月就开始，足足长达 8 个月，先后在数十家西方主流媒体刊发书评。此外，两大出版社还不惜重金，派出专业团队前往杭州专访麦家，制作宣传短片在 YouTube 上播映。2014 年 5 月起，出版社还邀请麦家到美国、英国、加拿大、澳大利亚等英语国家的多个城市进行宣传。《解密》英译本自推出以来，在欧美图书市场的销量一直位居中国小说榜首，这与两大出版社不遗余力的宣传与推广密不可分。

　　从《解密》的译出之路来看，译者、文学经纪人、出版社等各方参与者的有效协作大大增强了作品英译本在世界文学场域中的地位和声誉。对照中国当代文学对外译介的整体格局，不难发现其中的薄弱之处。如何找到合适的译者？如何接洽西方主流出版社？如何在海外推广及宣传？任何一个环节的不足或缺失都可能导致惨淡收场。中国作家大多没有处理海外版权的经验，往往坐等译者或出版社找上门。而外国出版社的编辑大多不懂中文，无法直接鉴别原作是否有出版价值。因此在中国作家与外国出版社之间存在着巨大的交流障碍和信息断裂。如何使译者、出版社、文学经纪人这几方面所拥有的文化资本、社会资本、经济资本协调运作，是中国文学外译过程中最为关键的问题。

二、文本魅力：实现对中国文学的期待与想象

企鹅和 FSG 出版社在推介麦家时称他"可能是之前你从未听说过的世界上最受欢迎的作家"，这一措辞既指向《解密》英文版的读者接受度，同时也暗指这部小说所具有的重塑外国读者对中国文学认知的颠覆意义。如果没有翻译家米欧敏、经纪人谭光磊、两大西方主流出版机构的共同努力，那么西方读者也就无法在莫言、余华、苏童、阎连科等人之外发现一个迥然不同而又新意十足的中国作家。然而，一位中国作家能够走进西方主流文化，获得业界的高度认可和商业的巨大成功，其作品本身的文学特质和艺术特色是不可忽视的。以《解密》为例，我们可以一窥中国文学创作走向世界的基本要素，并从中获得启示。

西方主流期刊的书评往往是判断一部中国小说在英语世界被接受程度的最直接依据。《经济学人》的文章称《解密》为"一部每个人都应该读的中国小说"，文章说，"迄今为止，虽然已经有几千本中国小说被翻译，但是如果外国读者对中国没有特别兴趣的话，这些小说几乎没有一本令人读得下去。但《解密》却打破了这个定式。它节奏很快，充满活力，故事新意十足，在众多中

国小说中脱颖而出，从第一页开始就扣人心弦"。《解密》在西方大获成功，主要原因在于它既符合英语读者的阅读经验，又在叙事内容和叙事手法上推陈出新，在中国化的深刻内涵中兼具西方文学精神。

（一）对传统类型叙事的颠覆与开拓

《解密》的类型叙事与西方读者的阅读经验十分契合。以推理/悬疑为主题的文学书写历来是西方大众文学中的强势类型，阿加莎·克里斯蒂、丹·布朗、约翰·勒卡雷等广受欢迎的西方作家均属此类。二战之后，这一文学类别越来越多地进入纯文学场域，演绎重点从理性地分析谜团转向对于人性、心理、伦理的探求，福克纳、海明威、格雷厄姆·格林等均在文学创作中融入推理元素，同时赋予作品深刻的历史意义及文化内涵。相比之下，推理/悬疑类型的小说在中国的文学格局中常常被推至边缘地位，麦家的作品在中国的文学评论圈评价不高，这在一定程度上解释了为何长久以来以谍战小说为代表的类型文学不是中国文学对外传播的重点。

与莫言、苏童、余华等立足纯文学的叙事不同，也与西方读者熟悉的推理/悬疑的类型叙事不同，《解密》推陈出新，建立了一种新的叙事典范。《金融时报》上的文章这样写道："很容易把麦家看成中国版的约翰·勒卡雷：都曾在国家的情报部门和间谍、密码破译员一起工作，作家把这种经历融入小说创作，使之兼具文学的细腻和商业的魅力。两人的作品也都被改编成电视和电影。然而，相似之处仅止于此。容金珍和勒卡雷世界里的史迈利截然不同。这是一个不走常规的间谍小说，充满了元小说和后现代意味的峰回路转。"

267

《解密》的成功之处在于，不仅呈现西方间谍小说常见的惊险刺激，而且将间谍小说、历史传奇和数学谜题糅合为一个强大的有机体。企鹅出版公司总编基施鲍姆看到译稿后说，从来没有看到哪一本书能把这几种文学元素融合在一起。恰恰是这样的独辟蹊径给西方读者提供了迥异的阅读感受，令他们耳目一新。

《解密》区别于传统推理/悬疑小说的地方在于它颠覆了传统叙事中典型的英雄塑造，在历史的秘境中拷问英雄形象与自我本体的复杂关系。数学天才容金珍成为特情机构 701 的一名电报密码破译员，创造了惊人的奇迹，然而这个英雄却因为机密的笔记本遗失而精神崩溃。高大的英雄在细碎的日常生活中陷入了难以自我认同的迷局，密码的符号意义与宏大的历史背景结合起来，展现了作者对生命与自我的思考，对人性的关怀。

与传统推理小说中着重呈现如何解密不同，《解密》的精彩之处在解密之外。作者在一大堆迷宫式的细节中完成了对人物及人性的深刻探索。《纽约时报》文章认为"麦家的小说并没有展示给我们多少真实的密码学或者间谍工作。读它的乐趣——让人实在不忍释卷的原因在于他对容金珍的心理研究。全书情节紧张，气氛脱俗，细节华丽"。《泰晤士文学增刊》文章则说"《解密》对密码、政治、梦境和各自的意义做了细致、复杂的探索。从奇异、迷信的开篇到 20 世纪容氏家族的逐步衰落，全书引人入胜。但是归根到底，揭示人物的复杂才是本书永恒的旨趣所在"。

麦家以《解密》为代表的充满人性关怀的书写为推理小说的类型叙事开拓了新的文学意义和价值，也使其作品成为文学雅俗之争的焦点。麦家的小说《暗算》于 2008 年获得茅盾文学奖，这标志着畅销与经典、通俗性与文学性在麦家小说中实现了较为理想的统一。

（二）中西结合的表现手法与叙事方式

《解密》独特的表现手法与叙事方式是其在英语世界大受欢迎的另一主要原因。麦家把解密学的世界、人性的隐秘世界以及20世纪的中国熔铸在一起，推理悬疑的抽丝剥茧中充满着典型的中国经验和中国记忆，为英语读者提供了充满魔力而又神秘的中国之旅。《纽约客》刊发文章评论说："麦家将自己无人能及的写作天赋与博尔赫斯的气质巧妙结合，为读者呈现了一段复杂而又好看的中国历史以及独特的政治魅力。"

麦家的英雄书写既刻画其崇高，又不回避其个体悲剧性。麦家对文学书写的过分消极不以为然："回头来看这将近20年的作品，大家都在写个人、写黑暗、写绝望、写人生的阴暗面、写私欲的无限膨胀。换言之，我们从一个极端走到了另一个极端。以前的写法肯定有问题，那时只有国家意志，没有个人的形象，但当我们把这些东西全部切掉，来到另一个极端，其实又错了。"同时，《解密》对英雄的构建不同于五六十年代的红色叙事，后者集中笔墨去刻画高大全的人物形象，生命个体的情感往往被国家大义遮蔽，而《解密》在家国的背景下突显个体悲剧的崇高感和神圣感，这种悲剧叙事充满了诗意与传奇性。对于英雄的祛魅显示了麦家对于人性深刻的探索，也构成了小说叙事的魅力所在，在探索国家、政治等宏大命题的同时，饱含作家对于伦理、生命与人性的思考。

麦家十分重视如何讲好故事，而兼顾大众读者的审美趣味是他的写作准则之一，也是《解密》被英语世界接受和认可的重要原因。从叙事方式来看，一方面，《解密》融入了多种西方元素。

不难看出,《解密》受博尔赫斯影响颇深,采用了博尔赫斯式的文学迷宫结构和叙事机制。另一方面,麦家在营构《解密》这个中国故事的时候,沿用了中国古典小说的架构与技巧,这些承接中国古典文学的经验成为麦家小说连接世界文学的路径。《金融时报》所刊发的文章指出,"它用曲折、多头并蓄的中国古典小说构架,层层展开和情节息息相关的故事和人物。西方读者会觉得小说开头读起来十分受挫,但是这种背离常规、恍惚、懒散的开篇把作品带出了紧张的惊险小说的藩篱,带读者走入更为离奇、难以预料的世界"。麦家对整个故事的解剖、重组与整合方法赋予了小说一种独特性,让西方读者实现了对另一个世界、另一种文化的阅读期待。

汉学家杜迈可(Michael Duke)认为,英语世界的读者期待神秘、复杂的作品,期待读到想象丰富、思想深刻的作品,期待小说能在想象探索的基础上,喻示个人对当代内心世界和外部世界的独立见解。《解密》恰恰具备了这些要素。在西方读者眼里,这本小说在表现形式和内容意义上都充满艺术性和新颖性,层出不穷的细节构建了一种独特而丰厚的美感,这个典型的中国故事,有着浓郁的魔幻现实主义色彩和独特的中国文学风格,提供了解读中国社会与生活的新视角。

三、结语

《解密》在英语世界所获得的成功给我们如下的启示:从文学作品的翻译和传播路径来看,需要译者、文学经纪人、出版社等文学场域的参与者有效协作,充分发挥各自的作用,原作转化为译作之后才可能获得较好的文学声誉以及经济利益。由此反观中国文学作品的英译情况，不难发现其在翻译以及传播各个阶段存在的问题。从文学作品自身来看，中国的文学创作不能机械地模仿西方文学，更不能简单地照搬，必须讲出属于自己的好故事。在中外文化交流日益频繁的今天，西方读者对中国作品有着强烈的阅读期待，他们希望读到的并非围绕着政治的讲述，而是生动、鲜明地展示中国现实的当代文学。

《解密》的"解密"之旅

——麦家作品在西语世界的传播和接受

张伟劼　南京大学

在 21 世纪中国文坛升起的新星中,麦家无疑是最有影响力的作家之一,不仅收获了多个重要文学奖项,也凭借其小说作品的改编引领了近年来中国大陆谍战剧的热潮。2014 年,麦家的名字和形象开始频频出现在西方媒体的报道中。继其初版于 2002 年的成名作《解密》在英美世界广获好评,2014 年 6 月,麦家开启了《解密》海外推广之旅,首站选择的是西班牙,随后到访墨西哥和阿根廷,在这三个拥有深厚文学传统的西语国家推动《解密》西文版的发行。该书由西语出版界巨头行星出版集团发行,3 万册的首印数和 12.5% 的版税[1],以及规模庞大的广告投入和造势活动,是当代中国作家在海外难得享受的待遇。从西语世界各大媒体的报道和文学评论界的反应来看,《解密》得到了高度的认可,有力地提升了中国当代文学在西语国家的认知度。麦家作品在西语世界初获成功,是否预示着中国文学海外译介的一些新趋势呢?对于中国文化"走出去"战略来说,麦家及其作品的西语世界之行可以提供哪些有益的启示呢?

一、原本与译本

事实上,首部翻译成西班牙文的麦家作品并非他的成名作

《解密》，而是《暗算》。该书从中文到西文的翻译由一位中国译者与一位西班牙译者合作完成，系中国五洲传播出版社与行星出版集团的首度合作，于2008年8月在北京国际图书博览会亮相。[2]不过，行星方面虽已签约引进，却"因翻译的版本不理想便搁置了计划"[3]，这部小说并未成功走入西语世界。2014年在西语世界引发关注的《解密》西文版，则是从该书的英译本转译的。以下我们将集中讨论这本书的中文原版和西文版。

尽管我们无法确定，麦家的海外巡回推广之旅从西语世界开始是否出于作家的个人感情因素，但作家与西语文学的因缘之深却是无法掩盖的。麦家曾在访谈中承认，阿根廷作家豪尔赫·路易斯·博尔赫斯是他的"精神之源"[4]。《解密》一书的开头就引用了博尔赫斯《神曲》中的一句话，似是作为对故事带有神秘主义意味的预告："所谓偶然，只不过是我们对复杂的命运机器的无知罢了。"[5]《解密》围绕情报与密码的题材探讨人生哲理，而博尔赫斯的著名短篇小说《小径分岔的花园》（又译《交叉小径的花园》，以下简称《花园》）亦将形而上学的思考融于侦探小说、间谍故事的形式之中，二者之间似有隐秘的师承关系。如果我们细读文本的话，还能在《解密》中发现更多的博尔赫斯的影子。比如在故事中，希伊斯给主人公容金珍的一封信中有这样的句子：

现在，我终于明白，所谓国家，就是你身边的亲人、朋友、语言、小桥、流水、森林、道路、西风、蝉鸣、萤火虫，等等，等等，而不是某片特定的疆土……[6]

试比较《花园》中，主人公的一段心理描写：

我想，一个人可能成为别人的敌人，到了另一个时候，又成为另一些人的敌人，然而不可能成为一个国家，即萤火虫、语言、花园、流水、西风的敌人。[7]

这两段话都涉及国族身份认同的问题，前者是一位犹太裔流亡科学家的独白，后者是一个为德国人卖命的中国间谍的独白，其相似度是显而易见的。或许我们可以认为，对博尔赫斯的作品，麦家已烂熟于心，以至于能在写作中不经意地引用；或许我们可以认为，麦家是以这样一种隐秘的方式向博尔赫斯致敬。

另外，如果单看《解密》第一篇的话，我们似能找到哥伦比亚作家加西亚·马尔克斯名著《百年孤独》的影子。这一篇是容金珍家族历史的叙事，简直是一个微缩版的《百年孤独》：一个家族相继几代人的人生经历、来自西方的现代文明对本土固有文明的冲击、超自然现象的涌现、梦与现实的奇妙关系等等，无不是《百年孤独》同样涉及的题材。而作家本人也曾对西班牙记者坦言，《百年孤独》是他最钟爱的书籍之一。[8]

考虑到《解密》与西语文学的这种不解之缘，《解密》西译本的书名是耐人寻味的。不同于英译本的直译（Decoded），西译本将书名定为 El don，意为天才、才能。麦家说，西译本书名的这一改动给了他"一个惊喜"，他欣然接受。[9] 麦家或许没有想到，"El don"会令人联想起博尔赫斯最有名的诗篇之一 Poema de los dones（《关于天赐的诗》），同样是以 don 这个词为题。对于西语读者来说，如果稍作提示，从书名中就可以隐约感知到这两位作家间的师承关系。

遗憾的是，《解密》的西译本系孔德（Claudia Conde）从英译本转译，在这种双层的过滤中无疑会遗漏一些东西。如前文提到的小说开篇引自博尔赫斯的话，2002年的中国青年出版社版和

2009年的浙江文艺出版社版均保留此句,然而在西译本中却找不到这句引言。前文提到的与《花园》文本中相似的句子,在西译本中则变成了:

Ahora por fin he comprendido que cuando la gente habla de "su país" se refiere a su familia, sus amigos, su idioma, el puente que atraviesa cuando va a trabajar, el riachuelo que pasa cerca de su casa, los bosques, los caminos, la suave brisa que sopla del oeste, el rumor de las cigarras, las luciérnagas en la noche y ese tipo cosas, y no una extensión particular de territorio rodeada de fronteras convencionales.[10]

试比较《花园》中相应的原文:

Pensé que un hombre puede ser enemigo de otros hombres, de otros momentos de otros hombres, pero no de un país: no de luciérnagas, palabras, jardines,cursos de agua, ponientes.[11]

我们可以看到,这两段西文并不存在可以被认为有所暗合的地方,像"萤火虫""流水""西风"这样的词,在从博尔赫斯的西语原文到中译本、再从麦家的中文小说"回"到西文语境时,变成了另一种说法,使得《解密》与《花园》间存在的互文性关系受到了破坏。从这点上说,《解密》的西译本并不完美。

我们如果再仔细对照中文原本的话,可以发现,这个西译本并不是非常"忠实"的,在很多地方采取了照顾译入语读者口味的归化译法。我们试比较几个案例:

例1原文:在真人不能屈尊亲临的情况之下,这几乎是唯一的出路。[12]

译文:Si Mahoma no iba a la montaña, entonces la montaña tendría que ir a Mahoma[13].(如果穆罕默德不前往大山,那么大山

275

就自己来找穆罕默德。)

例2原文：有点塞翁失马得福的意思。[14]

译文：Fue como agacharse para recoger una semilla de sésamo y encontrar una perla.[15]（这就好比弯下腰来捡一粒芝麻籽，结果发现了一颗珍珠。)

例3原文：福兮，祸所伏。[16]

译文：La buena suerte depende de la calamidad y viceversa. Lo bueno puede venir de lo malo, y lo malo, de lo bueno.[17]（好运依附于厄运，反之亦然。好事可以从坏事中来，坏事也可以从好事中来。)

在例1中，译者凭空插入了一句西班牙谚语，以方便读者理解情节。在例2中，本应是一条中国成语的地方，西译本中又是一条西班牙谚语，读者自然能无障碍理解，原文蕴含的中国传统哲学的韵味却消失了。在例3中，译者似乎是在不厌其烦地解释这句来自《道德经》的名言。在小说原文本中，这句话是作为"容金珍笔记本"的独立一节出现的，而"容金珍笔记本"的安排颇具先锋文学的实验意味，从中西经典中借用了不少资源，具有不可低估的文学价值。因此，译者对这一句话的翻译处理同样破坏了原文本与经典文本之间存在的互文性关系，或许，在忠实翻译的基础上加注说明该句出处的做法更为妥当。

目前，与英语世界和法语世界相比，西语世界的汉学研究仍有很大的提升空间，汉学家人数稀少，很难找到像葛浩文、陈安娜这样的在中国文学译介方面富有经验的译者，这样的现实与使用西班牙语的庞大人口并不相称。直到今天，中国当代文学作品仍主要是从英译本或法译本曲折进入西语世界的，这无疑给两个世界的文化交流多加了一层隔膜，而由中国和西语国家译者合作翻译的模式还有待检验。虽然《解密》获认可、《暗算》遭挫折的事实并不足以说明前一种模式优于后一种模式，却为中国当代文学翻译策略的选择提供了非常有益的参考。

二、传播策略

单昕在探讨中国先锋小说的海外传播方式时指出，从先锋小说开始，中国当代文学海外传播渐与国际出版操作规范接轨，作为文学生产的产品而不再是政治宣传品走向市场。西方出版社和代理人的主动出击、作家的明星化、作品的文集化等都表明着传播方式的转型。[18]麦家作品在西语世界的传播就体现出这种中国文学作品作为文化产品进入国际出版市场的新趋势。经由中西出版方的合力运作，麦家作品得到了全方位的推销，实现了中国作家与外国新闻界、文学界与读者群之间的良性互动。"谁是麦家？你不可不读的世界上最成功的作家。"这是马德里公交车上的广告语。[19]"谁是麦家"隐藏的信息是，在2014年之前，麦家在西语世界几乎无人知晓，不像莫言、苏童、王安忆在西语世界已有作品译介，具备或大或小的名气。后一句广告语则极尽夸张地鼓吹麦家的文学地位，制造一种爆炸式的幻觉，仿佛麦家作品是一个刚刚被发现的新大陆。麦家在西语世界知名度的迅速提升，绝不仅仅是作品质量的原因，也绝不仅仅是其作品与西语文学关联度的原因。用布尔迪厄的文化生产场的观念来看，"构建名誉"的不是单个的名人或名人群体，也不是哪个机构，而是生产场，即文化生产的代理人或机构之间客观的关系系统，以及争夺神圣化垄断权的场所，这里才是艺术作品的价值及价值中的信仰被创造的地方，也就是说，艺术作品是有着共同信念和不等利益的所有卷入场生产的代理人们（包括作家、批评家、出版商、买家和卖家）共同完成的社会魔力运作的结果。[20] 尽管麦家在西语世界的迅速走红有助于提高中国文学界的集体自信，也是增强民族自豪感的好事，但在考察这一案例时，我们仍应保持审慎的目光。

前文提到，麦家作品的西译与推介，系中国五洲传播出版社与行星出版集团的首度合作。事实上，在此之前，五洲传播出版社已经开始有计划地将中国当代作家成系列地译介到西语世界。如该社已经推出了刘震云的《手机》《温故一九四二》这两部畅销小说的西文版，并运作了刘震云访问墨西哥之行。与外方出版社的合作无疑能大大增加中国文学作品打入国际市场的胜算，毕竟在发行渠道、对本地读者口味的把握、与当地媒体的沟通乃至作家和作品的形象设计等方面，外方出版社具备更丰富的经验。麦家作品首度进入西语文学市场就是挂靠在西语世界出版巨头行星集团名下，且与多位诺贝尔文学奖得主的作品同列著名的"命运"书系，即已在其通往"世界上最成功的作家"的道路上成功了一半。五洲与行星的合作或许标志着一种新的中国文学海外传播模式的诞生：将中国出版社对本国文学现状的熟稔与外方出版社对其传统经营领域的掌握这两大优势结合起来；中国出版社推出的外译中国文学作品在接受国际市场的考验之前，先接受外方合作出版社的考验。

作家亲身参与作品的海外营销，也可视为麦家案例的一大亮点。我们可以从各大西语媒体的报道中看出，作家本人与西语世界的记者、读者、评论家乃至同行面对面交流，麦家的形象经过了精心的设计,其个人经历与《解密》主人公的经历及故事背景被有机地缠绕在一起。密码的主题、神秘的东方等等,无不成为激起西语读者窥秘心理的元素。在作家与文本的互动中,作家本人也成了窥秘目光的聚焦所在,这位沉默寡言之人的举手投足都令记者和读者充满好奇。《解密》西文本的五洲传播版(中国国内发行)和行星("命运")版均附有作者简介,用的是同样的作者照片,我们试比较二者文字的不同:前者共151个西班牙语单词,简单介绍了作者的作品概貌、写作风格和所获奖项[21];后者则多达309个西班牙语单词,在介绍作者所获奖项和作品概貌之前,先以足够吊人胃口的方式介绍作者生平:"他当过军人,但在十七年的从军生涯中只放过六枪","他有三年时间住在世界的屋脊西藏,在此期间只阅读一本书","他曾长时间钻研数学,创制了自己的密码,还研制出一种数学牌戏"……[22]所有这些都与小说主人公容金珍的经历暗合,在作家的真实人生与文本的虚构人生之间建立起引人一探究竟的内在关系。由此可见,西班牙出版商将麦家形象的建构纳入一个由作家神秘人生、故事文本和作家现身说法共同构成的体系中。西班牙文学界的加入则使麦家世界级作家的地位获得了进一步的认可:知名作家哈维尔·希耶拉在马德里参与《解密》的发布会,将容金珍比作西班牙人熟知的堂·吉诃德[23];知名作家阿尔瓦罗·科洛梅在巴塞罗那的亚洲之家与麦家展开对话。就这样,《解密》作者的西班牙之行亦成了一次解密之旅:解作品的密,也解作家的密;作家阐释作品,作品也阐释作家,创作者与文本之间形成了富有神秘意味的互动。

可以预见的是,继麦家之后,将会有越来越多的中国作家走出国门参与自己作品的宣传,借此也更为近距离地加入与外国文学的互动之中，而作品在国际市场上成功与否，将会是多方合力的结果。

三、西语世界的接受

麦家作品在中国往往被贴上"特情小说"或"谍战小说"的标签，而在进入西语世界时则被纳入了另一种认知模式。在西班牙最重要的线上书店书屋（Casa del libro）的网页上，《解密》被归入"侦探叙事—黑色小说"的类别中。西班牙新媒体"我读之书"（Librosquevoyleyendo）发布的专访报道这样评价麦家："他向我们证明，黑色小说之王的称号并非由北欧人独享。"[24]

在西班牙文学中，黑色小说（novela negra）是从侦探小说（novela policíaca）中发展出来的一个门类，它是这样一种文学：记录一个处于危机之中的社会，以一种对现实世界保持批判的眼光揭示人性的幽暗一面，多有道德层面的追问，但并不进行道德说教。也就是说，黑色小说不仅仅是玩弄悬疑和推理的游戏，也致力于进行社会批判和探讨人的内心冲突，将商业文学的魅力与严肃文学的关怀结合起来。在西班牙当代文学中，黑色小说崛起于随着独裁者佛朗哥的去世而到来的文化解禁时期。经由巴斯克斯·蒙塔尔万、加西亚·帕翁和爱德华多·门多萨等作家的努力尝试，黑色小说成功地将侦探小说带入高雅文学的领地，成为西班牙当代文学中的重要体裁。近几年，随着瑞典的亨宁·曼凯尔、冰岛的阿纳德·因德里萨森、挪威的乔·奈斯堡等北欧侦探—犯罪系列小说作家被西班牙出版社引进后的风行，黑色小说正在西班牙读者群中享受前所未有的热捧。西班牙《国家报》2014年7月的一篇评论就指出，黑色小说在西班牙获得了太大的成功，有必要担心如何避免盛极而衰了。[25]由此可见，一旦把《解密》一书纳入黑色小说的类别中，这本中国小说就赶上了黑色小说的热潮，尽管它并不完全符合黑色小说的定义。麦家的系列作品会不会继续贴着"黑色小说"的标签在西班牙上架，是否会达到像北欧作家那样的受欢迎程度，有待时间给出答案。

促使《解密》一书在西语世界受宠的另一个可能因素，是引发全世界持续关注的"棱镜门"事件。斯诺登何去何从、美国的监听网到底覆盖了多大的范围、信息时代的公民究竟有多少隐私可以保留，成为全世界热议的话题。《解密》的故事涉及情报、间谍、信息战，恰好契合了西方世界公众的兴趣。在被墨西哥记者问起《解密》与斯诺登事件的关系时，麦家称，"可以理解，斯诺登事件有助于刺激国际读者对我的书产生兴趣"。他接着指出，"斯诺登事件对于所有人是一个警示。也许我们从没有想到会存在这样的事实，但事实就是如此，情报活动无处不在，不管在哪个国家，我们的隐私和秘密已经无处可藏"。[26]当《解密》与一个全球化时代的热点问题联系起来时，这部作品也就真正超越了中国本土的边界。

在中国文化对外输出的过程中，我们往往会相信一个"神话"：越是本土的就越是世界的，因此，推介到国外的中国文学作品首先应当是包含了最本土化、最能代表中国特色的题材的作品。于是，经常出现的情况是，中国文学的看点和卖点成了诸如"文革"、一夫多妻、农村问题等"特色"题材，契合了西方人的"东方主义"想象。在与我们同为第三世界的拉丁美洲，作家们也曾普遍相信类似的神话，极力在作品中展现被赋予了魔幻色彩的本土民间文化。博尔赫斯就曾批评过这种倾向，他在探讨阿根廷文学的传统时指出,"整个西方文化就是我们的传统,我们比这一个或那一个西方国家的人民更有权利继承这一传统"[27]。博尔赫斯自己的创作就完全不受本国题材的束缚,游走于全世界各种文化之中,而作为博尔赫斯的私淑弟子,麦家在《解密》中也游刃于东西方文化之间,甚至多次引用《圣经》的段落,并没有表现出对"本土化""中国性"的刻意追求。在全球化时代,本土化已然是一个神话,约翰·斯道雷在审视全球化时代的"本土"概念时指出,环绕全球的人口和商品流动把全球文化带入本土文化中,它明显地挑战了本土确立的文化边界观念;全球文化表现出一种游牧的特性。[28]《解密》的故事背景不仅有中国历史,也有世界历史:纳粹德国迫害犹太裔知识分子、以色列建国、冷战等等,都成为麦家的文学虚构游戏的资源,而译者的进一步加工处理(如给原文本中没有名字的洋先生安上一个像模像样的名字,给波兰犹太人希伊斯换上一个典型的波兰姓氏 Lisiewicz)则邀请全球读者一同加入猜测故事人物是否确有其人的游戏中。中国作家大量取用西方文化资源,同样可以成就一部获得全世界读者认可的小说,而这也代表了全球化时代本土的边界消弭、文化杂交形态加速形成的趋势。西班牙《公正报》对《解密》给出了这样的评论:"这是一部卡夫卡式的小说,同时也是一部道家的小说。……在小说的最后部分,卡夫卡和维特根斯坦应着道家和禅的节奏翩翩起舞。"[29] 或许,麦家走出国门、接受外国记者采访这一行为本身就是全球化时代中国文学的一个隐喻:中国文学完全可以跨越固有的传统边界,与世界展开对话。

从西语世界对《解密》的接受中我们同样可以看到,其对中国文学的聚焦不再仅限于政治。以往中国当代文学在进入西方世界时，往往被当作了解中国政治社会现实的文本，其美学价值被社会批判价值所遮蔽，而后者往往被故意夸大。比如许钧就曾指出，在法国主流社会对中国现当代文学的接受中，作品的非文学价值受重视的程度要大于其文学价值，中国文学对法国文学或其他西方文学目前很难产生文学意义上的影响。[30] 我们注意到，尽管西语世界对《解密》的解读仍不乏对中国政治现状的指涉，但更多的关注则集中到文学层面，对叙事技巧、语言风格、主题思想的兴趣超过了对中国政治的兴趣。吉耶莫·罗恩的评论文章就劝诫读者：这是一本非常有趣的小说，而小说就是小说，不要尝试在其中寻找对任何一个国家表现出的政治同情倾向。[31] 哈维尔·贝尔托西则指出，尽管《解密》没有表现出足够的政治批判力度，但这并不妨碍读者从书中获得一种愉快的、引人深思的、考验智力的阅读体验。[32] 莫妮卡·马利斯坦从文明与野性的角度来考察书中主人公的命运，指出天才的悲剧在于文明对野性自然的压制；对于一个从小自由生长在与人类社会隔绝的环境中、有着超常能力的人来说，文明世界不啻为地狱。[33] 麦家在《解密》的叙事中对中国古典小说技法的借用也引起了评论者的兴趣，尽管评论者并不一定能意识到这种叙事特色师承于何处。如沙维尔·贝尔特兰就指出："整个故事的编排技法精湛……所有的章节都带有一种富有魔力的节奏，激发读者在看完这章时迫不及待地要进入下一章。……也许，评价这部小说的最准确的词就是'非典型'。"[34] 所谓"非典型"，就是西方读者鲜有见识过的讲故事的方式。由此可见，麦家从章回体小说中借用的"欲知后事如何，且听下回分解"式的叙事技巧获得了西方读者的认可。

作为一名中国作家，麦家在西语世界迅速成名，出现误报、误读也在所难免。在西语媒体的报道中,我们经常能找出撰稿人的失误,如按照西语姓名的习惯把"家"当作麦家的姓氏,搞错麦家这位浙江作家的出生地……可见西语世界对中国仍缺乏足够的了解。麦家在接受阿根廷记者采访时也指出,《解密》之所以在中国首版十多年后才被译介到西方,主要还是因为东西方交流的不对等,"在中国,我们非常注重引进西方文学,任何一个知名作家都在中国有翻译出来的作品,而中国作家的作品要被翻译成外文,则要困难得多。……中国作家仍然处在一个边缘的地位,而我是幸运的"。[35] 麦家的"幸运"是否也能成为更多中国作家的"幸运"呢?从麦家作品在西语世界的命运中,我们可以得到不少积极的启示。

注释:

[1] 高宇飞:《麦家:西方不够了解中国作家》,《京华时报》2014年6月25日。

[2] 王怀宇:《麦家作品"远嫁"欧洲》,《青年时报》2013年8月25日。

[3] 史斌斌:《麦家——西班牙语文学市场上一个崭新的"中国符号"》,国际在线,2014年7月25日。

[4] 徐琳玲:《麦家,一个人的城池》,《南方人物周刊》2014年第35期。

[5] 麦家:《解密》,中国青年出版社,2002。

[6] 同上,第133—134页。

[7]　豪·路·博尔赫斯:《博尔赫斯短篇小说集》，王央乐译，上海译文出版社，1983，第 75 页。

[8]　Aurora Intxausti, "Mai Jia, el espía chino de los 15 millones de libros," *El País,* June 26, 2014.

[9]　Karina Sainz Borgo, "Mai Jia:'Hay escritores que opinan, pero la literatura es superior a la política'," *Voz Populi*, June 28, 2014.

[10]　Mai Jia, *El don*, traducción de Claudia Conde, Barcelona: Ediciones Destino, 2014, p.197.

[11]　Jorge Luis Borges, "*El jard*ín de senderos que se bifurcan," *Obras completas I*, Barcelona: RBA Coleccionables, 2005, p.475.

[12]　麦家:《解密》，中国青年出版社，2002，第 3 页。

[13]　Mai Jia, *El don*, traducción de Claudia Conde, Barcelona: Ediciones Destino, 2014, p11.

[14]　麦家:《解密》，中国青年出版社，2002，第 147 页。

[15]　Mai Jia, *El don*, traducción de Claudia Conde, Barcelona: Ediciones Destino, 2014, p.217.

[16]　麦家:《解密》，中国青年出版社，2002，第 264 页。

[17]　Mai Jia, *El don*, traducción de Claudia Conde, Barcelona: Ediciones Destino, 2014, p.264.

[18]　单昕:《先锋小说与中国当代文学海外传播之转型》，《小说评论》2014 年第 4 期。

[19]　高宇飞:《麦家:西方不够了解中国作家》,《京华时报》2014 年 6 月 25 日。

[20]　皮埃尔·布尔迪厄:《信仰的生产》，沃特伯格编:《什么是艺术》，李奉栖等译，重庆大学出版社，2011，第 299 页。

[21] 麦家:《解密: 西班牙文》, 孔德译, 五洲传播出版社, 2014。

[22] Mai Jia, *El don*, traducción de Claudia Conde, Barcelona: Ediciones Destino, 2014.

[23] Guillermo Lorn, "'El don' de Mai Jia," *Las lecturas de Guillermo*, June 30, 2014.

[24] *Entrevista a Mai Jia*, Librosquevoyleyendo, July 7, 2014.

[25] Juan Carlos Galindo, "El éxito mortal de la novela negra," *El País*, July 9, 2014.

[26] Héctor González, "'China se está volviendo irreconocible': Mai Jia," *Aristegui Noticias*, July 7, 2014.

[27] 博尔赫斯:《阿根廷作家与传统》, 博尔赫斯:《博尔赫斯谈艺录》, 王永年等译, 浙江文艺出版社, 2005, 第68页。

[28] 约翰·斯道雷:《作为全球文化的大众文化》, 陶东风编:《文化研究读本》, 南京大学出版社, 2013, 第377页。

[29] José Pazó Espinosa, "Mai Jia, El don," *El Imparcial*, July 20, 2014.

[30] 许钧:《我看中国现当代文学在法国的译介》,《中国外语》2013年第5期。

[31] Guillermo Lorn, "'El don' de Mai Jia," *Las lecturas de Guillermo*, July 30, 2014.

[32] Javier Bertossi, "Tres apuntes sobre El don," *Ojo en Tinta*, August 21, 2014.

[33] Mónica Maristain, "Mai Jia y el don de la literatura," *Sinembargo*, July 7, 2014.

[34] Xavier Beltrán, "El don de Mai Jia," *Tras la Lluvia Literaria*, July 8, 2014.

[35] Dolores Caviglia, "Entrevista a Mai Jia," *La Gaceta Literaria*, July 20, 2014.

版权代理人与中国文学"走出去"

——以《解密》英译本版权输出为例

刘 丹 北京语言大学高级翻译学院

自2012年中国作家莫言获得诺贝尔文学奖以来,中国文学备受国际社会关注。麦家登上《纽约时报》等海外媒体;阎连科获得第14届卡夫卡文学奖;不少中国作家的作品在海外翻译出版,海外对中国文学作品持续关注。在"中国文化走出去"的政策背景下,我们有必要探讨影响中国现当代文学在海外接受与传播的各种因素。翻译文学的传播过程包括:译者、译作、传播渠道、读者、传播效果,而在这一传播过程中,传播渠道的通畅与否直接关系到作品在海外的接受情况。本文以麦家的《解密》为例,探讨中国现当代文学英译本版权代理的过程,通过重点分析美国版权代理人的工作机制以及中国作家版权代理现状,论述版权代理人在中国现当代小说英文译本出版中的作用,探寻如何培养中国作家的版权代理人,并加强与海外图书版权代理人合作,进一步推动中国现当代文学在海外的传播。

一、《解密》版权输出路径探讨

提起中国当代文学走向世界这一话题,人们自然想到作家麦家,他的长篇小说《解密》被翻译成33种语言,被全球近700家图书馆收藏。2013年《解密》入选英国"企鹅经典文库"。2014年

3月18日，《解密》的英译本在美、英等21个英语国家同步上市，首日便创造中国作家在海外销售的最好成绩。

除了《解密》的特殊题材对西方国家的广大读者具有较大的吸引力，《解密》在海外市场的成功在很大程度上还得益于其版权代理人的贡献。

作为麦家的版权代理人，谭光磊这样描述《解密》的版权输出过程：我跟麦家老师联系上，他同意让我代理，我也找了译者准备了英文资料，可是推了一年都没有成果。突然有一天收到一封信，来自两位在首尔教书的汉学家，说他们是麦家的大粉丝，所以自己动手把《暗算》翻了大半。我们做版权输出，前期最大的投资就是译稿，所以这种天上掉下来的译稿，其实是非常难得的。我就再接再厉，写了详细的英文简介，拿去伦敦书展上推，但还是没有卖掉。又过了半年，一个英国书探朋友把这份资料转给英国企鹅出版社的编辑，编辑找了著名汉学家蓝诗玲（Julia Lovell）审稿，蓝诗玲给了好评，而且译者之一米欧敏正巧是她大学同学，所以企鹅就一口气签了《暗算》和《解密》两本。一般来说，我们卖版权，最难的就是英文版，没想到我们第一个就卖了英文。我2009年开始推《解密》英文版，2014年在美、英等国上市，得到非常好的评价。

由此可见，《解密》成功非常重要的原因是麦家遇到了专业的版权代理人。专业版权代理人的介入加快了麦家作品海外传播的步伐。

二、美国版权代理人运作机制研究

版权代理人，又称版权经纪人，是指连接作者和出版商的中间机构或个人。版权代理机构最早可追溯到法国，1777年，法国剧作家与作曲家协会成立，开创了版权代理制度的先河。1875年，亚历山大·波洛克·瓦特在伦敦创办了第一家经纪人事务所，立即得到了作者和出版社欢迎。1893年，保罗·雷诺兹成立了美国最早的一家版权代理公司。目前美国的文学作品版权代理公司已超过1000家，成为图书版权交易市场的中坚力量。在欧美国家，出版商要想取得一位知名作家的版权，首先必须通过版权经纪人。据调查，目前欧美国家大众图书市场中有90%以上的图书出版是经过版权代理人之手的，不仅帮助作家找寻合适的出版机构，甚至帮助作家调整写作思路，以符合市场需求。通过版权代理人推出作品，已成为作家与出版商之间的共识。

（一）文学作品版权代理人的界定

文学作品版权代理人的业务是接收作者投稿，代为寻找合适的出版社、洽谈合约细节，协助宣传，同时也经手影视版权、海外版权、衍生权利（如大字版、有声书版）的授权事务。

美国具有较为成熟的作家版权代理人制度，一位作家往往是以绑定一位经纪人和一个出版社的形式来出版图书。具体而言，版权代理人熟悉各类作品的市场需求和销售行情，与图书编辑和出版社保持密切联系，可为委托其代理著作权事务的作者介绍各类作品的读者需求信息，提供写作建议；同时还可以按作者意愿，为其作品找到最合适的出版者，并代表作者进行著作权转让或授权使用的谈判，处理有关法律事务，以及联系出版社，安排作品出版等。美国的图书版权代理人还直接负责作家在国内外的各种版权代理工作，不过不同的代理公司做法不同，有些会用次级代理人负责打理作家在海外的翻译本的版权，还有些则直接与国外的出版社联系，推出作品的外文译本。

(二) 文学作品版权代理人的作用

叶新、李雪艳曾撰文分析文学代理人的作用，他们认为可以归纳为：改进作品和包装作者、为作品寻找好的出版社、开发作品附属版权、帮助作者规划写作生涯、简化编辑工作、为出版社分担风险[1]等。杜恩龙也在《国外的出版经纪人》一文中讨论了出版经纪人的必要性及职业特点[2]。其实，文学作品版权代理人最重要的作用体现在以下两方面：

1. 负责处理作者版权相关事务

根据经纪合同的约定，版权代理人负责处理与作者有关的版权事务，包括寻找出版商、出版合约谈判、市场推广安排等等，将作者从烦冗的事务工作中解脱出来，节省时间和精力。由于经纪人代为作家的作品寻找合适的出版社、洽谈合约细节、协助宣传，同时也经手影视版权、海外版权、衍生权利（如大字版、有声书版）的授权事务，作者本人就可以专心创作。

2. 帮助作者获得最大回报

版权代理人应该为被代理人争取利益最大化。在西方，通过版权代理人的努力，目前非文学作品的版税价格有时达到一两百万美元，一部好的文学作品则经常可以高达几百万美元。自20世纪80年代以来，在版权代理人的工作下，西方出版界预付版税超过100万美元的图书屡见不鲜，如西蒙与舒斯特公司预付给希拉里写回忆录的费用高达800万美元。相比之下，中国作家作品外文版价格还有很大的提升空间，阿来的《尘埃落定》曾经卖出15万美元，《狼图腾》也只有10万美元。版权代理人通过帮助作者多方面推广其作品而获得最大的收益。

与此相应，作者一旦与某个版权代理人或版权代理公司签订合约，则需将稿酬的 10%～20% 支付给代理人作为佣金。比如，美国的版权代理公司 Irene Goodman Agency 在其网站上宣称抽取佣金的比例为 15%，并称之为行业规范。

（三）文学作品版权代理人的素养

版权代理人不是简单意义上的中间人，甚至要具备比编辑更高的素质：懂得出版程序，了解千变万化的市场，具有强烈的信息意识和良好的信息能力，在出版界有良好的人际关系，对书稿的优劣具有敏锐的判断力，了解版权、合同和经济的相关法律，并具有娴熟高超的谈判能力等等。[3] 具体而言，文学作品版权代理人应具备以下基本素养。

1.有出版经验、了解图书市场和业界动态

这是成为版权代理人最基本的条件。正如谭光磊所言，从业者不能只是熟悉本地的社会脉动，还要有国际视野。相较于小说，非文学类图书往往更注重实用性，更与当下社会状况和国际趋势息息相关。拥有旺盛的好奇心，才能不断去发掘新事物，精准找寻合适的书。[4] 王久安女士是第一个真正把华文作家带进美国主流出版界的经纪人。卫慧、余华、徐小斌等人的作品都是因为她才走向世界的。她在担任版权代理人之前，曾在纽约一家美国出版公司担任文字编辑。她表示这段经历加深了她对中美两国文化、书业、市场的了解。她说，纽约不仅是美国的出版中心，也是世界的出版中心；在纽约出版界工作十几年，看的英文书比中文书多，人脉关系也有了，加上中国经济和社会发展的大好形势，'天时、地利、人和'好像都沾点。正因为如此，她除了代理美国作家外，还代理了中国作家余华的《活着》《许三观卖血记》

《在细雨中呼喊》《兄弟》，王刚的《英格力士》，卫慧的《上海宝贝》等作品。

2. 鉴赏作品的能力

版权代理人要能够识别文学作品的价值。尤其要善于发掘未成名的作家或是新生代作家，他们不仅要独具慧眼，如王久安所言，还需要有些独创性，因为"每人看书的收获、感触、视角都不一样，首先你要有眼光，看书看得准。然后用什么角度推荐给美国编辑，这时你就要有点想象力……要有破釜沉舟的决心。别人做成的，我要做；别人没做成的，我也要做"。

3. 沟通能力及双语能力

在美国，作者们会主动联系版权代理人或版权代理公司，他们通过公司的网站，查询代理人的信息，找到适合自己作品的版权人（一般版权人会有自己擅长的领域），然后通过网站提交代理申请函，6—8周后一般会得到代理人的回复。而代理人在收到代理申请后，需要先确定是否愿意代理该作家，而一旦确定，他们就会努力向出版社推荐该作家及其作品，这时他们一般需要向出版社提交作者简介、作品的梗概，如果是向国外推荐，还需附上该作品的外文译本（或样章译文）。在这些过程中，沟通能力及语言表达能力至关重要。

三、中国作家版权代理现状

很多中国作家没有真正意义上的版权代理人。中国作家大多并不了解文学作品版权代理人的作用及必要性。有些作家没有自己的版权代理人，有些则认为没有必要找版权代理人，还有作家认为自己的稿酬无法用于支付代理人的费用。但是随着"中国文学走出去"不断推进，一些作家也开始意识到版权代理人的作用。

有位作家在接受记者采访时就曾表示，如果单纯是个人写作，写的文字都放进抽屉锁起来自己偷着乐，自然就不需要经纪人。可是除了作家写作这个环节，作品还需要进入社会环节，经过出版和发行，作家还要获得写作的劳动报酬，还要防止著作被盗版，这当然就需要经纪人去料理。由此可见，版权代理人制度会随着出版市场的逐渐成熟和规模扩大而出现。因为产业成熟，能够容许更细密的分工。

四、对中国版权代理人及出版社的启示

尽管随着中国文学"走出去"步伐的加快，越来越多的国外出版社开始关注中国作家及其作品，但"走出去"并非易事。以美国市场为例，每年在美国出版的图书中，译作仅占3%，而且这3%是全门类的译作；在小说和诗歌领域，译作比例连1%都不到，大约只有0.7%，具体到中国文学的译介就更少了。中国作家如果想要真正走进美国读者的视线，应该按照美国出版业的规则，积极引进版权代理人制度，由专业的版权代理人负责其在美国的版权业务。

（一）培养合适的版权代理人

中国作家应顺应市场机制，选择合适的版权代理人，他们要能够了解欧美主流出版社、了解版权交易、了解出版文化、了解中国图书市场，而这样的人才恰恰是目前国内匮乏的，因此有必要培养具有国际视野和人脉的版权代理人，让他们从本土的文学版权代理人做起，逐步培养作品鉴赏力，通过参与国际书展等活动建立与国外出版机构的联系，培养市场概念，帮助作家找到适

当的国外出版社。

(二)加强与国外的中国图书版权代理人合作

目前的中国图书版权代理人一般都是在国外生活、工作多年的华人,他们熟悉国外的图书市场,对当地文化、书业、市场有深入的了解。同时,他们还了解中国历史、中国文化、中国作家及其作品。中国优秀的文学作品众多,但不少作品地域性强,不容易被国外读者接受。在国外专业的版权代理人的帮助下,中国作家能够适当调整讲述"中国故事"的方式,既保留特色,又呈现出世界性,这样会更容易被国外读者接受。因此加强与国外的中国图书版权代理人合作,是中国文学走出去的有效途径之一。

注释:

[1] 叶新、李雪艳:《文学代理人的五大作用》,《科技与出版》2012年第2期。

[2] 杜恩龙:《国外的出版经纪人》,《出版广角》2002年第8期。

[3] 刘玲香:《英美国家的版权代理人》,《出版参考》2002年第22期。

[4] 缪立平:《谭光磊:华文版权经纪的实践者》,《出版参考》2013年第5期。

市场化语境中的茅盾文学奖多元评审趣味
——以《暗算》获奖为中心

马 炜 江苏第二师范学院

茅盾文学奖设立于1981年，为鼓励长篇小说创作、繁荣我国文学事业发挥了重要作用。经过几十年的评奖实践，茅盾文学奖形成了比较成熟的评奖传统：对宏大叙事的偏爱、对厚重史诗性作品的青睐、对现实主义精神的倚重等，也评选出了一系列足以载入中国当代文学史的重要作品，在文学圈内和社会上都有一定的权威性和影响力。但20世纪90年代以来茅盾文学奖因评选程序、评审标准、获奖作品等问题不断受到社会各界的质疑和争议。"这一方面说明'茅奖'在当今文学界乃至全社会的影响力和受关注程度仍然相当高，另一方面也说明在一个大众传媒时代，'茅奖'已不可能仍然局限在文学层面被讨论，'茅奖'逸出文学边界后对其认知必然会打上大众文化的印记并成为当今时代复杂畸形的社会文化心理的一种折射。"[1]麦家的《暗算》获得第七届茅盾文学奖，曾引起过批评界和媒体界的热烈讨论。《暗算》和茅盾文学奖历届获奖作品的风格截然不同，神秘的谍战题材、通俗演义的叙事和中短篇小说的结构等也明显和茅盾文学奖传统的评审标准有所抵牾。本文试图走进《暗算》获奖的历史现场，通过对其主题思想和艺术特色的分析，探究《暗算》有哪些能被官方主流、专家和大众读者共同接纳的特质，进而分析新世纪市场化语境中茅盾文学奖评奖的新走向及背后折射的深层文化意蕴。

一、互联网时代大众读者地位的提升

2008年10月28日第七届茅盾文学奖（2003—2006）揭晓，贾平凹的《秦腔》、迟子建的《额尔古纳河右岸》、周大新的《湖光山色》、麦家的《暗算》四部长篇小说获奖。《秦腔》关注处于现代化和城市化进程中的农民及乡村文化命运，评选时几乎获全票，是深孚众望的作品。《额尔古纳河右岸》探寻鄂温克族人近一个世纪的沧桑巨变，具有史诗的品格。《湖光山色》侧重表现乡村政治与人性嬗变。对这三部获奖作品，文学圈、媒体界总体还是持认可态度，质疑和争议的焦点是麦家的《暗算》获奖。茅盾文学奖的评审趣味向来偏好具有史诗风格、宏大叙事的现实主义作品，而《暗算》通俗演义的叙事方式和中短篇小说的框架结构，明显在茅盾文学奖获奖作品中是一个异类。麦家本人在接受采访时也坦言，得知获奖确实感到很意外。文学评论界对《暗算》获奖呈两极化的评价。褒扬者认为《暗算》获奖是茅盾文学奖多元评审趣味的体现，开辟了评奖的新思路和新方向。而批评者对《暗算》获奖表示质疑，认为是茅盾文学奖对文学市场和大众读者趣味的迎合。

《暗算》最早以《暗器》为名发表在《钟山》2003年增刊（秋冬卷）"新生代长篇小说特大号"上，之后由世界知识出版社出版（2003年7月）。《暗算》采取了侦探小说的模式，讲究"布局与破局"的书写方式，情节跌宕起伏，神秘、惊险、悬念、推理元素熔于一炉，符合大众读者的阅读趣味，在图书市场上颇受欢迎。

事实上，麦家是编剧出身，他重视小说的可读性，也颇懂得如何吸引读者："我的写作一直执迷于迷宫叙事的幽暗和吊诡，藏头掖尾，真假难辨，时常有种秘中藏密的机关不露。因之，我的小说具备某种悬疑色彩，这对大众的阅读趣味也许是一种亲近。"[2]

《暗算》发表之后，麦家、杨健担任编剧将其改编成了电视剧，[3]由柳云龙执导。2005年10月24日，《暗算》在山东影视频道首播，在广大观众中引起巨大反响。通过影视的媒介作用，更多的读者关注到原著小说，对于本来就在图书市场有不错销量的《暗算》，更是有力的宣传。由柳云龙主演的电视剧《暗算》的火爆确实让小说在社会上的知名度提高了不少。据统计，在电视剧《暗算》播出前，小说的销售量大概为17万册，电视剧播出以后马上冲到了31万册。可以说，《暗算》凭借同名电视剧热播带来的巨大人气和市场影响力进入茅盾文学奖的评审视野。评委赖大仁就曾说过，在主要对作品本身进行判断评价之外，"还要考虑读者的接受认同，评出来的获奖作品，应当被尽可能多的读者所接受。有的作品在申报参评前就拥有大量读者和不错的反响，这应是一个很好的基础"，"有的作品从专家的眼光来看是很不错的，但对于广大读者恐怕比较难以阅读接受，这使得评委们在综合性考量评价时就会各有考虑取舍"。[4]

读者因素实际上早在20世纪80年代的文学评奖各个环节中就被强调。影响最大的全国优秀短篇小说评选更是直接采取专家与群众相结合的评选方法。茅盾文学奖评选虽然是采取直接由各省市作协、出版社和大型文学期刊编辑部推荐优秀长篇小说的方式，但在评选环节中读者意见依然是不可或缺的。如第二届茅盾文学奖评选，评奖办公室还派出工作人员到一些地区组织各种不同类型的座谈会，征求读者与文学工作者的意见。第一届、第二届茅盾文学奖的评选范围是1977—1984年，当时正处于伤痕文学、反思文学和改革文学的文学潮流中，文艺政策、作家创作诉求、专家审美标准和读者阅读趣味在反思"文革"和社会主义现代化建设的共同愿景面前达到了高度一致。20世纪80年代茅盾文学奖中的读者意见被强调更多是文学专家的话语策略，理论上读者拥有官方赋予的作品评判权力，但大多数读者没有表达意见的途径，很难真正运用名义上属于他们的评判权。读者的阅读趣味并不能真正左右评奖标准和结果，80年代茅盾文学奖评选中真实多元的读者声音实际上是被遮蔽的。

新世纪以来，伴随着中国经济和信息技术的发展，互联网开始在全社会普及，给普通民众提供了搜索信息和传播言论的平台。互联网改变了人们的行为方式和思维观念，也深刻促进了信息传播的变革和社会等级秩序的重组。通过互联网，普通读者针对文学评奖有了真正可以自由发表意见的平台。从第六届茅盾文学奖评选开始，大众传媒开始广泛介入。由中国作协独家授权，新浪网在读书频道特辟"第六届茅盾文学奖专题"，公布入围名单，连载入围作品，吸引网友关注并展开讨论。与往届不同，"随着'主战场'的转移，话语的主导权也发生转移。网民不但人多势众，众声喧哗中的'强音'经网络、传媒的反复挑选、复制还可以无数倍地放大，形成足以与专家抗衡的'群众的呼声'"[5]。第七届茅盾文学奖获奖作品产生之前，21部入围作品以全文连载的方式在起点中文网与网民见面，接受读者的阅读和评判。

从单向传递信息到互动反馈信息，传播等级秩序在网络社会中被彻底消解。传统的官方和知识精英对信息的垄断权被打破,过去由官方和精英掌控的话语权开始向大众转移。伴随着互联网的普及,原先作为信息被动接受者的读者地位迅速提升。读者地位的提升在茅盾文学奖不断修订的评奖条例中也能反映出来。1999年9月14日出台的《茅盾文学奖评奖试行条例》中指导思想为坚持"导向性、权威性、公正性",2003年6月26日出台的《茅盾文学奖评奖条例(修订稿)》中变成了坚持"导向性、公正性、群众性",2007年12月6日出台的《茅盾文学奖评奖条例(修订稿)》表述为坚持"导向性、权威性、公正性、群众性",并强调"鼓励贴近实际、贴近生活、贴近群众、体现时代精神的创作"。读者(群众)在文学评奖中的地位和作用在评奖条例中被突出和强化。伴随着市场化的深入,读者从原先被动的接受者变成了主动的消费者,大众读者的阅读趣味和需求在文学整个生产过程(创作、发表、出版、销售等)中起着越来越大的作用。大众读者的阅读趣味在文学评奖中被强调和重视,逐渐成为能够影响茅盾文学奖评选标准的一个因素。《暗算》就是凭借强大的市场号召力和大众读者的支持进入茅盾文学奖评审视野并最终获奖。

二、主旋律的外衣和人性表现的内核

茅盾文学奖作为一项有影响力的官方文学大奖,有自身传统的评奖标准和美学倾向,如对宏大叙事和厚重史诗性作品的青睐等,并不会仅仅考虑一部作品拥有的强大市场号召力和广大的读者群。那么就需要进一步分析,具有通俗文学特点的《暗算》有哪些能够被官方主流、专家精英和大众读者共同接纳的特质,最终成功获得茅盾文学奖。

《暗算》是一部谍战题材小说,讲述了情报机构701侦听无线电、破译密码与获取情报的故事。除"序曲"外,分为"听风者""看风者""捕风者"三部分,每部分都有若干故事章节,叙述者作为历史的见证人分别以回忆、日记、书信等方式讲述情报工作中身怀绝技的侦听员、密码破译员、资深间谍的故事。小说通过诡异迷离的叙事方式和变幻莫测的悬念情节,展现了具有特殊禀赋的人身处封闭黑暗空间里的神奇表现和命运遭际。从主题内容来看,《暗算》属于主流的革命历史题材,讲述国家情报机构中一群特殊人的特殊生活,表现了他们在关系国家利益和国家安全的情报工作中无私奉献的崇高使命感和坚定忠诚的人生信念,彰显了国家意识,宣扬了革命英雄主义情怀。《暗算》在对革命历史和英雄人物的讴歌中契合了主流意识形态的价值诉求。第七届茅盾文学奖评奖委员会副主任陈建功指出,麦家的《暗算》获奖,表明了茅盾文学奖对具有中国气派、中国作风的引人入胜的叙事的追求与肯定。

但是,《暗算》和前几届茅盾文学奖获奖作品中同样表现革命历史题材的主旋律小说有很大不同。《东方》《第二个太阳》《战争和人》《历史的天空》等获奖小说塑造了在争取民族独立国家统一的战争中涌现出的革命英雄人物,歌颂了他们伟大的爱国热情和大无畏的牺牲精神。《暗算》对革命历史的叙述完全不同于这些小说,麦家无意于国家话语的宏大叙事,着重表现的是人在崇高庄严使命下的命运遭际。瞎子阿炳、黄依依这些具有特殊禀赋的天才,其生命却毁于日常生活的残酷与偶然。陈二湖、女情报员鸽子这些在情报战线的秘密工作者最终也都难逃悲惨的命运。对人性和命运的关注,使得麦家小说在表现主旋律题材时呈现出很强的哲学思辨意味。"麦家笔下的英雄形象不同于我们以往在革命战争小说中见到的英雄形象,作者更多的是从现代哲学和人性的角度来揭示英雄品格的。"[6]麦家关注的始终是人的精神困局:日常对人的毁灭、人性的扭曲和变异、命运无常与人生的种种悖论。小说中个人与集体的矛盾、大我与小我的冲突构成人物塑造的内在张力,表现了人物无常的命运,传递出强烈的宿命感。

除了对主旋律题材的独特表现,《暗算》最为学者和文学评论家称道的是叙事方法上的探索和创新。麦家精心建构了多个叙述层次和叙述视角,以"我"作为寻找故事秘密的人贯穿全篇,在"我"的多方奔走和努力下,安院长、钱院长、施国光、陈思思等历史事件的见证人,分别以口述实录、日记、书信等方式讲出了天才侦听者阿炳、密码破译者黄依依、陈二湖、韦夫和情报员鸽子的故事。几个人的故事基本上是独立的,在每个故事开头,"我"都会交代故事的来源,如何得到并整理,以及为"我"讲述故事的人的相关情况。"我"将几个独立的故事串联起来,合起来反映的是701单位的历史风貌。麦家对小说结构做了总结:"《暗算》是一种'档案柜'或'抽屉柜'的结构,即分开看,每一部分都是独立的、完整的,可以单独成立,合在一起又是一个整体。这种结构恰恰是小说中的那个特别单位701的'结构'。作为一个秘密机构,701的各个科室之间是互为独立、互相封闭的,置身其间,你甚至连隔壁办公室都不能进出。换言之,每个科室都是一个孤岛,一只抽屉,一只档案柜,像密封罐头,虽然近在咫尺,却遥遥相隔。这是保密和安全的需要,以免'一损俱损',一烂百破。《暗算》中五个篇章互为独立,正是对此的暗示和隐喻。也可以说,这种结构形式就是内容本身,是701这种单位特别性的反映。"[7]孟繁华认为:"麦家带来了新的小说资源,带来了一种神秘和解密同时存在、情节上山重水复、出其不意的叙述以及结局的彻骨悲凉的小说。他的小说富于可读性，在游刃有余、从容不迫的叙述中波澜突起，故事常有出人意料的想象。"[8]雷达也指出："麦家的成功，首先有赖于他的超强的叙事能力和推理能力，经营致密结构的能力。"[9]事实上，"麦家只是借用了侦探小说或悬疑小说的外壳，其内在结构仍是以独立的精英思想为骨骼的。麦家写作《暗算》的方式也反映出当前精英化经典与大众化经典的分野越来越模糊的趋势，正是在这一趋势下，麦家凭借其精致娴熟的小说叙事能力，可以自由地攫取各种叙事元素为我所用"。[10]

《暗算》获奖的意义和麦家的文学地位也获得了肯定。李敬泽认为麦家获奖有两层突破性意义："第一是作家的层次与过去有所不同，以往获奖的都是些上世纪80年代成名的作家，而麦家是90年代出道新生代作家的一个杰出代表，从麦家开始，文学创作力量将会有越来越多新的血液加入，这是一个很好的开端。第二就是在审美视域上的拓展。过去小说的审美品质都集中于现实主义或者写实主义，而麦家的小说则代表了一种独特的文学风貌。这也会促进未来文坛的创作面貌向更加多元的方向发展。"[11]陈晓明、谢有顺等学者指出，"麦家是学习西方作家博尔赫斯最到位的一名中国作家，也是把大众化阅读趣味与形而上的写作方式结合得最好的一位作家"，"他的写作意义还远没有被人广泛认识，很多人可能都只注意到了他在题材上的开创性，而忽视了他是一个在小说叙事上训练有素的作家"。[12]有评论者认为，"《暗算》其实不能算作通俗类作品，作者的写作态度极为严肃，对作品中人物命运的刻画等，具有很强的纯文学意识"[13]，"在故事和情节方面，麦家沿袭了通俗小说的套路，而在语言和结构上走的又是纯文学的路子。用这种大俗大雅的方式来展示人性和世界的广阔与丰富，无疑是独特的，也达到了'曲高和众'的目的"[14]。《暗算》表现情报谍战工作的神秘奇诡，情节跌宕起伏，悬念迭生，将谍战的传奇和革命历史叙述熔于一炉，开拓了主旋律文学与通俗文学新的交集空间。

三、主流意识形态下的多元审美追求

《暗算》获奖体现了茅盾文学奖在主流意识形态的引导下对开放多元的文学评审标准的追求。茅盾文学奖作为代表中国最高荣誉的文学大奖，不断吸收专业批评家、大众读者等合理化的意见和建议，不断修改评奖条例，修补评奖程序漏洞，努力在评奖机制上做到科学严谨，提高评审的公正性和权威性。第七届茅盾文学奖评选依据的是2007年12月6日出台的《茅盾文学奖评奖条例（修订稿）》，此次修订的改革力度非常大，比如对评委的来源、年龄和任期都做了明确的规定。评委年龄构成趋向年轻化，何向阳、汪政、陈晓明、胡平、阎晶明、谢有顺、赖大仁等中青年学者、文学批评家进入评委队伍。他们熟悉西方文艺思潮和文学前沿，文化素养比较高，对文学艺术的多元探索持更加开放和包容的态度。

有论者认为，"《暗算》获奖代表了茅盾文学奖本身的一种新气象"[15]，《暗算》获奖是"作品评选格局发生变化的一种征候，也是本次评奖的一种突破"，"有助于密切茅奖与普通读者的关系，也使茅奖有了新面貌"。[16]

文学市场化的语境下，茅盾文学奖一方面需要彰显主流意识形态的权威性,另一方面要兼顾专家的审美追求和大众读者的阅读趣味。如何在主流话语、专家审美和大众趣味三者之间取得协调和平衡,评选出"思想性与艺术性完美统一"的文学作品,是需要深入思考的问题。学者谭五昌认为第七届茅盾文学奖四部获奖作品构成了一种文化立场及审美趣味上的生态平衡。这种"生态平衡""是当前日益稳固与定型的多元文化格局在'茅奖'评选活动中的鲜明反映,是当前多种文化形态之间既互为疏离、又互为包容乃至互融互渗的复杂与微妙关系的集中呈现和展示。可以说,多元化的文化选择成为本届'茅奖'评选活动的最大特色与亮点,反映出'茅奖'评选(评奖)机制已由过去的'政治主导模式'向当下的'文化选择模式'的重大转型"。[17]

文学市场的兴盛、互联网络的发达对于茅盾文学奖评选是机遇,也是挑战。关注普通读者,有利于提高茅盾文学奖的社会关注度,使作家和读者形成良性的交流对话。同时,读者代表的文学市场号召力能促进茅盾文学奖评选的多元化艺术审美倾向。但是,也要警惕大众读者审美趣味对专家评审立场的过度影响。茅盾文学奖是对思想性艺术性俱佳的文学作品的肯定和褒奖,要对作家创作起到示范效应和引领作用,从而促进文学的繁荣发展。茅盾文学奖理应坚持自身的审美原则和评审标准,不能一味迎合大众读者的趣味,或被大众读者的趣味所裹挟和左右。

从近几届茅盾文学奖评选结果来看,获得专家好评、受到读者欢迎、产生较大社会反响的优秀长篇小说基本能进入获奖名单,表明茅盾文学奖评选在主流意识形态、专家审美和大众趣味之间取得了较好的平衡。"正是在一次次的论争与质疑之中,'茅奖'不断'融入'当代文学的创作潮流与文学史现场,这种'融入'不但改变其奖项的外部特征,更深入到它内在的思维逻辑,形成了'茅奖'渐趋开放的审美体系。"[18]期待茅盾文学奖在良性的轨道上继续前行,评选出"有深刻丰富的思想内涵""题材、主题、风格的多样化""体现中国当代长篇小说创作思想和艺术高度的优秀作品"。[19]

注释:

[1] 吴义勤:《平常心看"茅奖"》,《名作欣赏》2009年第2期。

[2] 麦家:《〈暗算〉三记》,《作家》2009年第1期。

[3] 小说分为"听风者""看风者""捕风者"三部分,有五个独立的故事和人物。电视剧只用了当中两个故事,即"瞎子阿炳"和"有问题的天使"。电视剧中"捕风者"的故事是根据麦家《地下的天空》改编。参见麦家:《〈暗算〉三记》,《作家》2009年第1期。

[4] 赖大仁:《文学评奖及其他》,《创作评谭》2009年第2期。

[5] 邵燕君:《茅盾文学奖:风向何方吹?——兼论现实主义文学的创作困境》,《粤海风》2004年第2期。

[6] 贺绍俊:《直面现实的精神担当——第七届茅盾文学奖获奖作品一览》,《光明日报》2008年11月7日。

[7] 麦家:《〈暗算〉三记》,《作家》2009年第1期。

[8] 孟繁华:《残酷游戏与悲惨人生——评麦家的长篇小说〈暗算〉》,《上海文学》2004年第6期。

[9] 雷达:《麦家的意义与相关问题》,《南方文坛》2008年

第 3 期。

[10] 贺绍俊:《直面现实的精神担当——第七届茅盾文学奖获奖作品一览》,《光明日报》2008 年 11 月 7 日。

[11] 《茅盾文学奖低调揭晓 麦家:会把这个奖当"靠山"》,2008 年 10 月 28 日,https://www.chinanews.com/cul/news/2008/10-28/1428733.shtml。

[12] 《茅盾奖评委揭秘:难读的〈秦腔〉为何高票当选?》,2008 年 10 月 29 日,https://www.chinanews.com/cul/news/2008/10-29/1429173.shtml。

[13] 胡平:《我所经历的第七届茅盾文学奖》,《小说评论》2009 年第 3 期。

[14] 王鸣剑:《隐秘世界的无常人生——〈暗算〉的独特性》,《当代文坛》2007 年第 4 期。

[15] 《老"茅盾"遇上新"矛盾"》,2008 年 11 月 3 日,http://zqb.cyol.com/content/2008-11/03/content_2414531.htm。

[16] 胡平:《我所经历的第七届茅盾文学奖》,《小说评论》2009 年第 3 期。

[17] 谭五昌:《简谈第七届茅盾文学奖评选背后的文化选择》,《名作欣赏》2009 年第 2 期。

[18] 吴景明:《茅盾文学奖与当代文学史现场》,《文艺争鸣》2011 年第 16 期。

[19] 《茅盾文学奖评奖条例》(2019 年 3 月 11 日修订),《文艺报》2019 年 3 月 15 日。

跨语言及跨文化视角下的《风声》英译本研究

郭恋东　上海交通大学

有"英国最佳独立出版社"之称的宙斯之首出版社（Head of Zeus）2020年3月面向全球发行麦家小说《风声》英译本。这也是英国汉学家米欧敏继《解密》《暗算》之后翻译的第三部麦家作品。2018年通过激烈竞争获得英译本版权的宙斯之首出版社认为这将会是中国小说扩大世界影响的又一次机会，称其为"具备世界性元素的小说"。本文将借助跨语言与跨文化视角对《风声》英译本进行分析并由此探讨进入世界文学流通体系的中国当代文学。

关于《风声》英译本，译者米欧敏曾就记者提问谈到以下几点：第一，与《解密》和《暗算》的翻译相比，《风声》的挑战是如何在翻译中保留故事的细微之处和含蓄之意，而不至过度翻译。第二，她试图在准确传达中文原意与保持英语语言习惯之间寻找平衡。第三，米欧敏认为尽管英语读者可能不熟悉这个中国故事的历史背景，但这不会影响阅读体验，因为《风声》是一个谜题故事，英语读者会沉浸于解谜。米欧敏对《风声》英译本的说明正好粗略勾勒出一部外译作品进入世界文学流通体系的过程。20世纪80年代，贾斯塔·霍尔兹·曼塔利提出了翻译行为论，把翻译看作复合信息传递物在不同文化间的迁移，用"翻译行为"代替"翻译"，以表示各种跨文化交际行为。以翻译行为论来考察

《风声》英译本，会发现其不论在语言转换层面还是在跨文化层面，都有效实现了翻译文本在目标语文化中的功能。

一、基于语言转换层面对《风声》英译本的分析

就语言转换层面来看，《风声》英译本有以下几个较为明显的特点。首先，几乎少有漏译的地方；其次，对小说中频繁出现的成语、俗语、谚语、惯用语等，交错使用归化与异化两种翻译方法以实现"形意兼得"；再次，对源文本进行创造性重新分段，增强层次的清晰和逻辑的严密，以符合英语读者的思维习惯；最后，采用引语转换、增加主语等策略，减少英语读者的阅读障碍，提高译文的可接受性。其中最值得称道的就是对原文中大量熟语的有效翻译，而这源于译者对异化和归化两种相辅相成的翻译方法的熟练使用——通过异化传达原作的异域文化风貌，通过归化使读者沉浸于解谜和揭秘的愉悦。

按照性质和特点，熟语可分为成语、谚语、格言与警句、歇后语、俗语与惯用语五类，各类都是习用的固定词组。不同的语言中有相通或相似的熟语，但极少有完全匹配的熟语。因此在翻译的过程中译者不可能为每一个熟语都找到在形式和内容上完全对应的现成熟语。中文熟语承载着丰富的文化信息，透过语言的表达正可洞悉中国文化的精髓。在《风声》英译本中，对于相当一部分的熟语译者采用了异化的翻译策略。

原文："俗话说，<u>好事成双</u>，昨天是我的吉日，当然也是在座各位的吉日，下午是南京来电，一字值千金的电文哪。"（18）[1]

译文：He looked around at his ECCC officers. 'As the saying goes, <u>good luck comes in twos</u>, and yesterday was my lucky day – and

309

a lucky day for all of you sitting round this table.'（23）[2]

此处采用异化的翻译方法，明确且精简，同时又与后面的"吉日"（lucky day）形成对应，突出源文本的文化语境。

原文："俗话说，<u>养兵千日，用兵一时</u>，我现在比任何时候都需要你们。"（20）

译文：'As the saying goes, <u>you train your troops for a thousand days to use them for an hour</u>. Right now, I need you more than ever.'（26）

原文：有道是，<u>三个臭皮匠顶个诸葛亮</u>（21）

译文：He flashed them each a cool smile. 'As the saying goes, <u>three regular guys can beat a genius when they put their minds to it</u>, so I reckon that the four of you should have no problem doing the work of one professional cryptographer.'（27）

以上两例均是对中文谚语的直译。谚语是人们千百年来对客观规律和生活经验的总结。"为说明道理，绝大多数俗语或谚语都是通俗易懂的词语组合，是字面意义显化程度或透明度相对较高的组合性熟语。因此俗语或谚语是熟语中可直译程度最高的类别。"[3]《风声》英译本对熟语采用异化翻译方法直译其内容，既保留了文化特色，又不影响英语读者的理解，可谓有效。需要指出的是，源文本中以上三例均在熟语之前出现了指示语，如两例使用了"俗话说"，一例使用的是"有道是"，这是较适合进行异化翻译的特征之一，让熟语的性质更加明确。此类显性标志能为译入语读者提供便于理解的线索。

受过良好教育的精英分子可以通过异化翻译来调控其民族的文化构成，但异化翻译不太适合普通大众，因为"大众的审美意趣是追求文学中所表现的现实主义错觉,抹杀艺术与生活的区别,他们喜欢的译文明白易懂,看上去不像是翻译"。[4]因此《风声》英译本也大量使用了归化的翻译方法。前述例子中的俗语和谚语字面意义显化、透明度相对较高,但中文熟语中还有相当一部分语义透明度较低、逻辑关系不明显,且不存在显性标志语,对于这部分熟语的翻译,采用归化法是最佳选择。特别是当译入语中有固定的表达方式,这个时候"也就用不着费力去搞什么'异化'了。以最小的源语文化的'牺牲'为代价去换取最佳理解沟通效果,又何乐而不为之"[5]。《风声》英译本中此类例子也不在少数。

原文:美中不足的是顾小梦没有结婚……(48)

译文:There was, however, one fly in the ointment.(60)

one fly in the ointment 作为英语中的习语,表示一件事情或某个人破坏了本来非常积极或令人愉悦的情况。译者使用归化法,用英语中的习语对译成语"美中不足",不论从字词音节还是从意思上来说都较为合适。

原文:哪怕是苏三皮这种烂人,贼骨头。(312)

译文:He took everyone he could get, even dyed-in-the-wool criminals like Su-the-Arsehole.(381)

dyed-in-the-wool 作为英语中的固定搭配有强调的作用,表示彻头彻尾的意思,这里用来强调小说中人物苏三皮是彻底的无赖,通过归化翻译形象地传达出源文本中方言口语式的表达,以表示对这个人物的极度厌恶之情。

译者对归化和异化两种翻译方法的互补使用在《风声》结尾处可谓得到集中表现。

原文：<u>天外有天，法海无边</u>。俗话说，<u>多行不义必自毙</u>。万物有万般神秘的逻辑，正如谓：你用右手挖人左眼珠，人用左手捏碎你右眼珠。这是世相的一种，不过不是那么直接、明朗而已，像<u>暗香疏影</u>，像<u>暗度陈仓</u>，是私底下的世相。（344）

英译：<u>The mills of the gods may grind slowly, but they grind exceedingly small.</u> As the saying goes, <u>he who lives by the sword will die by the sword.</u> There is a mysterious logic in all things: as you use your right hand to gouge out your enemy's left eye, your enemy uses his left hand to put out your right eye. That is how the world is, though cause and effect are never so direct or so obvious. They are like <u>an elusive perfume or a fleeting shadow, like deeds carried out under cover of darkness</u>, for this is a private, underground world.（423）

源文本结尾处的此段是麦家语言特色的浓缩式展现。100字不到的内容包括谚语"天外有天，法海无边"、典故"多行不义必自毙"、成语"暗香疏影""暗度陈仓"，翻译实属不易。英译本中用谚语"The mills of the gods may grind slowly, but they grind exceedingly small"表达"缓慢但一定会有神圣的回报"，强调神圣力量的强大以及人的认识领域的有限，用来对应中文的"天外有天，法海无边"；用圣经典故"live by the sword, die by the sword"这种平行式短语意指"那些靠暴力生活的人会因暴力而死亡"，表达"多行不义必自毙"；使用圣经典故"deeds carried out under cover of darkness"表示"在黑暗的掩护下行事"，表达"暗度陈仓"。因译入语中有直接可用的固定表达方式，以上三处均使用了归化法，有助于英语读者理解。对于"暗香疏影"这一字面意思较为透明的成语，且译入语中无直接对应的，则采用异化法。

二、基于跨文化层面对《风声》英译本的分析

米欧敏虽为英国人，却具备中国历史及文学的教育背景，1998 年获牛津大学中国语言文学学士学位，1999 年获剑桥大学中国语言文学硕士学位，2003 年取得伦敦大学亚非研究学院古代中国历史与中国文学博士学位，谙熟中国语言及文化的同时，又具备多年在亚洲国家生活和工作的经历。阅读《风声》英译本最令人印象深刻的除了语言的流畅，就是译者对中国文化的尊重。《风声》英译本的成功正是基于译者对文化差异的尊重，体现了翻译行为的文化间性，将翻译视为充分承认并尊重文化差异基础上的互惠和平等对话。

英译本在传达中国文化特色方面技巧娴熟。诗句几例：

原文：肥原喝的是真资格的龙井茶，<u>形如剑，色碧绿，香气袭人</u>。转眼之间，<u>屋子里香气缭绕，气味清新，像长了棵茶树似的</u>。(68)

译文：He was drinking Dragon Well tea, grown locally in Hangzhou, a tea of the highest quality; <u>the leaves were shaped like swords, and the tea itself was a clear light green and intensely aromatic. In an instant the room was filled with a perfume so deliciously pure and fresh, it was almost as if the leaves were still growing on the bush.</u>(84)

此段译文完整准确优美地传达出源文本的意境，龙井茶的形色、香味以及对环境和喝茶人情绪的影响都被栩栩如生地表达出来，足见译者对江南文化、茶文化之领悟，这种感同身受使译文充分体现出一种中国文化之美。

原文：女人很年轻，<u>穿扮也是蛮入时</u>，嘴里叼着香烟，像煞

一个风尘女子。(43)

译文:She was very young and extremely fashionably dressed in an emerald-green silk qipao — with the cigarette in her mouth, she looked like a whore.(55)

原文并没有"翠绿的丝质旗袍"这样的描述,因为中文读者大都熟悉故事的时代背景,为了增强英语读者对时代背景的理解,英译本中增加了对20世纪三四十年代中国南方城市女性服饰的细节性描述,以唤起读者对情境的想象。

原文:特务处是个特别的处,像个怪胎,有明暗两头,身心分离,有点身在曹营心在汉的意思。(8)

译文:The secret police occupy a special position, they are like Janus: there's the face you can see, but also the one that you can't. You never know quite whose side they're on.(11)

为了形容特务处的阴暗神秘,源文本在短短一句中连续使用了多个惯用语及成语典故。因为译者对两种文化的谙熟,考虑到如果使用异化法翻译"身在曹营心在汉",不仅会影响阅读的流畅性,且要求英语读者对中国历史文化有相当的了解,因此采用读者熟知的雅努斯(Janus)的形象进行归化式翻译。雅努斯作为罗马人的保护神,有前后两个面孔或四方四个面孔。用雅努斯的形象有效表达了源文本中的"明暗两头身心分离的怪胎",表现出特务处的神秘和双面性。

麦家的"谍战三部曲"是作家探寻人性秘密,追寻生命宽度,展现个体生命光辉的力作。就《风声》而言,麦家更看重故事的深层意义,谍战、密室只是小说的物质外壳,故事中的数位主人公的英雄主义情怀及人性光辉是作家更想要传达给读者的讯息。

我们以下面一例来看译者对此的理解：

原文："这不但需要勇气，更需要智慧，让我佩服得五体投地。不是有一种说法嘛，<u>成人之美</u>，我最后帮她也有一种<u>成人之美</u>的心理，觉得她做的这件事实在太高明，有惊世骇俗的迷人之美，我被打动了，迷住了，我要<u>成全</u>她。百步之行，她已经走了九十九步，如果我帮她走完最后一步，这世上就多了一个传奇。我们常说同行相轻，其实当你真正出色到极限时，最欣赏、最敬重你的恰恰是同行。我就是这样的，被李宁玉迷住了，我要<u>成全</u>她。"（279）

译文：'That wasn't just a question of bravery, it took intelligence. I was so impressed. There's an expression, isn't there, about <u>helping people achieve their ambitions</u>? Well, in the end, <u>that's why I helped her</u>. She'd come up with an extraordinarily ambitious plan and I wanted to <u>carry it out</u> for her. She'd done all the hard work, she'd managed to get it ninety-nine per cent realized; all I had to do was carry out that final step and a new legend would be born. It's often said that people working in the same business are slow to appreciate their peers, but if you really do make it to the very top, it's those same peers who'll be your biggest admirers. That was certainly true for me; I admired Li Ningyu enormously, and I wanted to <u>help her bring her plan to completion</u>.'（339）

此段为老年顾小梦回忆并解释当年为何帮助李宁玉传递情报的一段叙述。源文本中两次出现"成人之美"，两次出现"成全"，表达了顾小梦对李宁玉的敬佩之情。正是基于这种惺惺相惜，顾小梦不计前嫌决定冒死协助李宁玉。此段表述既塑造了两个来自不同党派的英雄人物形象，同时又表达了一种患难相助之情，基于人类智性之美的人与人之间的相互认同的情感。英译本中第一个"成人之美"译为帮助别人以实现其抱负，强调李宁玉的智慧和野心，第二个"成人之美"译为"我要帮助她"，强调顾小梦对李宁玉的认可。"成全"同样出现两次，第一个译为"执行"，强调顾小梦的行动，也与李宁玉的计划和野心形成很好的对应；第二个"成全"译为"帮助她的计划完成"，以强调计划最后顺利完成以及李宁玉愿望的实现。此段译文中异化和归化翻译法交替互补使用展现了源文本的丰富含义，清晰表达出李宁玉作为老鬼具备天才般的间谍头脑，顾小梦作为谍战人员所具备的英雄气质，呈现了从计划到行动再到实现的完整过程，译文和原文同样精彩。自然天成的译文基于译者对作家及作品的深度理解以及跨文化翻译行为的有效实践。

三、进入世界文学流通体系的《风声》英译本及中国当代文学

大卫·丹穆若什对世界文学的定义是"超越原文化而被传播的作品"，是一种与我们的时空之外的世界进行超然交往的方式。[6] 显然，他强调的是世界文学的流通。有人将大卫·丹穆若什的观点推进一步，认为世界文学是由与媒体市场交织在一起的图书交易的力量和结构来定义和推动的。全球化的影响使今天的世界文学更多、更强烈地受到翻译、出版、销售等因素的制约。在这个背景下谈论当下作为世界文学的中国文学，就不能不考虑版权、翻译、国际销售策略、文学类型、读者等一系列与流通相关的因素，麦家小说《风声》英译本已成为最佳案例之一。

前文已就《风声》英译本版权输出、高质量的翻译进行了论

述，这些因素助推《风声》成功进入国际图书流通市场。其实国内评论家们近年已开始关注相关问题，研究国际图书交易之复杂运行对中国文学走向世界的影响，关注文学、市场、读者以及多种话语之间的互动和协商，同时借助《三体》《解密》等中国当代类型小说进入全球市场的契机，探讨世界文学中的中国当代文学这一话题。季进认为从"《解密》热"到"麦家现象"，让我们再次看到了"世界文学"的可能性，这一概念更多是技术层面的，包括译者、出版商、媒体等在内的一系列非文本因素的市场运作，应当成为研究与制定当下中国文学"走出去"策略的重要参照。[7]《麦家〈解密〉在海外阅读接受状况的调查及启示——基于美国亚马逊网站"读者书评"的数据分析》一文以美国亚马逊网站上《解密》英译本的"读者书评"信息为依据，考察《解密》在海外读者中的接受状况及其对中国当代文学译介与传播的启示。[8]

从《风声》英译本的版权竞争、英国宙斯之首出版社对小说的定位、米欧敏的高质量译本，到全球的成功发行，《风声》英译本的成功"出海"对中国文学"走出去"具有重要的启示。

注释：

[1] 麦家：《风声》，北京十月文艺出版社，2018年。中文引文均出自此版本，举例仅标注页码。

[2] Mai Jia, *The Message*, trans. Olivia Milburn. London: Head of Zeus Ltd，2020，英文引文均出自此版本，举例仅标注页码。

[3] 万华：《语义透明与汉语熟语的直译趋近》，《上海翻译》2014年第1期。

[4] Lawrence Venuti, *The Scandals of Translation*: *Towards an*

Ethics of Difference. Routledge, 1998, p.19.

[5]　许建平、张荣曦:《跨文化翻译中的异化与归化问题》,《中国翻译》2002年第5期。

[6]　大卫·丹穆若什:《什么是世界文学?》,查明建、宋明炜等译,北京大学出版社,2014,译者序部分。

[7]　季进:《从中国文本到世界文学——以麦家小说为例》,《人民日报》(海外版)2018年4月11日。

[8]　缪佳、余晓燕:《麦家〈解密〉在海外阅读接受状况的调查及启示——基于美国亚马逊网站"读者书评"的数据分析》,《当代文坛》2019年第2期。

麦家小说《风声》在英语世界的评价与接受

——基于英文书评的考察

缪 佳 浙江财经大学

一、引言

麦家长篇小说《风声》于 2007 年发表于《人民文学》（10 月刊），同年，《风声》出版。小说获得了专家和读者的赞誉，斩获了华语文学传媒大奖年度小说家奖、人民文学最佳长篇小说奖、巴金文学奖等诸多奖项。此外，《风声》被改编成影视作品，在国内掀起了谍战影视剧高潮。2018 年，享有"英国最佳独立出版社"之称的宙斯之首（Head of Zeus）出版社签下了《风声》的英文版权，该出版社曾出版了刘慈欣的《三体》英译本。两年后，米欧敏（Olivia Milburn）和克里斯托弗·佩恩（Christopher Payne）合作翻译的《风声》英译本出版，译文质量上乘。

《风声》英文版一出版，就吸引了西方媒体的目光，有多家西方媒体发表了书评。2020 年 3 月，《泰晤士报》评选出了 5 部"月度最优秀间谍小说新作"，《风声》入选。同年 4 月，在《金融时报》举办的一场题为"我们的间谍小说"活动中，《风声》被评选为"危机时期最值得阅读的间谍小说新作"。而在这两次评选中，入选的小说包括 Curse the Day（Judith O'Reilly）、Three Hours in Paris（Cara Black）、The Gringa（Andrew Altschul）、An Act of

Defiance（Irene Sabatini）、*To Kill a Man*（Sam Bourne）、*Stop at Nothing*（Michael Ledwidge）等，大都出自英语世界名家之手，且都在畅销小说之列。《风声》是唯一出自非英美作家的作品，这在一定程度上反映了《风声》在西方读者中的受关注度和影响力。

对于译介到西方的中国文学作品来说，西方媒体的书评具有非常重要的舆论导向作用，"有影响的国际译评主导着欧美文化语境中跟阅读翻译作品相关的舆论，影响并形塑着目标读者的阅读选择、阐释策略及价值判断"。[1] 因此，考察中国文学翻译作品在译入语文化语境中的专家评论，深刻剖析体现于其中的阅读期待、偏好和品位，可以在管窥该作品在他者文化中的流通与接受情况，也是判断该作品是否真正"走进去"的重要参考指标。同时，借此可以反观中国文学国际传播中的每个环节，思考如何在文本书写中使中国文学作品具有被激活的潜质，在翻译过程中使文本真正被激活，使中国文学作品较活跃地存在于西方读者群中，使中国文学找到与世界文学对话的平台，探索在"中国性"与"世界性"之间达到和谐与平衡的可能性。本文通过收集并梳理英语世界媒体对《风声》英译本的书评，探索其在英语世界的评价与接受情况，希冀为中国当代文学的海外传播提供可资借鉴的经验。

二、刊载《风声》书评的西方媒体

《风声》英文版出版一年多以来，笔者共搜索到10篇西方媒体书评。从发表书评的国家来看，有9篇书评来自英国，1篇来自澳大利亚。从发表书评的形式来看，有3篇书评来自主流纸质媒体，有7篇书评来自网络媒体（不包括纸质媒体的网络版）。

具体而言，发表《风声》书评的主流纸质媒体有《泰晤士报》《星期日泰晤士报》《金融时报》。《泰晤士报》是英国历史最悠久、最具权威性的报纸，为英国报业三巨头之一。《星期日泰晤士报》被认为是英国第一主流大报，被誉为"英国社会的忠实记录者"。《金融时报》是具有全球影响力的报纸，为文化、艺术等内容设有专版，在全球拥有数百万读者。这些主流纸质媒体具有可信度高、影响力大、覆盖面广等特点，其书评有力地推动了《风声》在英语世界的流通。

发表书评的7家网络媒体按其性质可分为图书出版发行业机构网站、专业书评网站和专业电子期刊网站。图书出版发行业机构网站有英国水石书店网站（https://www.waterstones.com）、澳大利亚书托邦网站（https://www.booktopia.com.au）和英国宙斯之首出版社网站（https://headofzeus.com）。水石书店是英国目前最大的连锁书店，也是英国图书发行业的领军者。书托邦是澳大利亚最大的网上书店，在国内图书行业举足轻重。专业书评网站有贝卡·凯特的博客（https://beccakateblogs.wordpress.com）、亚洲惊悚网站（https://asiathrills.com）和犯罪评论网站（http://www.crimereview.co.uk）。贝卡·凯特是一名文学评论家，大学专业为英语文学与创意写作，研究生期间攻读了图书出版专业。她受出版社邀请，在博客上为新书撰写书评，其博客在英国读者群中具有一定影响力。亚洲惊悚网站和犯罪评论网站是两家特色鲜明的专业书评网站，前者主要关注的是以亚洲国家为背景的、各方作家创作的犯罪、悬疑、神秘小说，后者主要对犯罪小说、间谍小说、历史小说、科幻小说和恐怖小说等类型的小说进行评论。此外，发表书评的还有一家专业电子期刊网站——《射击杂志》

(*Shots Magazine*)(http://www.shotsmag.co.uk），这是英国犯罪文学与间谍惊悚文学方面的专业电子期刊。

从书评人的职业来看，主要有作家、文学评论家、记者。作家有格温·莫法特（Gwen Moffat）和亚当·拉伯（Adam Lebor）。格温·莫法特擅长犯罪小说与间谍惊悚小说，著有 *Space Below My Feet* 等作品。亚当·拉伯擅长犯罪小说与间谍小说，同时也是记者和文学评论家，为《经济学人》《泰晤士报》《纽约时报》等众多报纸杂志撰稿。文学评论家有贝卡·凯特（Becca Kate）、克里斯·罗伯茨（Chris Roberts）、杰里米·邓斯（Jeremy Duns）等。记者有马丁·罗斯（Martin Roth）等。这些书评人都对间谍、惊悚、犯罪文学有着浓厚的兴趣。

三、西方媒体对《风声》的评价

通过对重要书评内容的梳理分类和择要述评，我们发现，《风声》吸引西方读者的主要原因在于作品的原创性与民族性。作者麦家的影响力亦是西方读者关注的重点。有些评论提到了阅读《风声》的难度，一是作品中人名较多，不容易记清；二是故事发生的特定时代背景和地域背景不为西方读者所熟悉，导致了一定的阅读障碍。

（一）作品的原创性

西方书评人从不同角度对《风声》的原创性进行了肯定，主要体现在三方面：独特的叙事方式、出其不意的故事情节以及"杂合"的文学类型。

1. 独特的叙事方式

西方评论认为《风声》在叙事结构、叙述视角、叙述节奏以及真实性书写的追求等方面具有独树一帜的原创性,带来了耳目一新的阅读体验。

关于叙事结构,格温·莫法特评论道:"书才过半,我们就读到了故事的高潮,也就是作者所说的尾声,这实在令人惊讶不已。但实际上,这远不是结局。故事的原型是80年前一起悬而未决的谋杀事件。从这里开始,麦家直接与读者对话。他声称,要在这个漫长的尾声中,通过走访并聆听故事中的幸存者和他们后代子孙的讲述,来揭开故事中的所有谜团。"萨莱评论道:"这部小说按照情节的发展将过去的故事和现在的故事分开来讲述,我觉得这个设计特别妙。过去的故事很精彩,而现在的故事又帮我解开了尚存的疑惑。"贝卡·凯特在博客中评论道:"书中三个部分在内容上都大不相同,写作风格也略有变化。讲述的故事很容易读懂,细微处的描述也很详细"。

关于叙述视角,贝卡·凯特评论道:"书中前半部分叙事和描述视角发生了变化,从全知视角转变为'老鬼'的个人视角,同时叙事角度亦从第三人称转变为第一人称。在我看来,这样的转变增加了故事的复杂性,也增加了阅读的趣味性,因为下一章或下一节会发生什么,你从来都不能知道。"马丁·罗斯评论道:"小说中的叙事从第三人称视角转为了第一人称视角,作者开始讲述他本人对整个故事来龙去脉的探索过程,从而减缓了故事节奏。"

关于叙事节奏,亚当·勒波评论道:"《风声》开篇节奏较慢,与同类型文学中的许多特情小说相比,《风声》的阅读需要你付出一些努力。但这个关于中国情报人员的故事,既灵活多变,又富有张力。当你慢慢咀嚼,细细品味之时,你为之所付出的所有努力一定让你有所收获。尤其在当下。"格温·莫法特评论道:"这是个慢热型的故事,而你一旦会被它吸引,就会沉醉其中,难以自拔。对于喜欢尝试不同类型'谜题'的读者来说,这绝对是富有异国情调的挑逗。"

针对《风声》的"真实性"书写,贝卡·凯特评论道:"以我的理解,小说第二部分虚构性地叙述了作者在写作中所遇到的问题和进行的采访。因而这一部分中有大量的采访记录,这也让我对人物进行了更多的探索,我觉得这很吸引人。这样的叙述方式出乎我的意料,它绝对不同于我以前读过的任何作品,我很喜欢。"

2. 出其不意的故事情节

一部优秀的小说,一定离不开出色的故事。杰里米·邓斯指出:"关于作者曾从事破译密码以及在情报部门工作等方面的背景,前期已经做了很多介绍。但小说诡秘、诙谐、游戏般的叙述让我们看到,该作品真正最重要的价值在于作者讲述的这个故事以及讲故事的方式。"他对作者讲故事的方式进行了描述,"这是一部规模宏大的间谍小说,真相总是游离于所有表象之外,故事的发展越来越引人入胜。然后,就在你认为已经把握了整个故事的时候,一切情节又全部被颠覆。"他说,"花一点时间去阅读吧,《风声》一定会让你沉醉其中,欲罢不能"。

格温·莫法特评论道:"嫌疑人之间争吵不休、焦头烂额,有的显得疑惑重重,有的则不屑一顾,这都与他们的角色身份有关:集千般宠爱于一身的女继承人、高冷的女护士长、警察局长、神经质的胖子。阴谋在微妙复杂与凶残野蛮的情节之间摇摆不定,迂回曲折。当我们终于对这个错节盘根的阴谋理清了思路,才最后明白故事发展到了哪里,我们也才理解了故事中最关键的目标与困境。"

亚当·勒波将精彩的故事情节比喻成西湖的水，他说："随着包括'老鬼'在内的五人逐一被带到舞台中央，故事情节就如同西湖的水一般，千变万化，熠熠生辉。"克里斯·罗伯茨评论道："小说中敌对双方紧张激烈的'明争'和微妙诡秘的'暗斗'之后，结局却水到渠成，扣人心弦。与类似题材的西方故事相比，《风声》可能更加让人神经紧张、不寒而栗。"马丁·罗斯则称"这是一个令人兴奋不已的故事"。

3. "杂合"的文学类型

诸多英文书评认为《风声》在文学类型方面的创新性体现在其"杂合"的特点。有书评人认为《风声》是间谍惊悚小说与元小说的结合。"书托邦"网站评论道："《风声》中一部分是历史间谍小说，一部分是有趣的元小说。"贝卡·凯特在博客中写道："当我被邀请阅读《风声》时，我想我要再次涉足未知领域了。历史间谍小说和元小说的结合是我以前从不熟悉的文学类型。"

（二）作品的民族性

关于"民族性"的评论，主要体现在两方面：一是反映了西方人了解中国历史文化、聆听中国故事的愿望；二是偏爱作品在故事元素、叙事方式等方面所呈现的东方色彩。

1. 聆听中国故事

马丁·罗斯说："我期望能从中了解到很多关于20世纪中国历史的知识。"贝卡·凯特说得更加详细："我还希望这本书能让我长些见识。我对日本在二战中对中国的侵略以及这场战争中的政治形势几乎一无所知，我很想了解一些我不知道的东西。""第三部分探讨了有关中日冲突的更深邃的历史以及有关人物的信息。我认为我从这一部分学到的东西最多！""总的来说，我发现这是

325

一本具有挑战性但又有趣的书。我从这本书中学到了很多东西，比从我自己通常选择阅读的书籍中学到的东西要多得多。这是一个令人振奋的改变。这部小说再次证明，从我通常的阅读偏好中抽离出来不仅大有裨益，而且还能扩大我的阅读面。我一定要去读一读麦家的另一部小说《解密》。"

2. 东方色彩

格温·莫法特评论道："小说中有殴打和酷刑，有背叛和报复，也有赤胆忠心，而且这一切都带有浓浓的东方色彩。"杰里米·邓斯评论道："小说叙事节奏较慢，充斥着大量的历史叙述，并且小说具有中文叙事中常见的硬朗风格。"

（三）作家的国内外影响

麦家的文学成就和影响力亦是英文书评人关注的重点。马丁·罗斯评论道："《风声》于2007年在中国出版，是中国畅销间谍小说家麦家被翻译成英文的第三本书。""我期待阅读作者的另外两部英译作品《解密》和《暗算》。""书托邦"网站评论道："在故事讲述方面，《风声》是中国文学界轰动一时的大师级作品。"《金融时报》书评人亚当·勒波评论道："麦家的《风声》对特情故事进行了专业的讲述。麦家本人曾在中国情报部门任职，他的第一部小说《解密》被翻译成33种语言，受到了高度赞扬。"杰里米·邓斯评论道："《风声》于2007年在中国首次出版以来，其销量已逾百万册，且其英译本已于近期问世。"

（四）阅读难度

英文书评中有评论人提到了阅读难度，并指出了导致阅读难度的具体原因。如"亚洲惊悚"网站书评人马丁·罗斯提到，"故事有时有点复杂，让人有些费解。在手边放一份人物名单是有帮助的"。贝卡·凯特在书评中亦提及了此点:"有时你会觉得与书中人物的距离很远,因而要回忆起他们谁是谁的时候,总是需要费一些工夫。但你的努力是值得的,因为这样可以帮你理清书中的人物关系"。这两条书评人认为阅读难度源于作品中人物较多,翻译人名具有陌生性,不容易记住。此外,贝卡·凯特还认为因故事背景陌生而产生一定阅读隔阂,"这本书以对中国城市——杭州的种种描述开篇。我从未访问过中国,所以没有亲眼见过杭州这座城市。这在小说中通常不是问题,因为我经常读到我从未去过的地方。但我发现,仅从文字中去想象这个故事发生的环境是个挑战"。

四、《风声》海外传播的反思与启示

季进认为"当代文学海外传播的70年历程"可以划分为"起步期、发展期和爆发期"三个阶段,其中爆发期为"2001年后至今",这期间"中国当代文学正以其独特的审美实践不断地走向世界文学,融入世界文学"。[2] 国外媒体对麦家《风声》的书评,作为其中一隅,充分为这个论点提供了事实例证。从英文书评可以看出,国外媒体对《风声》几乎可以说是一边倒的正面评价,究其原因,笔者认为有两点:一是《风声》原创性与民族性的完美融合;二是英语读者审美视角与文化态度的"平视化"趋势。

(一)原创性与民族性的完美融合

从对《风声》的书评考察可见,英语世界媒体对这一作品的叙事方式、故事情节、文学类型的原创性给予全面肯定,对作品中表现出的民族性,特别是东方色彩表现出浓厚的兴趣,进而高度评价作者个人的创作成就,并产生引申阅读麦家其他作品的冲动。作品的原创性是作家对已有文学创作的突破和创新，表现的是作家独特的个人风格。《风声》的原创性集中表现在其"杂合"的文学类型以及叙事和文字中所表现出来的张力，其魅力在于引导读者参与到作者构建的世界中，自主思考谜题的答案，预判事件可能的结果，整个阅读过程贯穿着读者与作者思想的碰撞，甚至文化背景的相遇和相融。而作品的民族性则表现为作品中所独具的"地方色彩"和"民族味道"，是一国文学不同于他国文学最显著的烙印。如有英语世界书评人从《风声》中读到了"酷刑""报复"和"赤胆忠心"等故事元素的结合，"带有浓浓的东方色彩"，在一定意义上表现了作品的民族性。总之，通过对《风声》英文书评的考察，我们发现英语世界读者对其真正感兴趣的是由作品的原创性带来的新鲜感，由内涵的民族性满足的求知欲，由作者的影响力产生的品牌效应。

　　那么我们不禁思考，什么因素决定了一部作品能否在英语世界真正被接受呢？从《风声》这一个案来看，这部作品实现了带有作者个人印迹的原创性与带有地方色彩的民族性的完美融合。因而我们认为，一味迎合西方读者口味而创作的作品，在英语世界所遇必将越来越冷，因为那一套话语体系属于英语世界，中国作家再怎么努力模仿，都很难超越英语世界的本土作家，其做法只能是"东施效颦"。而类似《解密》《暗算》《风声》这样的作品，它们立足于当代中国思想现实，探索中国文学样式，致力于说好自己时代、自己民族、自己文化的故事，这样的作品必将越来越为外国读者喜爱，因为随着中国经济的发展，国力的强大，外国读者对中国会越来越感兴趣，而只有生于斯、长于斯、生活于斯的中国本土作家创作出的扎根于本民族文化的作品才能满足他们的文化需求。可以预期,中国当代文学将以自己独特的面目,向世界传播,为世界读者所接受,并必将在世界当代文学版图中占有重要的一席。

(二)英语读者审美视角与文化态度的平视化趋势

《风声》在英语读者中颇受好评,另一个原因是英语读者审美视角与文化态度向"平视化"趋势的转变。英文书评中,有评论人认为阅读《风声》有困难,因为"故事有时有点复杂""要回忆起他们谁是谁的时候,总是需要费一些工夫"。笔者认为,这种困难与阅读翻译作品直接相关。如中国读者阅读外国翻译作品时,情况如出一辙:有时外国作品的叙事方式成为我们理解作品的"拦路虎",需要我们对情节和人物进行大量的脑补;有时外国作品的人名给我们的阅读造成了较大困扰,如马尔克斯的《百年孤独》里有几代人循环往复的人名,假如我们手上没有一张人物表,很难弄清楚作品中的人物关系。英语世界的书评人建议读者在手边放一份人物名单或努力回忆书中人物,理清书中的人物关系。我们认为,这是英语世界读者审美视角和文化态度的进步,他们没有仅从自己阅读的习惯出发,狭隘地认为这些困难损害了其阅读乐趣,而是愿意付出努力去做些实在的事情。他们对待中国文学由基于自我文化优越感的俯视角度逐渐转变为了解同一层次文化的平视化角度。

此外,英文书评还体现了英语读者对中国历史文化的浓厚兴趣:"我期望能从中了解到关于 20 世纪中国历史的知识""我希望这本书能让我长些见识"。这种审美视角和文化态度的转变,不应当作一个孤立的文学现象来看,而应基于当代中国政治、经济、文化全面发展的综合性背景去考察。季进认为:"由于政治、经济、文化等因素的制约或推动,……全球化语境下世界市场和文学资本的博弈,也使中国话语权稳步提升。"[3] 正是因为英语世界的读者对中国产生了兴趣,才会将文学作品当作了解中国的窗口,产生了通过文学作品"长见识"的阅读期待,而这又正好印证了我们的观点——中国文学作品要扎根于本民族文化,才能具有真正走出去的潜质。

五、结语

麦家长篇小说《风声》英译文出版后,获得英语世界诸多媒体几乎一边倒的正面评价,成功被英语世界读者所接受。通过对英文书评的考察,我们发现,英文书评对《风声》的叙事方式、故事情节、文学类型的原创性给予全面肯定,对作品中表现出的民族性,特别是东方色彩表现出浓厚的兴趣,高度评价作者的创作成就,并加深了对中国文学作品的阅读期待。此外,书评还反映了英语世界读者对待中国文学的审美视角和文化态度逐渐呈现平视化趋势。这说明,他们阅读中国文学不再是为了寻求简单的阅读快感,而是为了更高层面的文学和美学追求。因而,中国当代文学须立足中国思想现实,探索中国文学样式,说好中国故事。中国当代文学走出去进入了"爆发期",这不仅仅是一个孤立的文学传播现象。随着中国政治、经济、文化的综合发展,将会有越来越多的立足本民族文化的中国当代文学作品被译介,中国当代文学必将融入世界文学之林,在世界当代文学版图中占有重要的一席。

注释：

[1] 刘亚猛、朱纯生：《国际译评与中国文学在域外的"活动存在"》，《中国翻译》2015年第1期。

[2] 季进：《论当代文学海外传播的"走出去"与"走回来"》，《文学评论》2021年第5期。

[3] 同上。

编后记

　　学界对麦家的关注，是随着《解密》《风声》《暗算》等长篇作品的流行而逐步展开的，时间跨度不过在 20 年左右。这 20 年的研究成果，大致集中在作家论、作品论和传播论三个方面。这是本书分为三编的基本依据。有心人当然注意到，麦家的创作其实不唯长篇，亦有许多精彩的短篇，如《日本佬》《两个富阳姑娘》等，但限于篇幅，也碍于目前研究的整体偏好，我们并未挑选相关的成果入内。而受到关注较多的长篇，虽论者云集，我们也只能挂一漏万，每部作品仅选个别研究成果。《人生海海》是麦家的最新作品，加上论者都以"转型之作"视之，议论颇丰，所以我们为其多预留了一些篇幅。

　　麦家受到关注，起因是题材的别致和销量的可观。市场经济时代，这既有利，也有弊。利在贴近读者，造成传播现象。选篇之中，有一编专门留给了文化传播，目的就是要突破单纯的文本赏析，指出麦家作为一种现象，其实牵动当代的文艺体制。这个体制既包含刘丹、马炜等人讨论的文艺评价机制和商业版权问题，也涉及白烨等人所研讨的文化"走出去"战略。从国家政策到文艺方针、市场运营，麦家的价值均投射其中。在这场全方位的文化传播工程中，麦家的海外接受是当下最受瞩目的课题。麦家在海外造成声势，成功提升了中国文学的全球能见度，当中的经验值得反复琢磨。从书评到译本，从叙事符码到跨文化机制，大大小小的角度，均可为此提供有效的切入口。粗略来看，这类研究当中，关于《解密》的研讨最多。相较之下，《暗算》《风声》失色不少。不过，这个遗憾却也点出日后可供继续深挖的话题，即中国文学传播如何取得一种可持续性。

就弊的一面来讲，题材和销量容易把作家围困在类型之中。谍战小说、侦探小说是常常贴在麦家身上的标签。这些标签，本意未必是批评，但它们多让人想到通俗文学、下里巴人之说。同先锋文学、精英文学相较，毕竟是等而下之的存在。在本书里，大家有意辩证通俗不俗、传奇不奇的话题，意图指正麦家如何在奇与正之间，展开种种越界重构的冒险游戏，进而带出其所挂怀的人性、智性主题。重读麦家，其实是建议我们把麦家放在不同的叙事脉络里来"再解读"，而不必把研究也做成一种"类型"。放在先锋的路径里，他接续残雪，写恶魔，写阴暗；放在乡土的路径里，他欲归家，想寻根，可见鲁迅的身影；放在世界文学的脉络里，他呼应艾柯、马尔克斯，成就一种反文典……理解麦家的可能，将随着我们视野的打开、立场的转化，获得一个全新的伦理界面——各种话题可以交锋，可以争辩，更可以对话。

本书的标题唤作"风与势"，灵感来自王德威关于华语语系的论述。其中，"风"之所指，不仅是空气的流动，更是风土、风教、风情等更具人文面向的历史存在。麦家的小说得自他个人的生命经历，也同一个世代特殊的工作语境有涉。这些作品的风行，当然是一种极好的人文教化。我们得以从中倾听历史的风声，同时亦理解人心、人性的密码。而"势"之所指，是趋向，是力量的布置。我们常说要顺势而为、蓄势待发，其实主张的是，不应该把自我锁定在某些观念里、位置上，而是要综合地理解各种要素，探索那隐而不发的可能。如何理解麦家，扩而广之，如何理解当代文学，我们不能画地为牢，而应该在民族和世界、传统和现代、通俗和先锋等不同话语的对话中观察形势、寻找势能、发展势力。唯其如此，中国当代文学当可以蓄势待发，风行世界！